eye

守望者

——

到灯塔去

对联课

程章灿 著

南京大学出版社

彩图 1　谿蒙楼联句

彩图2　王禔书十一言三句联

彩图 3　贺北京大学图书馆 120 周年馆庆联

彩图 4　陈寅恪挽王国维联手稿

彩图5　南京大学苏州校区东园仁山堂联

深樹雲來鳥不知

幽黯鹿過蕗還靜

子樸三弟屬作齋聯 昔人謂此二語可以 捨身 悟學列與参

戊子四月 光頌潘彥襄

彩图 6　程颂藩隶书七言联

彩图 7　程千帆先生书房所挂程颂万书七言联

彩图 8　程千帆先生书集宋诗联

右联：日暮更移舟望江国渺何处

杏天花影 清波引

寅恪六弟世谦正 集白石词句

左联：朗朝又寒食见梅枝忽相思

淡黄柳 江城梅花引

丙寅重阳後八日 启超

彩图 9　梁启超书集宋词联

彩图 10　李瑞清楷书八言联

彩图 11　王褆隶书朱孝臧集句七言联

滄海日杰城霞峨眉雪巫峽雲洞庭月彭蠡煙瀟湘雨廣陵濤廬山瀑布合宇宙奇觀繪吾齋壁

嘉慶改元春王正月

今絕藝置我山牕右軍帖南華經相如賦屈子離騷揆古少陵詩摩詰畫左傳文馬遷史薛濤箋

鐵硯山房正書

彩图 12　邓石如楷书长联

彩图 13　花杰行书梅花蜡笺七言联

彩图 14　汤贻汾草书七言联

彩图15　俞樾隶书集宋词联

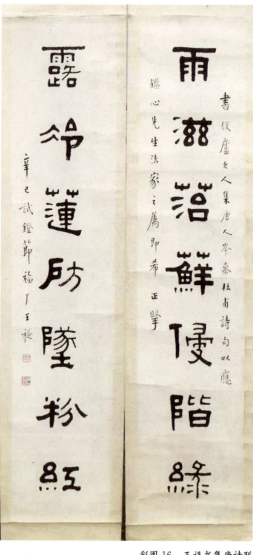

雨滋苔藓侵阶绿

露冷莲房坠粉红

書從廬老人集唐人岑参杜甫詩句以應

鑑心先生法家之屬即希正畢

辛巳試鐙節福廠王襆

彩图 16　王襆书集唐诗联

目录

讲在前面

一、 课程缘起

我在南京大学教书三十五年，面向本科生、硕士生和博士生都开设过课程。在面向本科生开设的课程中，有一门是"韵文格律与习作"。这门课比较特殊，既有概论性的知识介绍，也有实用性的技法讲解，还有各体韵文的习作训练与评讲。课程开设了若干年，学生们都觉得蛮有意思。不过，课程内容比较多，不仅包括韵文概论，而且包括古诗、律绝、长短调词、对联等各种韵文形式，只用三十六个课时就要讲完这些内容，不免有些仓促。毫无疑问，对联是韵文的基础，也是韵文中流传最广、适用性最广的一种样式，但对联毕竟只是我这门课程的一部分，没有办法充分展开。2008 年，我最后一次开设"韵文格律与习作"，此后由于工作重心调整，这门课程改由其他教师讲授。

时隔十四年之后，2022年春天，我在南京大学首次开讲"对联课"。这是一门DIY课程，面向全校各个院系的本科生。在南京大学的课程体系中，DIY课程比较有特色，它是根据学生的需求而开设的。学生好比是点餐的食客，又好比听戏的观众，有很大的主动权。就"对联课"来说，听课的诸位还不只是食客或观众，他们也参与一些"烹饪"或"演出"工作。这一点似乎更能体现课程的"DIY"精神。

选课的都是本科生，青春年少，风华正茂。推算在2008年的时候，他们大多数还是幼儿园的小朋友，大一点的，也才刚上小学。想到这一点，我不禁平添许多喟叹。对联已经1000多岁了，在这位千龄老者面前，我时常感到自己的稚拙无知，也不免因此产生世事沧桑的感慨，好在这位老者"童叟无欺"，几乎对所有人都是和蔼可亲的。

在中国文学作品中，对联是最短小精悍的，也是最为大众所喜闻乐见的。一副对联，短的不到十字，长的也就几十字，超过百字的就算是超长的另类，是"巨无霸"。人人都见过对联，每个人都有自己喜欢的对联作品。讲授这门"对联课"，我希望达到两个目的。第一，希望同学们通过这门课，真正了解对联这种文艺样式，明白什么样的对联是真正好的作品。日常生活中有很多场合，我们会与古人或今人的对联作品不期而遇，要有能力理解、鉴赏，甚至有能力订正、润色。这就是与对联互动的能力。第二，当今社会有很多场合用得到对联，希望大家能够掌握不同场合对联写作的基本规范。对联写作说起来容易，做起来难，娴熟掌握各体对联的写作要领，不可能一蹴而就。这两个目的，第一个着眼于知，第二个着眼于行，合起来就是知行并重。同学们既要开阔视野，多看多读，广见博闻，也要多写多改，在"实战训练"中积累经验，二者缺一不可，才能做到知行合一。对联有广阔的社会应用面，文学性、实用性和游戏性兼而有之，在吟咏推敲的过程中，可以寓教于乐，也可以寓学于乐。我希望，这是一个轻松愉快的过程，也是一个教学相长的过程。

"对联课"共十二讲，每周一讲，每讲两个课时，围绕一个主题，讲授之外，还安排习作训练。我会在课程中安排时间，点评习作。对于对联课来说，点评习作是必不可少的教学环节，也是很重要的课堂互动和师生交流。据我个人的经验，点评习作很费力，也费时，如果交作业的人太多，就有可能照顾不过来，所以，我规定听课者以十五人为限。这门课没有期末考试，把十二次习作的成绩平均下来，就是课程的最终成绩。

这本书以课程讲授为基础，做了较大的修改。感谢所有选课同学，同意我使用他们在课上的习作。前几次习作训练比较简单，习作及点评内容从略。

二、参考书

有关对联的参考书很多，我将其分为如下三类，每一类推荐两三种书。

第一类是通论性著作。这类书市面上最多，良莠不齐。我推荐如下两本。

第一本是白化文撰写的《闲谈写对联》，有中华书局、北京出版社、中国书籍出版社等不同版本。白化文生前任教于北京大学信息管理系，曾经担任中国楹联学会顾问，学识渊博。这本书语言通俗易懂，深入浅出，篇幅适中，适合一般读者阅读，也颇受市场欢迎，因此被不断重版。

另外一本是湖南学者余德泉撰写的《对联通》。此书比较重视对联在结构形式上的特色，尤其重视对联平仄格式中的重要规则之一马蹄韵的运用，举例分析颇为详细，值得参考。余德泉于对联之道情有独钟，1985 年就在上海古籍出版社出版过《对联纵横谈》一书。《对联通》可以说是其数十年钻研对联学的集成。白、余两位先生皆精通对联写作，都是知行合一的行家。

第二类是联话类作品。2000 年，江西人民出版社出版了龚联寿主编的《联话丛编》，堪称是联话的渊薮，后来又有人增补。联话有三种属性。首先，它有诗文评的属性。联话与诗话、词话、曲话、赋话等同类，是中国传统诗文评的一支，针对的是对联这种特殊的文艺样式。其次，它有掌故的属性。有关对联撰作的背景经过或者轶事掌故，构成联话的主要内容，给理解和欣赏对联增加了很多趣味性。再次，它有选本的属性。很多联话可以视为分类编撰的对联选本。比如清人梁章钜辑撰的《楹联丛话》，全书共十二卷，分为故事、应制、庙祀、廨宇、胜迹、格言、佳话、挽词、集句（附集字）、杂缀（附谐语）等十类，各卷重点一目了然，便于分类欣赏。《楹联丛话》面世之后，颇受欢迎，梁章钜贾其余勇，又编撰了《楹联续话》和《楹联三话》。

今人张伯驹的《素月楼联语》也很有意思，值得推荐。这本书共四卷，分为故事、祠宇、名胜、集句、嵌字、歇后、巧对、谐联等类别，结构与《楹联丛话》类似，实出一辙，趣味性则有过之而无不及。此外，联话一类的书名目繁多，透过书名，往往可以顾名思义，推测其编选者的用心，揣摩其立场与趣味，甚至看出各书不同的特色。比如，《滑稽联话》就是以富有趣味的游戏滑稽联为重点。

第三类比较复杂，难以归纳命名，我姑且称之为"积学"之书。"积学"二字，出自《文心雕龙·神思》。伟大的文学理论批评家刘勰教导我们，创作要有神思，就必须"积学以储宝"。研习对联，不仅要多读通论性和联话类的书，还要开阔视野，多积累历史文化知识。这一方面的书，我推荐如下两本。

第一本是蔡东藩《中国传统联对作法》，有浙江摄影出版社 2000 年的排印版。蔡东藩是生活在晚清民国时代的一位渊博学者，他撰写的十一部历朝通俗演义最为有名，传播很广。这本《中国传统联对作法》最突出的优点，并不是其书名所标榜的作法，也不是书中详细分析过的对联的各种体制及其

《中国传统联对作法》书影

特点，而是其搜集整理的各种对联材料，包括岁时、地理、政务、道德、人伦、职业、祠宇、食货、庆贺、哀挽、年齿、姓氏、岁次、居处、市肆等，不仅涉及面广，材料丰富，而且实用性很强。以姓氏类为例，书中列举了 576 个姓氏，辑录各姓氏名人的典故材料，并排列为对偶。又如岁次类，列举了从甲子到癸亥（所谓"六十年一甲子"）的对偶案例，很有启发性。总之，这本书很像一部对联专用类书，也是很方便读者检索和参考利用的工具书。

另一本是启功的《汉语现象论丛》，中华书局出版。这本书并不是专门讲对联的，而是从语法、修辞等视角展开，分析汉语中的若干特殊现象。我特别推荐书中所收录的《古代

诗歌、骈文的语法问题》《从单字词的灵活性谈到旧体诗的修辞问题》，以及《诗文声律论稿》。启功先生的文章与他的讲课一样，娓娓动听，引人入胜。这三篇文章对我们开拓思路，更好地理解对联的形式结构和语法修辞很有帮助。

很多书都有助于"积学"，多多益善，但课堂上列举太多参考书，容易模糊焦点，这里就略举几种，到此为止。

第一讲

对联的起源与用途

一、 对联的起源

"旧历的年底毕竟最像年底，村镇上不必说，就在天空中也显出将到新年的气象来。灰白色的沉重的晚云中间时时发出闪光，接着一声钝响，是送灶的爆竹；近处燃放的可就更强烈了，震耳的大音还没有息，空气里已经散满了幽微的火药香。"

这是鲁迅先生小说《祝福》的开头。他说的"旧历年"，就是春节。与爆竹声共同烘托旧历年气氛的，还有春联。每到春节，家家户户都会买春联、写春联、贴春联，这早已成为一个悠久的中国民俗传统。如果说爆竹声是从听觉上烘托过年的气氛，那么，春联就是从视觉上强化过年的感觉。春联是春节的视觉符号。

对联有很多种，最常见的就是春联。人们往往将对联贴在各种建筑的楹柱之上，所以又叫楹联。楹联是对联的一种雅称，文人学者撰写有关对联的书，常常以"楹联"为名，例如清代学者梁章钜写有《楹联丛话》。也有人把对联叫作门对、春贴、对子、联语的，这些名称就比较通俗。我这门课程中用"对联"这个名称，而不用"春联"或"楹联"，是因为"对联"一词更有包容性，包括各种场合使用的各种形态的对联，不一定非要贴在楹柱之上，也不一定非要出现在春节那种特定场合。

关于对联的起源，有很多种说法。梁章钜在《楹联丛话》中引述他的老师纪昀的话说："楹联始于桃符。蜀孟昶'余庆''长春'一联最古。"这个说法流行很广。五代十国的时候，四川成都有个小国叫作后蜀，孟昶就是后蜀的君主。据说后蜀被宋朝攻灭的前一年，孟昶曾亲自制作一副春联："新年纳余庆，嘉节号长春"，题写于寝宫门柱的桃符板上。没想到第二年后蜀就被宋太祖赵匡胤吞并了，更没想到赵匡胤派来蜀地任太守的人，大名恰好就叫吕余庆，而宋朝又将赵匡胤的生日确定为"长春节"。照这样解释，"新年纳余庆，嘉节号长春"这副春联，就成了一则灵验的政治预言，可以称为"联谶"。"谶"就是将来能够应验的某种预兆或预言。这段故事最早见于宋初张唐英所撰《蜀梼杌》，也被元人编纂的号称"二十四史"之一的《宋史》所沿袭，具体见于《宋史》卷六十六《五行志》和卷四百七十九《西蜀孟氏传》，但未必绝对可信。不过，我们从中可以看出对联与政治关系很密切，也可以看出古人很重视对联，以致相信对联具有预知未来的神秘力量。

其实，这个故事还有另外一个版本，见于北宋初年黄休复所撰《茅亭客话》卷一《蜀先兆》。书中说后蜀孟昶的太子亲自选中一块桃符板，在上面题写一副对联："天垂余庆，地接长春。"这段故事发生的时间也在后蜀被宋攻灭的前一年，地点也在后蜀宫中，只是撰联者的身份不同，联语也从五言变成四言。黄休复是蜀人，《茅亭客话》这本书专记蜀地之事，这个叙述应该比较可信。另一方面，从对联发展的历史来看，早期对联大多数是四言形式，曾经出现于后蜀宫中的那副春联，也许"天垂余庆，地接长春"的可能性更大一些吧。

1900 年在敦煌莫高窟发现的古代文书，有不少被英国人斯坦因（Marc Aurel Stein）掳走，S0610 号就是其中一件，现藏英国图书馆。S0610 号卷子正面抄录的是古代笑话书《启颜录》，背面抄录的是十几副对联，大约抄写于唐末，年代比后蜀的春联还要早。从内容上看，敦煌发现的这些对联与今天习见的春联差不多，都是围绕时序主题说一些吉祥话，讨个口彩。从形式上看，基本上都是四言。例如："三阳始布，四序初开""福庆初新，寿禄延长""三阳回始，四序来祥""福延新日，庆寿无疆"，等等。1994 年第 4 期《文史知识》发表谭蝉雪《我国最早的楹联》一文，认为 S0610 卷子上的这些对联就是最早的春联。最早的春联以四言为主，后蜀孟昶太子所作的春联也可以印证，后来才慢慢有了五言、七言，又衍生出字数更多、形式多样的各种长联。近些年来，每逢春节来临，南京十三座城门上悬挂的春联，基本上都是长联。城门巍峨高耸，如果春联字数太少，排布起来就显得稀稀落落，挂起来也不好看。所以，对联的长短，有时候取决于其悬挂或使用的空间环境，长联短联各有所宜。

从敦煌卷子中还可以看到，最迟至唐朝末年，人们逢春节以及立春，已经要用到对联，内容无非是辟邪除祸和祈福呈祥之类。当时的春联大多数是四言，也有一些是五言。如果从唐末算起，对联进入中国人的日常生活，成为一种家喻户晓的文艺样式，已经有 1000 多年历史了。

还有一种说法认为，对联的起源早于后蜀时代，也早于敦煌卷子，那是近代名人、"戊戌六君子"之一的谭嗣同提出来的。据说南朝文士刘孝绰罢官之后闭门不出，曾自题其门："闭门罢庆吊，高卧谢公卿。"这两句彼此对偶，又题写于门上，看起来很像对联。刘孝绰的妹妹刘令娴也富有文才，就在哥哥题写的句子后面续了两句："落花扫仍合，丛兰摘复生。"这两句也是对偶的，看上去也像对联。谭嗣同在其《石菊影庐笔识》一书中认为，这才是最早的对联。从年代来看，这件事确实更早；从场合来看，这几句也是题写在门上，颇似楹联。但这个文献出现得比较晚，目前为止，我只能追踪到旧题南宋陈应行所编《吟窗杂录》，有几种明清文献也转录此事。从南朝到南宋，已隔漫漫数百年，其间文献汗牛充栋，居然没有人提到刘氏兄妹的这次联句，今人逯钦立辑校的《先秦汉魏晋南北朝诗》也没有收录此诗，不能不让人心生疑窦。总之，这个说法是否可靠，还需要进一步查考。

二、 对联与南京的因缘

从创作方式上看，刘孝绰兄妹所作的应该说是联句诗。联句诗这种文学样式是六朝文学对中国文学的贡献。实际上，联句不始于南朝，陶渊明诗集中就有联句诗，可见最晚东晋时代就有联句。联句有很多种形式，参加者少则两人，多则不限。每人或者一句，或者两句，最终合成一首诗。联句是东晋南朝文人常见的文学活动形式之一，对偶是其构句的主要特征。

除了联句，南朝文人还喜欢分韵赋诗。有一年，南方的梁朝跟北方的北魏打了一仗，梁朝获胜。梁武帝高兴极了，为凯旋的大将军曹景宗设宴庆功，文武大臣宴饮作乐，分韵赋诗。沈约主持分韵之事。所谓分韵，就是给每个参与赋诗的人指定韵字。在这种场合作诗，不仅指定主题，而且限定韵脚，重重限制，如同戴上沉重的镣铐跳舞，十分考验诗人的功力。曹景宗是行伍出身，沈约没有分韵给他，曹景宗很不高兴，向梁武帝告状。沈约无奈，只好给曹景宗分韵。最后剩下的两个韵字，一个是"竞"，一个是"病"，就这样分给了曹景宗。大家可以先在心里掂量一下：用这两个字做韵脚，写一首五言四句的诗，容易吗？应该说，这两个韵字不好押，难度不小。出人意料的是，酒喝高了的曹景宗兴致也特别高，他即席赋诗，出口成章：

去时儿女悲，归来笳鼓竞。

借问行路人，何如霍去病。

前几年我在商务印书馆出了一本《南北朝诗选》，把曹景宗这首诗也选进去了。写诗有时候需要学问，有时候需要心血来潮，灵感来了，谁也拦不住。曹景宗把"竞""病"两韵押得如此稳妥，头两句还取对偶之势，可谓出手不凡。这是分韵赋诗的一个样本，也跟对联有些关系。

刘孝绰兄妹联句，曹景宗分韵赋诗，其共同点就是讲究对偶。这正是六朝文学的突出特色之一。联句有多种不同的方式，但无论哪一种，对偶都是联句构造、联接与孳生的重要手段。刘孝绰兄妹联句，各作两句，两句自相对偶，这是第一种联句的对偶方式。分开来看，相当于刘氏兄妹各作了一副对联。第二种联句后来很习见，就是一人出上句，另一人接着对一句，组成一联，然后再出下一联上句，后续者复对之，如此辗转承接，绵延成篇。《红楼梦》第五十回"芦雪亭争联即景诗"，就是这种形式的联句，即每个人都参与两副对联的写作，既为其中一副对联作上句，又为另一副对联作下句。第三种方式，就是各人作一句，两人一组，前面的人作出句，后面的人作对句，相当于两人合作一联。1929年元旦，中央大学七位教授在南京鸡鸣寺豁蒙楼的联句，就属于这种形式。（彩图1）

对偶不仅存在于六朝联句诗中，也大量见于六朝其他诗文作品中。讲究对偶是六朝文学突出的艺术特质之一。我之所以特别强调联句诗，是因为联句诗中既有对偶的成分，又往往两句自成段落，有很强的独立性和完整性，既分又合，与对联类似。

六朝文学对中国文学的另一个重要贡献，就是声律的发现与运用。所谓声律，就是讲究四声（平上去入）调谐。中国文学从六朝开始走上声律化的道路，这一趋势在近体诗、骈文、对联等文体形式中表现得尤其显著。就形式与篇幅而言，对联可以说是从近体诗或骈文中折其一枝，它在声律化方面的讲究，与近体诗与骈文殊途同归。刘勰在《文心雕龙·丽辞》中，集中论述文辞对偶问题，为后世对联写作提供了理论指导。此外，六朝文学还有一个"摘句欣赏"的传统，就是将一首诗歌中写得特别精彩的句子摘录出来进行鉴赏，这些句子被人们称为"佳句""秀句""警句"。西晋大文豪陆机在其《文赋》中早就强调，"立片言而居要，乃一篇之警策"，一篇作品要有警句，这是诗文创作与欣赏的关键。南朝诗评家钟嵘在其名著《诗品》中，也喜欢摘句批评。他们看中的"佳句"，往往讲究对偶与声律。谢灵运有一首《登池上楼》，几乎通篇对偶，历来被列为经典名篇，其中"池塘生春草，园柳变鸣禽"一联属对工丽，更是后人赞叹不已的佳句。这就是《文心雕龙·明诗》中说的"俪采百字之偶，争价一句之奇"，它体现的是六朝文学的风气。

六朝文学还有一个"题目"传统，与对联也有关系。这里的"题目"二字不是名词，不是指诗文作品的题目（title），而是动词，指以简洁、概括而准确的词句来品评某人、某物、某事。有些诗文作品的题目，就是对作品题旨的概括或品评，从这个角度来说，动词的题目与名词的题目是相通的。《世说新语》中有"识鉴""赏誉""品藻"等篇名，这几个词语的涵义，颇有与"题目"相近之处。《世说新语》中有一个顾恺之的例子。顾恺之既是东晋大画家，又是文学家，能文善画，审美眼光敏锐，特别擅长题目。有一次，顾恺之从会稽（今浙江绍兴）出游回来，有人问会稽的山水如何。顾恺之的评语是："千岩竞秀，万壑争流，草木蒙笼其上，若云兴霞蔚。"这四句话，前两句就是一副平仄谐调、对偶工整的四言对联，后两句中，"云兴"与"霞蔚"也自成对偶，可以视为句内对。六朝文学在视觉上有对偶的传统，在听觉上有声律的传统，在创作中有题目的传统，在赏评上有摘句批评的传统，这几个传统相互融合，彼此支持，为对联的萌芽和茁壮成长开垦出一片肥沃的土壤。从这个角度可以说，对联是六朝文学之子。既然南京是六朝古都，那么，也就可以说，对联是南京文学之子。对联文学在南京有着深厚而悠久的传统，南京既是世界文学之都，也堪称对联文学之都。

大明王朝的开国之君朱元璋，是南京历史上的重要人物，他的文学才能当然不能与这座城市历史上的梁武帝和南唐二主相提并论，但他特别重视对联这一点却值得一提。民间编排了很多有关朱元璋与对联的故事。据说他曾规定过年之时，家家户户门上都要贴春联，他甚至亲自上街督察。有一户人家以阉猪为业，不通文墨，没有贴春联。朱元璋问明情况，亲自动手，为这家撰写了一副春联：

　　双手劈开生死路，

　　一刀割断是非根。

此联切合这户人家的职业身份。话说回来，这副对联未必真的出自朱元璋之手，很可能是好事者假托朱元璋而作，意在证明朱元璋于对联情有独钟。明代以后，对联在民间的普及与流行，特别是在南京的普及与流行，是显而易见的。

在南京的对联文学史上，还必须提到一个人，那就是明清之际的文学家、别号笠翁的芥子园主人李渔。他精心编写了一本《笠翁对韵》，虽然只是一册薄薄的小书，对写作与欣赏对联却颇有入门引导之功。芥子园位于南京老门东，近几年复建后焕然一新，红男绿女来此打卡，熙熙攘攘，但了解芥子园与对联文学关联的恐怕不多。

南京的对联传统从六朝一直延续到现当代。1998年，我曾作为南京大学中文系（今名南京大学文学院）的代表，去参加系史上最早一任系主任王伯沆先生的故居纪念馆揭牌仪式。王伯沆先生的故居在老门东边营98号，背靠城墙。故居三进，门板上刻有对联。我记得有一副刻的是"门有通德，家传赐书"，还有一副是集李白诗句而成的对联："同居长干里，自谓羲皇人"，都洋溢着浓郁的六朝气息。先师程千帆先生早年毕业于金陵大学，1978年重返母校南京大学任教。1981年，他在《江海学刊》上撰文，呼吁人们重视对联，文学史上应该有对联的一席之地。1999年出版的《程氏汉语文学通史》专门论及对联，这在汗牛充栋的中国文学史著作中是不多见的。

三、 对联的用途

对联植根于中国传统文化的深厚土壤之中，融合骈偶、声律、书法、建筑等多种中国文化元素，短小精悍，韵味悠永，是一种雅俗共赏的文艺形式。它虽然已有1000多岁的高寿，生命力依然旺盛。从京都宫殿到荒村野庙，从中国本土到东亚汉文化圈和海外唐人街，几乎每一处中国文化传播所及之地，都能见到对联的身影。也可以说，对联是传播力很强的中国文化符号，向世界传播着中国文化的影响。山西教育出版社新近出版的《域外对联大观》（郭华荣、王玉彩、常江著，2024 年），收集海外楹联 3500 多副，蔚为大观。荷兰当代著名汉学家高罗佩（Robert H. van Gulik）曾为马来西亚马六甲青云亭撰书一联：

> 无事渡溪桥，洗钵归来云袖湿；
>
> 有缘修法果，谈经空处百花飞。

一个欧洲学者，为一处东南亚古迹，用汉字书法题写一篇汉语文学作品，这个例子很能说明对联的国际性影响。

每一副对联都有其特殊的空间与时间属性，不管是公共的时间/空间，还是私人的时间/空间，在很多场合都用得上对联，古今通用，公私咸宜。公司开业、单位周年庆典等场合，可以用对联表达庆贺之意，于是有了大量的庆贺联。私人祝寿、新婚场合，需要对联以表达欢喜祝贺之意，于是有了寿联和喜联。伤逝吊唁场合，需要对联以抒发悼亡伤悲之情，寄托哀思，于是有了挽联。这固然是社交礼仪的需要，也足以彰显中国文化的深厚传统。名山大川，胜地古迹，亭台楼阁，也需要文字来为景观张本，各种名胜联应运而生，这是公共空间的对联。文人学士在书斋中悬挂对联，这属于私人空间的对联。书斋联多用于明心见志，风雅自赏，也有纪念交游与彰扬文脉传承的意思。总之，对联是中国文化的一个重要符号。

这些年来，随着中国传统文化的复兴，对联在很多场合重新焕发生机，在更广阔的空间舞台上展示其艺术光彩。"城门挂春联，南京开门红。"过年之时，不仅家家户户贴春联，南京的城门、公园、博物馆、图书馆等公共场所也争先恐后，张灯结彩，悬挂对联。南京十三座城门上悬挂的春联最长、最大，洋溢着浓郁的节日氛围，也最为引人注目。这项活动始于 2016 年，到 2022 年已经是第七年。每座城门悬挂的都是当年新撰的联语，既要切合城门的地理位置与历史沿革，又要缩合当年的时事，不能重复，还要力求推陈出新，相当讲究。这些对联都是征集来的，经过专家甄选，总体来说水平不错。

南京十三座城门挂春联，对于城门来说，这是它的"高光时刻"。对于对联来说，春节也是这个文艺形式的"高光时刻"。从南朝到今天，一千多年间，酷爱对联者不计其数，其中不乏名家大师，例如宋代的王安石和苏轼，明清之际的李渔，清代的纪昀、梁章钜和曾国藩，近现代的梁启超和陈寅恪等，不胜枚举。以他们为中心，衍生出许多有关对联的故事，使对联成为富有传奇性的文体。这些故事通常被列入联话。所谓联话就是用对联编的故事集。中国历史上有很多联话。要注意的是，这些故事中的对联格式有时候不那么严格，甚至不合格，但联话雅俗共赏，有助于对联的传播。

上面讲过的后蜀孟昶"新年纳余庆，嘉节号长春"故事，就是最脍炙人口的一段联话。酷爱集句对偶的王安石和幽默风趣的大文豪苏轼，也是联话偏爱编排的主角。北宋之时，宋辽两国互为敌国，澶渊之盟后，两国聘使往来，仍然要在文化上比拼高下。有一次，聘宋的辽国使者给苏轼出了一道难题。据说这是辽国流传很久的一副绝对，只有下联"三光日月星"，没有人对得出上联。下联由总述（"三光"）、列举（"日月星"）两部分构成，上联也必须用类似句式才能构成对偶。下联已经用了"三"字，上联总述部分就必须回避"三"字而改用其他数字，那么，其列举部分要么不足三字，要么超过三字，势必不能与下联字数相等。先不说字义与字声，光是字数问题就不好解决。可见，此联虽然只有五个字，实际上暗设机关，步步埋有陷阱。苏轼不愧才高八斗，他先提出一个解题方案，"四诗风雅颂"，一下子就把辽国的使者震慑住了。"四诗"是《诗经》学中的术语，指的是《诗经》中的国风、小雅、大雅、颂四个部分，又可以简称为"风雅颂"，这正是此句造语的巧妙之处。从语义来说，"四诗风雅颂"是说得通的，字面上与"三光日月星"也对得起来；但从平仄上看，"四诗风雅颂"就有问题了。这副五言对联的关键平仄点落在第二字与第五字，第五字（"颂""星"）平仄相对没有问题，但第二字（"诗""光"）同为平声，可谓白璧微瑕。换句话说，"日月星"与"风雅颂"可以成对，"四诗"与"三光"则不可以，显得美中不足。

当然，故事并没有这么简单，这只是苏轼面对辽使故意卖个破绽而已。紧接着他就提出第二套解题方案，也是更优解："四德元亨利。""四德"比"四诗"好，因为"德"字是入声，"四德"与"三光"正好平仄相对。所谓"四德"就是"元亨利贞"，出自《周易》乾卦。联语中少了一个"贞"字，辽国使者立即提出疑问，苏轼得意地解释，"元亨利贞"四字之所以空缺"贞"字，是因为要避宋仁宗皇帝（赵祯）之讳。"四德元亨利"对"三光日月星"，既兼顾上下联字义与字音，又巧妙利用避讳制度的特殊要求，无懈可击。在这段故事中，对联成为苏轼手中的利器，轻轻一挥，就使大宋在文化上战胜了辽国。

事实上，这个段子是后人编出来的，意在从才学上神化苏轼，从政治上推尊宋朝，这是汉文化的一种自我炫耀。在宋元人的笔记中，这个故事还有不同的版本。有一个版本说，与"四诗风雅颂"这个上联配对的下联是"三才天地人"。实际上，"三才天地人"与"三光日月星"一样，第二字同为平声，也是美中不足。还有一个版本说，王安石以下联"三代夏商周"来考友人刘贡父，刘贡父应声作对："四诗风雅颂。""三代"对"四诗"，"夏商周"对"风雅颂"，音义都很工稳，于是王安石拊掌称妙，赞叹这是天造地设的对偶。从这几段联话中可以看出，在古人的心目中，对联的地位是多么重要，一副对联不仅体现个人的才学，也攸关国家的文化尊严。

对联之道传承久矣。从前，做对子是从儿童抓起的。《笠翁对韵》《声律启蒙》《龙文鞭影》这一类蒙学读物，都是为了教初学的童子掌握对偶基本功。不要小看这一类书，它们的编排颇具匠心。以《声律启蒙》为例：

> 云对雨，雪对风，晚照对晴空。
> 来鸿对去雁，宿鸟对鸣虫。

> 三尺剑，六钧弓，岭北对江东。
> 人间清暑殿，天上广寒宫。

> 两岸晓烟杨柳绿，一园春雨杏花红。

> 两鬓风霜，途次早行之客；
> 一蓑烟雨，溪边晚钓之翁。

这几段文字中，既有一言对、二言对、三言对、四言对、五言对、六言对，以及七言对的样本，也有单句对和隔句对（扇对）的样本，形式多样，熟读记诵，举一反三，就能够掌握对偶的基本技巧了。

练习对偶之所以要从儿童抓起，是因为对偶是传统文学的核心技巧，不仅作对联时用得上，写律诗，写骈文，参加科举考试写八股文，全都用得上。《儒林外史》中有个迷信八股文的鲁编修，曾对他家女儿说过："八股文若做的好，随你做甚么东西——要诗有诗，要赋有赋，都是一鞭一条痕，一掴一掌血；若是八股文章欠讲究，任你做出甚么来，都是野狐禅、邪魔外道。"鲁编修话中的"八股文"，如果改为"对偶"或者"对联"，就正合我意。律诗、骈文就不用说了，这里举两篇联句诗为例。一篇是中唐时代的联句《征镜湖故事》：

> 将寻炼药井，更逐卖樵风。（陈允初）
>
> 刻石秦山上，探书禹穴中。（吕渭）
>
> 溪边寻五老，桥上觅双童。（严维）
>
> 梅市西陵近，兰亭上道通。（谢良弼）
>
> 雷门惊鹤去，射的验年丰。（贾肃）
>
> 古寺思王令，孤潭忆谢公。（郑槩）
>
> 帆开岩上石，剑出浦间铜。（庾騑）
>
> 兴里还寻戴，东山更向东。（裴晃）

除了收结全篇的最后两句，前面十四句全是对偶。另一篇是严维、鲍防等九人参加的《入五云溪寄诸公联句（从一字至九字）》：

东，西。

步月，寻溪。

鸟已宿，猿又啼。

狂流碍石，迸笋穿蹊。

望望人烟远，行行萝径迷。

探题只应尽墨，持赠更欲封泥。

松下流时何岁月，云中幽处屡攀跻。

乘兴不知山路远近，缘情莫问日过高低。

静听林下潺潺足湍濑，厌闻城中喧喧多鼓鼙。

从一言对到九言对，其形式简直就是联句版的《声律启蒙》。这篇联句每行居中排列，就可以排出金字塔形，尽显建筑之美。联句是古代文士日常社交应酬场合十分常用的文艺形式，要在这种场合应付自如，就不能不熟练掌握对偶这项基本技能。

一副对联，可以登高望远，书写风景，也可以品评人物，纵横古今，可以寓有政治评判，也可以发表学术见解。文人雅士在书斋中张挂对联，往往抒情言志，彰显个人的风雅趣味。在挽联中，亲朋好友表达对于逝者盖棺论定的评价，寄托怀念和哀挽之思。除了挽联，其他对联也寓有对人物或事件的春秋褒贬、嬉笑怒骂，立场鲜明。晚清名人王闿运曾用对联怒斥窃国大盗袁世凯，扬名遐迩。也有人即"以其人之道，还治其人之身"，用对联讥评过王闿运。有一次，年轻的钱钟书去看望前辈诗人陈衍，陈衍问他见过王闿运本人没有。钱钟书回答没有见过，但是读过一副写王闿运的对联："学富文中子，形同武大郎。"由此推想王氏应该是个矮子。这副对联上句写王闿运的学问，下句写他的形貌，"文中子"对"武大郎"，语带讥讽，措辞巧妙，令人拍案叫绝。

五四新文化运动以后，对联这种传统文艺形式也受到了巨大的冲击。胡适提出的"八不主义"的文学改良主张，就有"不用典"和"不重对偶，文须废骈，诗须废律"两条。但在民国初年那一代学者中，不乏对联的强烈爱好者和坚定支持者。陈寅恪先生就是其中一位。1932年，他为清华大学所出国文考题中，特地选择以对对子为题，用意深长。他认为，对对子可以测试学生的语词腹笥，确定其读书数量的多少；可以测试其分辨虚实平仄及应用字词的能力，窥见其写作水平的高下；可以测试其思想条理，考察其逻辑思维能力的强弱。换句话说，一个人能否写好对联，取决于他在语言、文学以及思想文化方面的素养。另有一些文人学者别出心裁，创用白话来做对联，守规矩，讲规则，于是对联就有了文白兼用、雅俗共赏的新品种。与陈寅恪同为清华国学院导师的赵元任，曾撰写挽联，悼念其好友刘半农，就属于这种风格类型：

十载奏双簧，无词今后难成曲；

数人弱一个，教我如何不想他？

民国时代流行的一首歌曲《教我如何不想他》，是由刘半农作词，赵元任作曲。刘半农去世，对赵元任而言，正是"无词今后难成曲"。隋代陆法言在《切韵序》中说过，当时有几位学者在陆法言家中聚会，商定审音原则，著作郎魏彦渊对陆法言说："我辈数人，定则定矣。"这是"数人"一词的典故出处。1925年主张"国语罗马字"改革的刘半农等几位学者在北京赵元任家中发起成立"数人会"，这是"数人"在这副挽联中的具体所指。"弱"就是"丧失（死人）"的委婉说法。这副对联非但不废用典，而且古典今典兼用，文白融合，韵味独特，传诵特别广。

总之，对联是为特定的时空节点与特定的情境而度身定制的一种文艺形式。作为文艺形式，它与文学创作、书法篆刻、园林建筑、景观设计等密切关联，具有融合性强、文化内涵丰厚的特点。对联讲究格律，不通对联之道，就容易以讹传讹，不辨真假，更不能领会其中的文化内涵。网络上流行这样一副对联：

美酒饮至微醉后，

好花看到半开时。

饮酒看花，自是人生之乐，也是审美享受，但还要讲究一个"度"。此联教人饮酒只到微醺，看花只在半开，隐含做人做事皆须留有余地之意，这就上升到美学或哲学的层面了。其意略同《菜根谭》上所说的："花看半开，酒饮微醉，此中大有佳趣。"乍一看，这是一副好对联，但是，稍谙对联平仄格律的人就会发现，这副对联上下句的平仄有问题，正确的版本应该是：

美酒饮当微醉处，

好花看在半开时。

各位可以比较前后两种版本，从中体会对联的修辞艺术。

第二讲

对联与平仄声律

一、 分辨四声

近体诗讲声律，辞赋讲声律，对联也讲声律，声律是构成中国古典文学美学的重要基石。声律包括两个部分，一个是"声"，一个是"律"。声就是平上去入四声，律就是四声在构句、谐韵等方面配合使用的规则。对联的写作与鉴赏，离不开对其声律的了解，其中比较重要的就是分辨四声尤其是入声，掌握对联中的平仄节奏点，以及平仄的配合使用。

简单说来，汉语四声的辨析是在六朝时期完成的。分辨平上去入四声，相对来说比较容易；在此基础上，探索四声配合的规律，推动中国诗歌、骈文、对联等文体走上声律化的道路，则经历了漫长的过程。从汉末建安时代的曹丕、曹植，到魏晋时代的陆机、陆云，到晋宋时期的谢灵运、范晔，再到齐梁时代的沈约、周颙、王融等人，最后到隋唐之际的一批诗人和诗歌理论批评家，这个探索的进程持续了数百年。

诗文声律化是汉语文学史发展的大势所趋，对联非但不是例外，而且是得风气之先者，因为诗文声律化是从句到篇逐步演化成熟的。《世说新语》中记吴人陆云与洛阳荀隐二人自报身份的两句对话，"日下荀鸣鹤（仄仄平平仄）"与"云间陆士龙（平平仄仄平）"，不仅具有对联的形貌，而且一句之内平仄相间，两句之间平仄相对，其形式的精致程度出类拔萃，堪称超前。

启功先生在《汉语诗歌的构成及其发展》（《文学遗产》2000 年第 1 期）中说过这样一段话：

> 注意到汉字有四声，大概是汉魏时期的事。《世说新语》里说王仲宣死了，为他送葬的人因为死者生前喜欢听驴叫，于是大家就大声学驴叫。为什么要学驴叫？我发现，驴有四声。这驴叫有 ēng、éng、èng，正好是平、上、去，它还有一种叫是打响鼻，就像是入声了。王仲宣活着的时候为什么爱听驴叫，大概就是那时候发现了字有四声，驴的叫声也像人说话的声调。后来我还听王力先生讲，陆志韦先生也有这样的说法。

《世说新语》里爱听驴叫的，不止王粲一位，还有王武子（王济）以及戴叔鸾的母亲。戴叔鸾的母亲也喜欢听驴叫，戴叔鸾就学驴叫给她听，真是个大孝子。戴叔鸾的母亲与王粲、王济的区别在于，她可能不是一个文化人。看来，驴叫在魏晋时代是雅俗共赏的一种声音。启功先生这么说，并不是开玩笑。王力是著名语言学家、《古代汉语》的主编，曾经担任过燕京大学校长的陆志韦也是著名语言学家。他们两位都是严谨的学者，学问很好，在这一点上与启功先生所见略同。驴叫与四声也许确实有某种联系。

对六朝人来说，能把四声分辨清楚，是一件值得自豪的事；能从驴叫中体会四声的差异，就更不简单了。有些名人一时分辨不了四声，甚至会产生自卑感。贵为帝王的梁武帝萧衍，曾经与沈约、王融等名列南齐竟陵王萧子良的"竟陵八友"。沈约、王融都是声律学专家，萧衍却连四声都不太能理解。有一次，他请教齐梁声律学名家周颙的儿子周捨："什么叫做四声？"周捨不敢得罪皇上，急中生智，回答了这样四个字："天子圣哲。"这四个字既是奉谀梁武帝，又代表了四种声调，从前往后，正好是平上去入四声，恰好可以组成一个成语，我称之为"四声成语"。

后代有很多文人学士，喜欢构撰各种不同的"四声成语"来表示四声，这貌似文字游戏，其实有助于辨析四声，也可以寓教于乐。清代江浙地区有两个文人，一个是江苏淮安的阮葵生，写有一部笔记叫作《茶余客话》，另一个是浙江桐乡的陆以湉，写有一部笔记叫作《冷庐杂识》。这两个人都喜欢玩这套文字游戏，这两部笔记中记载了不少他们构撰的"四声成语"，例如"君子上达""何以报德""天下（旧读上声）大悦""能者在职""齐与晋越""商纣暴虐""辛子弃疾""曾子问曰"，等等，可谓殊途同归。据杨联陞说，赵元任当年在美国讲语言学的时候，也跟学生做过类似的游戏。见贤思齐，我在以往的教学中，也带领学生玩过这个游戏。课堂上造作出来的"四声成语"很多，风格迥异，有的比较典雅，比如"风雨故国""杨柳映月""垂柳弄碧""风雅自足"等，有的是专有名词，比如"渤海大学""青岛大学""淮海战役""辽沈战役"等，还有的干脆就是当下的通行语言或者日常生活语词，比如"清炒菜叶""不可救药""高等教育""基本素质"等等，有的自然，有的做作，相映成趣。我希望同学们注意从日常生活中寻找这类"四声成语"，通过这种寓学于乐的方式，逐渐熟悉入声字，增加研习的趣味。

这里讲的四声，是古代汉语中的四声，与现代汉语中讲的四声是两回事。现代汉语中的四声，指的是阴平、阳平、上声和去声这四种声调，古代汉语中的四声，指的是平声、上声、去声、入声这四种声调。在传统韵书中，平声字分为30个韵部，上声字分为29部，去声字分为30部，入声字分为17部。平声字比较多，所以，传统韵书将平声分为上、下两卷，分别称为"上平""下平"，这很容易与现代汉语中的阴平、阳平相混淆，要注意区分。阴平、阳平指的是现代汉语平声中两种不同的调类，而上平、下平实际上是指古代汉语平声的上卷和下卷，这些平声字在韵书中的位置有先有后，但都属于平声，并无区别。除了平声，上、去、入三声都属于仄声，"仄"的意思就是不平，平声与仄声分庭抗礼，既对立又统一。

分辨平声与上声、去声并不难，在现代汉语普通话中，这三种声调仍然存在，不难体会。难的是辨别入声，因为入声在现代汉语普通话中已经消失。《康熙字典》中附有这么一段顺口溜，简要说明了四声的发音特点：

平声平道莫低昂，上声高呼猛烈强。

去声分明哀远道，入声短促急收藏。

入声的发音特点是急切而短促，好像受到什么东西的阻塞。很多南方方言比如广东话、福州话中仍然保留了入声字，注意听这些方言，其中发音特别急切短促的，就是入声字。比如"一"字，广东话和福州话中的发音都非常短促。很多广东人和福州人说普通话时，仍然受方言的影响，把入声字发得特别短促。在普通话和大多数北方方言中，入声字已经改读其他声调，要么读平声，要么读上声，要么读去声，总之已经体会不到入声字的发音特点，这就是汉语语音史上所讲的"入派三声"。打个比方，从前，平上去入四声原本是四支队伍，分别驻扎在以平声和仄声命名的两个军营里。后来，在普通话和大多数北方方言中，入声这支队伍被解散了，其士兵被分派到平、上、去三支队伍中。被分到上声和去声的入声字，仍然驻扎在仄声的军营里，可以原地不动；而分到平声的入声字，就要迁移到平声的军营里，不免有一番扰攘。

古读入声而今读平声的字，多达一千多个，学习对联声律时，特别要注意明辨。

很多南方方言中还保存着入声，这是南方人理解和掌握入声字的有利条件，而很多北方人没有这方面的优势。有一年，"双鸭山大学"忽然成为网络流行的一个梗。原来，广州中山大学的英文校名是"Sun Yat-sen University"（直译为"孙逸仙大学"），网友用谐音戏译为"双鸭山大学"，一方面是因为黑龙江省确实有个双鸭山市，正好借来一用，另一方面，"逸""鸭"两字恰好都是入声，"逸"字的英文拼写为"Yat"，是根据它的广东话发音，保存了入声字的辅字韵尾［-t］。入声字有三个辅音韵尾，即［-p］［-t］［-k］，现代汉语普通话里没办法体会，但广东话里就不成问题。多听南方方言，尤其是闽、粤等地方言，有助于体会入声字的发音特点。除此之外，掌握入声字还有如下几个方法：

第一，韵脚记诵法。熟读、记诵一些押入声韵的诗词作品，可以掌握入声字的形声特点。看词谱就可以知道，有一些词牌规定要押入声字，岳飞《满江红》就是一个例子：

怒发冲冠，凭栏处，潇潇雨<u>歇</u>。

抬望眼，仰天长啸，壮怀激<u>烈</u>。

三十功名尘与土，八千里路云和<u>月</u>。

莫等闲、白了少年头，空悲<u>切</u>。

靖康耻，犹未<u>雪</u>。

臣子恨，何时灭。

驾长车，踏破贺兰山缺。

壮志饥餐胡虏肉，笑谈渴饮匈奴血。

待从头、收拾旧山河，朝天阙。

很显然，这首词中带下划线的字"歇""烈""月""切""雪""灭""缺""血""阙"，都是韵脚，也都是入声字。长达140句的杜甫五古第一长诗《北征》，通篇押入声韵，一共使用了70个入声字，是最杰出的入声韵名篇之一。诵读这类诗词作品，记住韵脚，反复吟赏，就能更好地体会入声对于韵文声律的影响。

第二，偏旁联想法。汉字中有很多形声字，由形旁（表示意义范畴的意符）与声旁（表示声音类别的声符）组合而成。同一声旁的字，往往是同韵字。仍以岳飞《满江红》词中韵字为例，"歇"的声旁是"曷"，以"曷"为声旁的"谒""竭""碣""羯""褐""葛""渴""喝""揭""偈"等，都是入声字，"曷"本身也是入声字。"烈"字的声旁是"列"，以"列"为声旁的"洌""裂""蛚""趔"等字都是入声字，"列"本身也是入声字。依此类推，可以举一反三。

第三，学过日语的人可以借助日语读音来体会。日语中有很多汉字的读音是从古代中国传过去的，至今仍保留入声字辅音韵尾。入声的汉字，到了日语中往往读为促音，其特点是发音短而急促，并保留［-t］［-k＋］等辅音韵尾。日语

中的促音，其实就是汉语入声的遗迹。例如，一（いっ）、乙（ぉつ）、杂（ざつ）、突（とつ）等字带有［-t］尾；学（かく）、役（やく）、拍（はく）等字则带有［-k］尾，其辅音韵尾已转化为另一个独立音节。从这七个汉字的日语读音中，就可以体会入声字的发音特点。诸如此类的日语汉字还有很多。

第四，排除法。有一些读音绝对不可能是入声字，比如带鼻音的字，不管是前鼻音还是后鼻音，都不可能是入声字。所以，凡是读前鼻音或后鼻音的字，都可以排除于入声之外。带有"ao"和"uei"韵尾的也都不是入声字。

第五，重点字记忆法。从分辨平仄的角度来说，现在仍读仄声的那些入声字不是最紧要的，而那些已经改读平声的入声字，尤其是其中的常用字，特别值得注意。这些字包括但不限于如下所举：

一、七、八、十，昔、惜、夕、锡、漆、学、习、白、熟、屋、读、福、菊、局、烛、觉、说、决、绝、血、雪、谷、答、插、鸭、甲、舌、活、骨、得、日、国、吃……

少数汉字是多音字，读音不同，字义也各不相同，所以，多音字往往也是多义字。例如"数"字有三种读音：shù（去声遇韵，名词，数量）、shǔ（上声麌韵，动词，计算、列举）、shuò（入声觉韵，屡次），读法各异，字义也不同，好在这三

种读音都是仄声，古今读法也没有太大的改变，对平仄调谐
没有影响。需要注意的是那些有平仄两读的字，如"纵横"
的"纵"读平声，而"放纵"的"纵"则读去声；"拮据"的
"据"读平声，"依据"（繁体作"依據"）的"据"则读去
声；"听闻"的"闻"读平声，"令闻"的"闻"则读去声；
"经过"的"过"读平声，"过失"的"过"则读仄声。"供"
"凭"二字都有平声、去声两读，也值得注意。晚唐杜牧《南
陵道中》诗云："南陵水面漫悠悠，风紧云轻欲变秋。正是客
心孤迥处，谁家红袖凭江楼？"第四句中的"凭"读仄声，若
读成平声，此句就成了三平调，那是七绝格律所不允许的。
此外，"综"字今读平声，旧读去声，"治"字旧有平声、去
声两读，也与今读不同。这些都是对联阅读、欣赏以及写作
中应该注意的知识点。

二、 对联句的平仄重点

对偶是对联最根本的属性，上下联字数相同，字义相对，
读音平仄相反，是对联的基本要求。明朝人叶盛在《水东日
记》卷四提出一个判断，认为汉字"仄多平少"："数自一至
十，惟三平声，八卦惟乾坤离平声，十干十二支皆仄多平
少。"数字从一到十，只有"三"字是平声，从十再往上，

"百""千""万""亿"，只有"千"字是平声，八卦中只有三卦是平声，十个天干中只有四个平声，十二个地支只有三个平声，确实是"仄多平少"。由于数字中的平声字资源有限，专靠数字组成上下联的对偶，就具有较大的难度。梅花山在南京明孝陵旁边，我早年曾写过一首《咏梅花山》的诗，中有对句云："九五白头耽艳舞，三千绿水浣溪沙"，想象梅花是明朝的宫女，面向明孝陵随风起舞，上下联以数字作对，只好以"九五"对"三千"。面对这种困境，也可以考虑将数字放在非平仄重点的字位上，避免一平一仄生硬地"拉郎配"。《楹联丛话》卷三记北京国学大成殿联，上下联首句分别是"气备四时"与"教垂万世"，"四时"与"万世"相对，"四""万"两字都是仄声，但这两个字都不在平仄重点位置，无碍大局，可以灵活处理。

　　哪个字是对联的平仄重点，哪个字不是，可以参考近体诗的格律来理解、把握。诗律学中有"一三五不论，二四六分明"的说法，主要是针对五七言近体诗而言的，意思是说，五言诗句的第一字、第三字，七言诗中的第一字、第三字、第五字，都不是句中的平仄重点，而五言诗的第二字、第四字，七言诗中的第二字、第四字、第六字，才是句中的平仄重点。一般来说，不处于平仄重点位置的字，其平仄较为灵活，往往可平可仄；而处于平仄重点位置的字，平仄就不能随便改动。至于五言句的第五字、七言句的第七字，都处于句末位置，平仄要求最严，是重中之重，一点也不能含糊。

除了五七言句子，对联也大量使用四六言句子。四六言句子的平仄，可以参照古代汉语中四项并列、四字成语及骈文的音律规范。古代汉语中遇到四项并列，比如四个人名、四个地名并称，通常按照平上去入的次序排列。比如大家熟悉的初唐四杰王勃、杨炯、卢照邻、骆宾王，通常并称为"王杨卢骆"。据《旧唐书》记载，杨炯听说这个排名后很生气，声称"吾愧在卢前，耻居王后"。当时很多人附和杨炯的说法，比如文坛名家张说就认为，杨炯"文思如悬河注水，酌之不竭"，不仅胜过卢照邻，也一点不比王勃差，杨炯"耻居王后"是有道理的，至于声称"愧在卢前"，那不过是杨炯的自谦而已。实际上，"王杨卢骆"并非按照各人的才学或诗文创作的水平来排座次，而只是按照四杰姓氏的读音，按照平上去入的顺序排序，并无他意。"王""杨""卢"都是平声，故排在前，"骆"是入声，只好排在最后。诸如此类的并称排序，还有文学史上的南宋四家"尤杨范陆"（即尤袤、杨万里、范成大和陆游），以及元代四家"虞杨范揭"（虞集、杨载、范梈、揭傒斯），等等，都是把平声姓氏排在前面，其次是去声，最后是入声。以平上去入为序，除了见于姓氏排序，也见于浙江诸州地名（如湖杭睦越、明衢处婺）、书名（如《诗》《书》《礼》《易》）等排序。在对联中，如果有必要，这类四项并称的前后顺序是可以灵活调整的。例如"王杨卢骆"可以调整为"卢骆王杨",这样第二字和第四字这两个重点位置上的平仄就焕然一新了。

汉语成语源远流长,至今仍有强大的生命力。绝大多数的汉语成语是由四言构成的,结构比较稳定。我曾两次随机翻开桌上的一本《成语词典》,翻到第 152—153 页,看到有如下成语:

> 栋折榱崩、斗方名士、斗筲之器、斗粟尺布、斗转参横、斗鸡走狗、斗志昂扬、豆剖瓜分、独霸一方、独步一时、独出心裁、独当一面、独到之见、独断专行。

再随机翻到第 592—593 页,看到有如下成语:

> 夙兴夜寐、肃然起敬、素车白马、素昧平生、速战速决、随波逐流、随风转舵、随机应变、随声应和、随时制宜、随俗入乡。

两次所见成语共 25 条,有一个突出的共同点,就是以第二字、第四字为平仄重点,绝大多数是前平后仄,或者前仄后平,平仄谐调。另一方面,这些四字成语也有一定的结构灵活性,"豆剖瓜分"也可以写作"瓜分豆剖","夙兴夜寐"也可以写作"夜寐夙兴","素车白马"也可以写作"白马素车",前两字与后两字互换位置,重点字位的平仄也就前后互换了,但成语意义并未改变。成语是汉语语言精华的凝缩,有助于加强语言的表现力。引用或化用成语,可以使对联更加凝练，甚至可以推陈出新。平仄重点也可以称为平仄节奏点，对联的平仄安排与它的语句节奏是密不可分的。

骈文以四六句式为主，随着骈文的发展成熟，它对平仄对偶的要求越来越严。这里举王勃《滕王阁序》为例。文章开门见山，以四言为主："豫章故郡，洪都新府。星分翼轸，地接衡庐。"很明显，这四个四言句子都是两字一顿，其平仄节奏点落在第二字和第四字。文中又有这样几句："鹤汀凫渚，穷岛屿之萦回；桂殿兰宫，即冈峦之体势。"这是四六句式结合，也是比较典型的扇对。其中的四言句子，平仄节奏点仍在第二字和第四字，而六言句子的平仄节奏点则在第一字、第三字和第六字。不在平仄重点位置的字，对平仄就不那么讲究，甚至可以用同一个字眼，例如"穷岛屿之萦回"与"即冈峦之体势"，第四字就都用了"之"字。《滕王阁序》又有下列诸句："襟三江而带五湖，控蛮荆而引瓯越。物华天宝，龙光射斗牛之墟；人杰地灵，徐孺下陈蕃之榻。"其中重复出现的"而""之"二字，都不在平仄重点位置上，可以不必讲究。另一方面，"而""之"不仅是语法结构上的虚字，也是语义功能上的虚字，有时候，将此类虚字删除，甚至不会影响意义表达，只对节奏、音律以及修辞效果有些影响。对联中也常见这样的四六句式，其平仄节奏点可以依此类推。

三、 对联的平仄格律

对联的平仄格律与诗词大致相同，但有些地方更严格要求，有些地方更宽松灵活。搜韵网（https://www.sou-yun.cn）上有"律诗校验""词格校验""曲格校验"等应用程序，也有"对联校验"的应用程序。前者按照格律对诗词曲作品进行校验，胜任愉快；后者却附有说明："由于对联无固定格律，故本系统只依平水韵显示平仄，以供参考"，显得自信不足。对联在什么位置需要讲究平仄，什么位置可以灵活机动，好像没有固定的格律。实际上，对联也是有格律的，其格律既有复杂性，也有灵活性。

首先，对联讲究平仄相对。一般来说，上联末字以仄声收，下联末字以平声结，这是众所周知的基本规范。这好比律诗的中间两联，即颔联和颈联，除了要求字数相等，字义相对，还要求平仄相反，上句末尾用仄声字收，下句末尾用平声字收，只不过对联不必押韵。

其次，大多数对联是由四言、五言、六言、七言句式构成，四言和六言句可以参考骈文的平仄格式，五言和七言句可以参考律诗的平仄格式。传说丁文江年轻时作过一副对联："鸠鸣天欲雨，虎啸地生风"，严守五言律句的平仄规范

南朝自有真名士

東觀曾飜未見書

鑒巖先生同年法正

乙未五月清道人

李瑞清书七言联

（平平平仄仄，仄仄仄平平），一字不差。清道人（李瑞清）
写过一副对联："南朝自有真名士，东观曾翻未见书。"下联
"观"字读去声，"东"字可平可仄，不必计较。总体来看，
此联符合七言律句的平仄格式（平平仄仄平平仄，仄仄平平
仄仄平）。

当然，也有少数对联平仄格式比较特殊，例如扬州丁家
湾大树巷小盘谷南门有一副对联：

> 入户松作客，
>
> 击泉石为琴。

如果以五言诗的平仄格律（仄仄平平仄，平平仄仄平）
来衡量，这副五言对联（仄仄平仄仄，仄平仄为平）是不合
律的。实际上，按其语义及句法结构，这副五言对联应该分
为三节："入户/松/作客；击泉/石/为琴"，其句式节奏是"二
一二"，其平仄节奏点在每节的最后一字，即第二字、第三字
和第五字。从平仄节奏点的位置来看，上联"户""松""客"
（仄平仄）与下联"泉""石""琴"（平仄平）正好平仄相对。

南京愚园有一副七言对联，按其语义及句法结构，应该
分为四节："品节/比/贞金/药石，心神/如/秋月/春云"，其
句式节奏是"二一二二"，其上下联节奏点字位的平仄分别是
"仄仄平仄"对"平平仄平"。很显然，它的节奏虽然与七言
诗句常见节奏（"二二二一"或"二二一二"）不同，但是自
有别致的韵味。这就是对联格律形式比诗词灵活的地方。

南京愚园七言联

如果将此联稍作芟剪，可以得到一副中规中矩的六言对联："品比贞金药石，心如秋月春云"，其音律节奏或许更为简劲，却不如七言句子那样婉转多姿了。

第三，平仄重点就是节奏重点，在节奏重点的字位上通常要讲究平仄。在什么地方应该讲究，什么地方可以灵活，还要看具体语境。国子监、孔庙、贡院这种地方，从前是读书人成群扎推的地方，悬挂的对联大多出自精心制作，不会掉以轻心。前面提到的那副北京国学大成殿对联气势宏大，格式别致而讲究：

> 气备四时，与天地日月鬼神合其德；
>
> 教垂万世，继尧舜禹汤文武作之师。

"与天地日月鬼神合其德"出自《周易》乾卦："夫大人者，与天地合其德，与日月合其明，与四时合其序，与鬼神合其凶。""继尧舜禹汤文武作之师"出自韩愈《原道》："尧以是传之舜，舜以是传之禹，禹以是传之汤，汤以是传之文、武、周公，文、武、周公传之孔子。"对联中的"天地、日月、鬼神""尧舜、禹汤、文武"可以视为三组二言的组合，上联的"天地"与下联的"尧舜"都是仄声收结，似乎并未严格讲究平仄，实际上，"天地日月鬼神""尧舜禹汤文武"也可以看作是一组六言词语，就像一个整装模块，重点是抓住这个模块末字的平仄，以"神"对"武"，模块其他位置的平仄就不必细究了。"与""继"二字相当于骈文或词作句首的领字，

扬州瘦西湖南大门联

也可以灵活处理。自清代以来，喜欢集句为联，尤其喜欢集宋词句为联的大有人在。这些集句联中，有些非节奏点位置上的字，平仄往往无须拘泥。

第四，有一些特殊的平仄格式，是诗和对联通用的。比如，扬州瘦西湖南大门那一副楹联，做得很有文采：

> 天地本无私，春花秋月，尽我留连，得闲便是主人，且莫问平泉草木；
>
> 湖山信多丽，杰阁幽亭，凭谁点缀，到处别开生面，真不减清閟画图。

上下联分别拈出唐代名相李德裕的平泉山庄和元代画家倪瓒的清閟阁，为瘦西湖作陪衬。下联"湖山信多丽"这一句，是一种特殊的平仄格式（平平仄平仄）。按照常规平仄格式，此句应作"平平平仄仄"，将第三字与第四字的平仄互换之后，就成了"平平仄平仄"，这仍然不算拗句，不必补救。如果把"平平仄平仄"拓展成七言，那就是"仄仄平平仄平仄"，同样是合格的。唐诗中早就使用这种格式，五言可以举杜甫《月夜》第三句"遥怜小儿女"（平平仄平仄）为例，七言可以举朱庆余《近试呈张水部》第三句"妆罢低声问夫婿"为例。要想记住这种平仄格式，只要记住杜甫和朱庆余这两句诗，再记住"湖山信多丽"这句对联就行了。

对联声律的关键，就是要掌握平仄调谐的技术，这其实并不太难。最简单的一条，就是替换同义与近义词语。多读书，积累词汇，增加腹笥，调谐平仄时就能得心应手。比如在对联中要说到庄周这个人物，你可以只用一个字"庄"，也可以用两个字，"庄子""庄生""老庄"都可以，还可以用三个字（如"蒙庄子"），甚至用四个字（如"漆园老人"）、五个字（如"漆园有傲吏"）。词语不同，称法不同，字数不同，意味不同，语义侧重点也不同，更重要的是，平仄也不同了。以两个字的词语为例，"庄生"是平平，"庄子"是平仄，"老庄"是仄平，"傲吏"是仄仄，可以根据上下文需要随意选择。其次是常用词语的倒装或易容。比如，"千门万户"这个成语，颠倒一下就变成"万户千门"，再调整一下，就变成"门千户万"，还可以变成"门户万千"。句式结构变了，平仄声调也随之改变，句子的意味也就有所不同，就能适应不同对联语境的需要。除了个别字词的平仄调整之外，也可以考虑调整联内句子的顺序，甚至考虑上下联位置的调换。除了特殊的嵌字联，没有人规定哪个字必须放在哪个位置，试着给某个位置换一个字或词，或者换一个平仄，给某个句子换一个位置，说不定就会推陈出新，收到更好的效果。

为了帮助大家熟练地分辨平仄声，尤其增加对入声字的敏感力，建议课后做如下三个练习。第一，分辨你的姓名的平仄，写出各字所属的平仄声调。第二，以平上去入为序，凑足 4 个字，组成"四声成语"。第三，全部用入声字来造句，短则两三字，长则不限，多多益善。比如，你可以造一个二言句子"肉熟",再加一个字就是三言句子"白肉熟",再加一个字就是四言句"夕白肉熟",再加一个字就是五言句子"日夕白肉熟"。依此类推,不断拓展。也可以尝试通篇用入声字,写一篇小作文,这当然不符合对联的常规格律,但有助于谙习入声,最终达到熟能生巧的目的。这几项练习比较简单,可以自我批改,我的点评就不录入本书了。

第三讲

———

对联与用典

一、 语言的芯片

从根本上说，对联创作是一种文化表达，其文化内涵凝聚点之一就是用典。用典，就是使用典故。讲到用典，很多人会油然联想到文言文写作，联想到古典文学作品及其背后的文化传统。实际上，用典是很常见的，在文言文写作中有，在白话文写作中也有，在日常语言交流中也可以看到。我有一位学生，他对周星驰电影（比如《大话西游》）里的台词滚瓜烂熟，你说上句，他就能接下句。他与他的小伙伴们对话的时候，可以自如调用这些台词，这就是用典。我做不到这一点，但是，当年的八大样板戏，还有《智取威虎山》《南征北战》《地雷战》《地道战》《战洪图》等电影，我不知看过多少遍，大多数台词都能如数家珍："天王盖地虎！""宝塔镇河妖！""脸红什么？""精神焕发！""怎么又黄了？""防冷涂的蜡！"这是《智取威虎山》中英雄杨子荣与土匪的黑话对答，我也能对答如流。"下吧下吧，下了七七四十九天，我才高兴呢。"这是《战洪图》里的台词，下了很多天雨，洪水已经泛滥，坏分子却在那里幸灾乐祸。每到下雨天，我和我的小伙伴们就喜欢讲这句话，然后大家会心一笑，这也是一种用典。

当代网络流行的语言中，时常可以看到一种"凡尔赛体"的表达，这种语言表面上似乎是以轻描淡写的方式表达自己的不满和抱怨，实际上是向外界不经意地展示自己的优越感，有低调炫耀之意。近年来，"凡尔赛体"这个词语越来越流行，已经成为网络语言中的新典故，人人心知其意，却不一定说得清它的出典。又如"躲猫猫"，也是从网络开始流行的一个新典故。诸如此类的网络新词不断涌现，日新月异，有些甚至积淀为新典故。再过 20 年，或者再过 50 年，不知道这些词语还在不在？它们会不会凝定下来，被收入未来的《现代汉语词典》？所以，见到"典故"这两个字，不要觉得它有多么高深。实际上，我们每天都在使用典故，一些新的词语或者故事在很多场合被很多人使用，就积淀为典故。总之，用典就是语文中的一种修辞手段。传统的典故大多产生于"典"，也就是书本，当今的新词新典则颇多产生于网络，它们的共同点是文本的积累、传播与使用。

"典"字的本义是典籍，也就是书卷，"典故"的本义就是指书中的故事，所以，俗语中也将用典称为"掉书袋"。作为典故出处的那些典籍，往往是世代相传的经典，是从前读书人必读的书目，人人耳熟能详，"心有灵犀一点通"。正因如此，引经据典才会成为士人语言交流与文字写作的常规。在书籍流通和文化传播过程中，典故及其文化内涵，通过各种经典、类书、词典以及通俗读物，通过阅读、讲说乃至口耳相传，逐渐传播到了民间，成为大众知识的一部分。从前慢，典籍的阅读与传播在相当长一段时间里保持相对稳定，现在网络传播速度飞快，随时随地都可能产生新词和新典，我们都已司空见惯。某段时间忽然冒出一个新闻，忽然上了热搜，很可能就有网络新词由此诞生，众口一词，不用几天，就能造出一个新典故，尽管这类新典故往往昙花一现，不久后就销声匿迹，无人再提。古籍中也有一些时代特征特别突出的词语典故，只在短期流行，我们往往没有注意到。比如北宋后期新旧党争十分激烈，新党曾用"符祐"一词专指旧党掌权的元祐和元符时代，这个词使用的时间很短，传播不广，时过境迁，能够准确理解这个词含义的人越来越少。"符祐"就成了昙花一现的古代典故。

对联写作离不开词语积累，词语积累离不开读书，读书少不了对经典文本的掌握与灵活运用。要使对联的语言文字表达更加简洁有味，更加丰富多样，更加含蓄典雅，就要学会用典。如果对典故做个分类，最粗略的分法就是两大类，一类是"成辞"，一类是"人事"，这就是《文心雕龙·事类》中所说的"明理引乎成辞，征义举乎人事"。"成辞"就是现成的词语，前人作品中精彩的表达，被后人传承使用，凝定为成语。比如成语"百废待兴""心旷神怡"，大家都知道它们出自范仲淹《岳阳楼记》。又如"物华天宝""人杰地灵"，大家都知道它们出自王勃《滕王阁序》。

另外一类典故偏重"人事"。其实，"人事"与"成辞"往往不能截然分开。"成辞"中也隐含有"人事"，而"人事"也可以凝缩为"成辞"。例如，"乘风破浪"这个成语，源自《宋书·宗悫传》，其中明显包含宗悫的生平事迹。宗悫是南朝刘宋时代的人，他参加过平定蛮夷和平定竟陵王刘诞的广陵之乱，建功立业。少年时代的宗悫，当被他那位相当有名的叔父宗炳问及志向之时，曾经这样回答："愿乘长风破万里浪。"从《宋书·宗悫传》叙述的这段故事，到凝定为"乘风破浪"这个成语，类似于集成电路化的过程，而用典就相当于芯片的使用。典故就是语言的芯片。又如"吴市吹箫"这个典故，从字面上看相当风雅、文艺，实际上，它说的是春秋时楚国伍子胥逃亡到吴国，在街市上吹箫乞食的故事。这段故事出自《史记·范雎蔡泽列传》，表现的是英雄末路的落魄。这是一个偏于人事类的典故，所以，用典也称为用事，或者隶事。

在传统文学理论批评话语体系中，用典也被称为"事类"。刘勰在《文心雕龙·事类》中说："事类者，盖文章之外，据事以类义，援古以证今者也。""据事以类义"，就是通过故事进行类比，表达意义；"援古以证今"就是引经据典，引用前言往行，以增加语言文字的说服力。这两句与前文所引刘勰"明理引乎成辞，征义举乎人事"，实际上是互文见义，列举人事也可以表达某一道理，引用成辞也可以表达某一意义。"成辞"与"人事"经常是不可分割的。《易经·大畜》象传有言："君子以多识前言往行，以畜其德。"这说出了做人的道理，也说出了写好文章的道理。"前言"就是"成辞"，"往行"就是"人事"。对联的写作，也需要"多识前言往行"，才能积累更多的材料。

二、 典故的功能

首先，典故具有强大的表意功能，意蕴丰富，可以八面受敌，以少胜多。1946年春，陈寅恪先生受聘赴牛津大学任汉学教授，原计划顺路到英国去治眼病，结果到了英国，发现眼病没办法治好，他十分失望，就改变计划回国，回到他少年时代生活过的南京。他有感而发，写了一首《来伦敦治眼无效将东归至江宁赋》诗，开头两句是："金粉南朝是旧游，徐妃半面足风流。"这两句诗都有典故，第一句引用成辞，南京是六朝古都，俗语称为"六朝金粉"，为了突出1946年国共对峙（陈寅恪将其类比为南朝与北朝的对峙）的时局背景，诗中改为"南朝金粉"，又为了调谐平仄，改"南朝金粉"为"金粉南朝"。第二句引用人事，讲的是梁元帝及其妃子徐氏的故事。据《南史·梁元帝徐妃传》，梁元帝萧绎"眇一目"，就是说他有一只眼睛看不见了，俗称"独眼龙"。梁元帝很忌讳这一点，他的妃子徐氏却偏要拿他这个身体残疾开玩笑，迎接皇帝时只画半面妆，可见徐妃胆子不小，也很有六朝人物我行我素的个性。"徐妃半面足风流"，一方面是陈寅恪对徐妃的称赞，另一方面也是他对自己得了眼疾的自嘲。南京旧称江宁，当时是民国首都，也是陈寅恪"旧游"之地，借用南朝这两个典故来指江宁，是很合适的。

由"徐妃半面"这个典故展开，还可以讲一讲与梁元帝眇一目相关的另外一段故事。秋季的一天，梁元帝带着身边一群人来到长江边观赏风景。有一个侍从忽然诗兴大发，朗诵起《楚辞·九歌·湘夫人》来："帝子降兮北渚。"这句诗的下一句就是"目眇眇兮愁予"，梁元帝非常熟悉。他认为，这侍从是在用歇后语的方式，讽刺他是"独眼龙"，勃然大怒，侍从因此得罪了梁元帝。《楚辞》中的"眇眇"，本来是形容眯着眼睛远望的样子，梁元帝却理解成"眇一目"的意思。这个例子表明，典故有多义性，对同一个文本可以有不同的理解，同一个典故也可以有不同的用法。

一段历史故事，或者一个成语，可以解读出不同的意义，用钱钟书先生在《管锥编》中的说法，那就是"喻有多边"。

一个比喻可以同时有好几个边，有好几个不同的侧面，可以从不同的角度来理解它，一个典故也是这样。梁元帝眇一目这个典故，可以用在皇帝身上，可以用在与眼睛相关的描写上，也可以用在姓萧的人身上，还可以用在与六朝古都南京相关的场合。徐妃半面这个典故，在写女子尤其漂亮女子的场合可以用，在写宫廷的场合也可以用，在写南朝的场合也可以用。面对一个典故或者典故的原材料，如果能够找到一个前人未曾用过的角度，能够发现一个前人不曾发挥过的"比喻之边"，那就算推陈出新，有创意了。陈寅恪先生诗中的用典，往往别开生面，十分巧妙，《来伦敦治眼无效将东归至江宁赋》就是一个例子。这方面的延伸阅读，我向大家推荐胡文辉的《陈寅恪诗笺释》（广东人民出版社，2013年）。

读《陈寅恪诗笺释》可知，《来伦敦治眼无效将东归至江宁赋》这首诗还有一个题目，叫作《南朝》，这是作者后来改定的。两个题目，两种意味，耐人研寻。《来伦敦治眼无效将东归至江宁赋》之题来自吴宓抄稿，交代了这首诗写作的时空人事背景。《南朝》乍一看很像是咏史诗，其实写的是作者对现实时局的感怀，乍看有题，实际上近乎无题，需要透过诗中典故找寻背后的人事和意义。《陈寅恪诗笺释》中还有一首《北朝》，恰好与《南朝》相互对应，二诗对读，可以更好地理解陈寅恪先生对偶用典的方法及其高妙之处。

其次，用典具有修辞功能，可以更好地表达需要表达的意思。骈文名篇《滕王阁序》中有这样一联：

> 无路请缨，<u>等</u>终军之弱冠；
>
> 有怀投笔，<u>慕</u>宗悫之长风。

此联可以说是王勃的自述，句中使用西汉终军、南朝宗悫两个典故，"等""慕"二字，巧妙而含蓄地表达了类比之意。王勃就像当年的终军一样，正当弱冠之岁，又像宗悫那样，有意投笔从戎，建功立业，乘长风破万里浪，却无路请缨，这比直接说"胸怀远大志向，立志伟大事业"要含蓄得多，也典雅得多。这副十言的对联有较大的伸缩自由，可长可短，根据上下文语境需要，可以缩简为四言联"无路请缨，有怀投笔"，也可以缩简为六言联"等终军之弱冠，慕宗悫之长风"。四言联、六言联与十言联，句式长短不同，却用了同样的典故，但彼此的风格意味又显然不同。

用典就是在喻体与本体之间建立各种类比的联系，这种联系包括事件性质、时间线索、地理方位、姓氏身份等等。当代著名女词人沈祖棻先生的成名作《浣溪纱》中，最为人赞赏的是这样一联：

> 三月莺花谁作赋；
>
> 一天风絮独登楼。

"三月莺花"出自南朝丘迟《与陈伯之书》："暮春三月，江南草长，杂花生树，群莺乱飞。"丘迟信中描绘江南美好春景的四句警句，被沈先生压缩成四个字，嵌入此联，显得格外凝练有味，画面感特别强。这首词的时间背景及空间环境，透过这四个字，都可以不言而喻了。词中的"独登楼"，用的是汉末文学家王粲《登楼赋》的典故："登兹楼以四望兮，聊暇日以销忧。"在漫天风絮中独自登楼，沈祖棻内心的忧思是可以循着典故的线索而追寻的。通过典故，古与今之间、沈祖棻与王粲、丘迟之间，就建立了感时忧世的主题联系，相互映发，展示了典故的修辞功能。古往今来，很多《浣溪纱》词全篇用力之处，往往就是这个位置上的对联。

第三，用典具有造词的功能。通过用典，可以创造很多原本不存在的词语，改造原先说不通的词语，或者赋予旧词以新义。"凡尔赛"本来是个旧词，是地名，指法国的一座城市，在网络语言用典中被赋予了新义。古代汉语中的新词涌现，不像网络时代那样立竿见影，一蹴而就，但也是在语言使用与传播过程中产生的。当今的传播多依靠网络，古代则依靠抄刻诗文、读书记诵、口耳相传，其传播速度与节奏相对要慢许多。在这个过程中，经典、类书、韵书、通俗读物等发挥了重要作用。比如做对联之时，要表达"太阳"这个意思，除了用"日"这个单音字，也可以用"羲和"这个双音节词；还可以用"出旸谷""浴咸池""拂扶桑""入虞渊"等三个字的词语，或者用"昭临下土"之类的四个字成语，都是用典，各有用场。有的人记性好，腹笥富，摇笔就来，有的人就需要翻检并参考类书、韵书之类的工具书。网络时代更为方便，记不住那么多词语典实，也不必翻书，只要上网检索，比如查一查"搜韵网"，就可以了。顺带说一下，搜韵网设置了多个很实用的栏目，其中"典故词汇""对仗词汇"等，检索方便，相当实用。

通过用典而创造新的词语，有时是为了调谐平仄，符合声律，有时是为了避熟求生，化俗为雅，有时是二者兼而有之。前面讲到"庄子"的例子，其实，"庄子"既可以指人名，也可以指书名，众人皆知，自然得算是熟语。这是一个双音节词，以平声起，以仄声收，其节奏重点在第二字。如果对联在这个节奏位置上必须用平声，那就只好改用"庄生""庄周"（人名）或者《南华》（书名）。所谓《南华》，就是《南华真经》的简称。据《旧唐书·礼仪志四》记载，天宝元年（742），唐玄宗追封庄子为南华真人，《庄子》一书也被尊称为《南华真经》。穿上"南华"这件词语的彩衣，《庄子》就可以与"东岳""北阙""西蜀"之类的方位词语构成工稳的对仗关系了。北宋诗人王禹偁《次韵和仲咸对雪散吟三十韵》中有这样一联："无心思北阙，有兴读南华。"金代诗人段成己《寒食后有感而作》中有这样一联："花间也作南华梦，眼底还无北海尊。"这两联都适合摘录下来，作为文人书房悬挂的对联。从这个例子中也可以看出，用典不仅具有造词的功能，而且具有剪裁词语，使其适应不同文本环境的平仄与长短需求的功能。

在这一方面，陈寅恪先生堪称行家里手。他写过一首诗，其中有这样一句："虚经腐史意何如。"一开始大家都没读懂其中暗藏的典故。难道陈寅恪是讲经学空虚、史学迂腐吗？读者们作了各种猜测，众说纷纭。后来谜底被猜破，原来陈寅恪先生在这里用了典故。唐玄宗天宝元年封庄子为南华真人的同时，也追封列子为"冲虚真人"，尊其书为《冲虚真经》。"虚经"就是《冲虚真经》，即《列子》；而"腐史"则是指虽然惨遭腐刑，仍然坚持撰写《史记》的司马迁。传统上，当司马迁与他人并称时，往往简称为"马"，比如班固与司马迁并称为"班马"。司马迁与列子并称，"马列"这个新词新义也就诞生了。这是陈寅恪的创造。

用典有时候就是一种词语替换练习，"虚经腐史"是一种人名的替换使用，在对联与诗词写作中，地名的替换使用也很常见。中国历史悠久，各省市县都有一些别名或雅称。比如南京，大家耳熟能详的名称，既有"金陵""秣陵""冶城"等以平声收尾的；也有"白下""建业""归化"等以仄声收尾的，不胜枚举。卢海鸣在其《南京历代名号》一书中列举了数十个名号，蔚为大观。再比如苏州，也有"茂苑""吴下""长洲""吴趋"等名称。过去文人给自己的诗文集题名时，喜欢用其籍贯之地的别称、雅号，而不用真正的行政区划名，比如以"梁溪"指代无锡，以"紫琅"指代南通，等等。这种替换使用，也能取得语言雅化的效果。

古今官称名目繁多，直称官名，容易显得直白浅俗，缺乏形象和诗意，不适合直接写到诗联之中。诗联写作中涉及官称，应该尽量回避，如果不能雅化，至少也要虚化或者淡化。安史之乱平定后，时任中书舍人的贾至曾经写过一篇《早朝大明宫呈两省僚友》，诗题中所谓"两省"，指的是尚书省和门下省，贾至有意简略为"两省"，就是一种官名虚化或淡化的处理。参加这次唱和的"两省僚友"有岑参、王维、杜甫等人，他们只在和诗题目中提及贾至作为中书舍人的身份，可谓点到即止，而在诗句中，"中书舍人"这个身份无一例外地被置换成了"凤池"或者"凤凰池"。王维《和贾舍人早朝大明宫之作》："朝罢须裁五色诏，佩声归向凤池头。"岑参《奉和中书舍人贾至早朝大明宫》："独有凤凰池上客，阳春一曲和皆难。"杜甫《奉和贾至舍人早朝大明宫》："欲知世掌丝纶美，池上于今有凤毛。"说到底，王、岑、杜三人之所以不约而同地提到凤池，都是为了酬答贾至原唱诗中所写的："共沐恩波凤池上，朝朝染翰侍君王。"礼尚往来，有唱有答，这是唱和诗的基本礼仪要求。诗中的"凤池（凤凰池）"，指的就是中书省。魏晋以来，设中书省于禁苑。中书省所在之地，恰好有一个池子，名叫凤凰池，简称凤池，后人就以凤池代称中书省。中书省的长官往往是皇帝的心腹或亲信，掌管起草诏令之类的文书，很被人看重。西晋荀勖由中书监调任尚书令，朋友们向他道贺，荀勖当即怒怼："我的凤凰池都被夺走了，有什么好祝贺的呢?"南朝以后，这个位子越发显得重要。谢朓《直中书省》诗写道:"兹言翔凤池，鸣佩多清响。"他有机会入直中书省，就禁不住扬扬得意。到了唐朝，中书舍人负责起草制诏，代拟王言，参与中书决策，可谓位高权重。总之，"凤凰池"的典故由来已久，对于唐代士人来说，更是人所习知的词语。

除了官名之外，其他称谓也可以通过用典来作雅化处理。有一副挽联的上联是这么写的:"目断渭阳云，慈荫销沉增太息。"从内容来看，这副对联是挽舅母的。《诗经·秦风·渭阳》写秦穆公太子罃(即后来继位的秦康公)送舅舅重耳回晋国，"我送舅氏，曰至渭阳"。"渭阳"本来是指渭水的北面，被后人借用来指称舅家。对联中写"目断渭阳云"，比起直接写"目断舅家云"，显然文采大胜，再结合下文的"慈荫"来看，此联应该是挽舅母的。在中国传统社会关系中，外甥与舅舅关系很近，感情很深，有些外甥甚至长得像舅舅，那是母亲一脉的生物基因遗传。所以，诗文对联中抒写"渭阳之情"的屡见不鲜。在六朝时代，这个典故尤其流行，使用频繁，而且有特殊的讲究。太子罃送别舅舅重耳之时，情不自禁地思念已不复在世的母亲，故诗中有"我送舅氏，悠悠我思"的句子。六朝人使用"渭阳"之典时，也着意突出外甥母亲已不在世这样一个情境，否则就是错用。《太平广记》中载有原出《笑林》的一段笑话:

甲父母在，出学三年而归。舅氏问其学何得，并序别父久。乃答曰："渭阳之思，过于秦康。"既而父数之，"尔学奚益?"答曰："少失过庭之训，故学无益。"

某甲明明父母双全，却先后使用"渭阳""少失过庭之训"这两个典故，让人以为其父母都已去世，这显然是对典故的误解和错用。在古代，父亲对儿子的教育叫作"过庭之训"，简称"庭训"，典出《论语·季氏》。"少失过庭之训"，就是少年丧父之意，某甲当着其父的面这么说，简直是悖逆不孝。可见，有些典故的学习和掌握是有一定难度的。

南京大学鼓楼校区附近有一条小巷子，叫作金银街。很多年前，街上开了一家咖啡馆，名叫"蓝雨"，就在南京大学西苑宾馆对面，靠近上海路那一头。年轻人觉得"蓝雨"名称浪漫，坐在这里喝咖啡，挺有诗意。我每次经过这里，却总有建议老板把"蓝雨"改成"旧雨"的冲动。现在我们喜欢说"旧雨新朋"，"旧雨"一词本来不存在，自从杜甫写了《秋述》一文，后人才造出这么一个词语。《秋述》文中说："秋，杜子卧病长安旅次，多雨生鱼，青苔及榻，常时车马之客，旧，雨来，今，雨不来。"从前下雨的时候，老朋友还时常来邀请我出去玩，现在下雨，他们就不来了，"旧雨""今雨"两相对照，颇有感今怀旧、珍惜光阴之意。后人因此造出了"旧雨""今雨"等词语。北京中山公园内有一家来今雨轩，始建于 1915 年，是著名的茶楼和饭馆，近现代历史上，有不少社会名流选择在此聚会。其名称就来自《秋述》。杜甫《病后遇王倚饮赠歌》："但使残年饱吃饭，只愿无事长相见。"宋代人将出自杜甫诗文的这两个典故捏合到一起，写成挽诗中的一联："残年但愿长相见，今雨那知更不来。"虽然两句都是向杜甫借用的，却真诚悲切，是一副不错的挽联。

上一讲提到《世说新语·排调》中记载的一个对偶例子："日下荀鸣鹤，云间陆士龙。"这两句翻译成今天的大白话，就是一个人说："我是帝都的荀鸣鹤。"另一个人说："我是魔都的陆士龙。"这故事发生于西晋时代，上句出自洛阳人荀隐之口，下句出自华亭陆云之口。洛阳是当时的首都，首都是天子所居，是太阳照临之地，因此雅称"日下"。《诗经·小雅·鹤鸣》描写鹤在阳光之下鸣叫，"鹤鸣于九皋，声闻于天"。荀隐字鸣鹤，又是洛阳人，他自称"日下荀鸣鹤"，既通过用典显示了自己的博学，又切合自己的身份，再巧妙不过了。如果他率尔而言，称自己是"洛阳荀鸣鹤"，那么，不仅句内平仄不谐调，而且洛阳与鹤这两个意象之间也没有什么联系，与"云间陆士龙"并列，立刻相形见绌。陆云陆机兄弟是华亭人，或称其为云间人，都指今天的上海。"云间"与"日下"，既是地名对地名，"间""下"又恰是方位词相对，十分工稳。《周易·乾卦》说："云从龙。""云间"与"陆士龙"之间的联系，正如"日下"与"荀鸣鹤"之间的联系一样，自然贴合，真是妙手天成。

上海的古称和雅号很多，除了"云间"，还有"海上"，"云间"与"海上"各带一个方位字，组成对偶，天然凑泊。2018年，复旦大学图书馆迎来一百周年馆庆之时，我曾撰书一副对联表示祝贺：

纡缦云间歌日月，

氤氲海上筑嫏嬛。

先秦时代的《卿云歌》唱道："卿云烂兮，纡缦缦兮。日月光华，旦复旦兮。"卿云就是庆云，也就是祥瑞的彩云。复旦大学不仅地处上海，而且校名出自《卿云歌》，与"云间"的关系极为密切。以"海上"与"云间"相对，也是顺理成章的。

三、 对联用典举例

用典能够增加语言的厚度和深度，世界各国的语言文学，只要不满足于平浅、寡味的表达，就会使用典故。讨论用典问题，不是讨论能不能用、要不要用，而是要讨论如何才能用好。中国历史悠久，文献浩如烟海，文化丰富多彩，为典故创用提供资源，正所谓"惟江上之清风，与山间之明月"，"取之无禁，用之不竭"。对联用典蕴藏深厚的历史文化，为传承中华优秀传统文化做出了突出贡献。对中华优秀传统文化进行创造性转化和创新性发展，可以有多种多样的形式，典故的发掘与使用是其中之一。

提高用典技巧，要善于挖掘典故中的文化内涵。下面这副对联传诵甚广：

> 雅契新开三益径，
>
> 家声旧却四知金。

这副对联讲述弘农杨氏的历史故事，称颂杨氏之清廉家声。东汉杨震出身弘农杨氏，不仅学识渊博，被人称为"关西孔子"，而且品德高尚。他出任东莱太守之时，路经昌邑县，县令王密原是杨震的门生，连夜登门拜访，并送上金子，被杨震严词拒绝。王密解释说："深更半夜，这件事没有别人知道。"杨震反驳道："此事天知，神知，我知，你知，怎么可以说无人知道呢？""四知"就是对"天知，神知，我知，你知"八个字的浓缩。杨震的故事被各种类书收录，"四知"风范传闻遐迩，不仅成为杨氏世代相传的楷模，也成为脍炙人口的清廉持身的佳话。此联上句"雅契新开三益径"，则出自《论语》所谓"益者三友"："友直，友谅，友多闻。"上下联对偶工整，既突出了弘农杨氏的家教家风，更阐扬了儒家传统的交友持身之道，体现了深厚的文化内涵。

中国文化传统重视正己持家、敦亲睦族，同姓宗亲之间，不仅因血缘关系而联结为一体，更因共同的历史文化认同而组成一个文化共同体。祠堂是亲亲聚族的重要场所，祠堂上悬挂的对联，特别是宗族每逢婚庆节日场合悬挂的对联，都以显亲扬姓为目的。福建闽侯程氏源自河南，唐朝末年，老祖宗随王审知入闽，枝分叶派，至今一千多年。节庆场合，大堂楹柱上喜欢张贴这副对联：

> 绩著凌烟阁，
>
> 经传立雪门。

这副五言楹联简洁大方，重点彰显程氏家族人才辈出，功业昭彰，文武双全，武有"绩著凌烟阁"的唐朝大将程咬金，文有"经传立雪门"的宋代大儒程颐。据说，游酢、杨时二人上门向程颐求教，适逢程颐正在打坐休息，二人就一直静立门外恭候，直到地上积满了雪。这就是所谓"程门立雪"的故事，历来被作为尊师重道的典范，自然也是程门的骄傲。

在悠久的历史上，每个家族基本上都出现过才杰之士，也会出一些奸佞小人。两姓相争，不免翻出这些历史人物来做文章，或褒或贬，针锋相对，亦往往有之。张伯驹《素月楼联语》载录的这段联话，讲项、朱二姓相争，就很有趣：

> 有项、朱二姓，因建祖祠争界构讼，官临勘为画界，乃各鸠工。朱氏祠先成，署一联云："曾作两朝天子；亦称一代圣人。"见者咋舌，然无以难也。他日，项祠成，亦署一联云："尝烹天子父；亦作圣人师。"以子之矛，陷子之盾，可称奇崛。

朱氏自称"曾作两朝天子，亦称一代圣人"，有根有据，自是先声夺人，气势不凡。所谓"曾作两朝天子"，一个指朱温创建了后梁，另一个指朱元璋创立了明朝。所谓"一代圣人"，是指宋代理学家朱熹。项家非但毫不示弱，而且寸土不让，以牙还牙。项家虽然没有当过天子，却"尝烹天子父"。这说的是项羽与刘邦争天下之时，曾经抓获刘邦之父刘太公，并声称要烹杀刘太公，以此要挟刘邦。项家虽然没有出过一代圣人，却有过"亦作圣人师"的资历。这说的是中国历史上最有名的神童之一项橐，在古代画像和民间传说中，常常说到孔圣人向项橐请教的故事。朱氏祠堂联貌似登峰造极，而项氏祠堂联又更进一层，后来居上。这两副对联堪称用典精彩，虽然只有五个字，却短小精悍，言简意赅。当然，这可能是一些好事文人编排的段子，未必出自项、朱两姓后人之手，但确实有助于对联与典故的文化推广。

以上举到的三个例子，涉及杨、程、朱、项四个姓氏。中国历代文献中有关百家姓的资料，星罗棋布。蔡东藩《中国传统联对作法》卷四收罗 576 个姓氏的掌故材料，蔚为大观，又将其作成对偶，为铸词用典提供了示范。例如，在姓氏类"卫（河东）"条下，蔡东藩撰成这样一副对联："望隆易圣，誉重璧人"，上联用《新唐书》卫大经邃于《易》学、人称"易圣"的典故，下联用《晋书》卫玠风神秀异、时有"璧人"之目的典故。总之，这是一本十分实用的对联用典工具书。

用典要力求出新，避免浅俗。不同场合使用的对联，都有一些套话，祝寿联如"福如东海，寿比南山"，贺婚联如"百年偕老，比翼双飞"，新春联如"天增岁月人增寿，春满乾坤福满门"，店铺公司开张联如"生意兴隆通四海，财源茂盛达三江"等，本来是最经典的，也是最常用的，因为用得太多，就不免流于熟俗，好比两人成天照面，混得太熟了，就失去了新鲜感。追求新颖，要从不同侧面或角度发掘故事的意义，旧典新用，夺胎换骨，点铁成金。《文心雕龙·事类》举三国刘劭《赵都赋》中一个对偶用典的例子：

> 公子之客，叱劲楚令歃盟；

> 管库吏臣，呵强秦使鼓缶。

上联讲的是战国时平原君门客毛遂的故事，下联讲的是蔺相如的故事，为了突出这两位的勇敢，先在上句强调二人身份卑微，与下句中描写的奋不顾身的行为形成反差，铺垫蓄势。对大多数读者来说，毛遂、蔺相如这两个名字并不陌生，至少"毛遂自荐"和蔺相如"完璧归赵"的故事，是大家比较熟悉的。刘勰称赞刘劭用典"理得而义要"，刘劭成功的经验在于抓住二人的身份来做文章，他对这两段历史故事有新的解读角度。

　　旧典新用与开发新典，类似熟地再种与垦荒开拓之别，不过，这两者之间有时也难以截然分清。发现新的典故素材，固然可能达到创新的效果，使用老典故，只要角度抓得好，也可以推陈出新。陈寅恪先生那首《南朝》诗，"金粉南朝是旧游，徐妃半面足风流"，可以说是旧典翻用，不乏新义，也不难理解。这首诗中还有一句"青骨成神二十秋"，则是新典，理解也有一定难度。"青骨成神"讲的是蒋子文的故事。蒋子文是汉末广陵人，任秣陵（今南京）尉，为人"嗜酒好色，挑达无度，常自谓己骨青，死当为神"，后来他因追拿盗贼受伤而死，死后，南京百姓为他建庙祭祀。从东吴开始，六朝政权都承认他的神位，追封他为中都侯、蒋王、蒋帝，他的地位节节上升，钟山也因为立有蒋王庙而改称蒋山。1927 年，蒋介石将国民政府迁都南京，他独掌军政大权，并开始大搞党化教育和个人崇拜。从 1927 年到《南朝》一诗写成的 1946 年，前后正好二十年。这就是"青骨成神二十秋"一句的所指。汉末蒋子文与当代蒋介石，虽然相隔一千多年，却有两个共同点：两人都姓蒋，两人都在南京"成神"。陈寅恪先生首次揭示这一层联系，并通过用典将其固定下来，通过诗作将其传播开来。这是相当巧妙的。

1991 年，先师程千帆先生在其诗作《辛未重九日》中，重用此典，并花样翻新："青骨成神十六秋，惊波日夕尚回流。方酣叶胜南柯战，待虑微闻楚国囚。劫后旌旗难一色，别深霜雪总盈头。无多岁月偏多感，三妹新来又远游。"这首诗又题《闻夷州近事》，乃慨叹 1991 年的台湾时局，诗题中的"夷州"，指的就是台湾。所谓"青骨成神十六秋"，指的是 1975 年蒋介石去世，至 1991 年正是"十六秋"。陈、程二

秀鱼三食神僊字
淩燕雙棲瓔珇梁

程千帆先生书七言对联

先生虽然同样使用"青骨成神"这一典故，但此"成神"非彼"成神"，两人的着眼点明显不同，寓意自然也就不一样。从1975年到1991年，十六年间，蒋介石、蒋经国父子相继去世，李登辉继位，台海局势已大不相同。1991年，94岁的宋美龄在最后一次匆匆返台之后，选择远走高飞，离开台湾，一去不复返。这就是"三妹新来更远游"的新典。在宋氏三姐妹中，宋美龄排行第三，自然可以称为"三妹"，这也让人联想到蒋子文故事中的清溪小姑，她正是蒋子文的三妹，在程先生笔下，她幻化成了蒋宋美龄。最后一句"三妹新来又远游"，古典与新典契合无间，令人拍案叫绝。

上述"金粉南朝""徐妃半面""青骨成神"与"三妹远游"诸典，都是六朝典故，彼此多有联系。陈、程二先生用典，善于将彼此联系的典故放在一起使用，相互映发。这是值得吸取的成功经验。

用典技术有高下之别，相去甚远，欲登堂入室，不可能一步即至。除了多读书，揣摩诗联名篇的用典窍门，还要熟练掌握类书以及其他工具书、参考书的使用法，熟练使用当代人得天独厚的各种数据库、网络资料库以及电子检索手段。刘勰教人写作，再三叮嘱要"积学以储宝，酌理以富材"。此话说得好，值得铭记在心，时时践行。

第四讲

———

对联句式与修辞

一、 对联的句式分类

对联有各种不同的句式。这些句式的组合与变化，直接影响到对联的形式结构，影响到对联的修辞，也影响到对联的分类。

对联可以有多种分类法。最简单的方法，就是依据上下联的字数和句数分类。按字数来分，有三言联、四言联、五言联、六言联、七言联……在早期中国经典文献中，例如在《尚书》《诗经》和《左传》中，就可以找到三言、四言、七言等对偶的例子。三言的有《尚书·益稷谟》："决九川，距四海。"四言的有《诗经·大雅·抑》："诲尔谆谆，听我藐藐。"七言的有《左传》隐公十一年："天而既厌周德矣，吾其能与许争乎。"诸如此类，不一而足。东汉以后的诗文中，对偶所占比例越来越大，到了魏晋南北朝时期，伴随着四六骈文和五七言诗的兴起，四言、五言、六言、七言就成为占比最大的对偶句式了。当然，如果以严格的对联声律来衡量，先秦典籍乃至魏晋南北朝诗文中的这些对偶并不完美，句中存在这样那样的瑕疵，这说明对联体式由粗糙而日益成熟是需要一个过程的。

按句数来分，就有单句联、双句联、三句联、四句联、五句联、六句联等等。这里所说的句数，只计算上联或者下联，而不是合计上下联的句数。

单句联最简单，也最常见。从形式上看，五七言单句联与五七言律诗中两联（颔联、颈联）最为相近，因此，从五七言律诗中撷取对句作为楹联，也最为方便。王维《奉和贾至舍人早朝大明宫》诗中颔联"九天阊阖开宫殿，万国衣冠拜冕旒"，曾由赵孟頫书写，挂在元朝宫中大殿楹柱之上，用以彰显帝王威仪与盛世气象。王勃《送杜少府之任蜀州》诗中的颈联"海内存知己，天涯若比邻"，也经常被人移用为楹联。从不同诗人的五七言诗作中集句为联，也很容易水到渠成。

双句联，顾名思义，就是上下联各由两句构成，合计四句。从对偶形式来说，句1与句3相对（中间隔着句2），句2与句4相对（中间隔着句3），所以又叫隔句对。隔句对的特点，就是相邻的两句（句1与句2、句3与句4）不对偶，而分列两边、犹如出现在扇面两侧的两句（句1与句3、句2与句4），却是对偶关系，所以又称扇面对，简称扇对。扇对的平仄格式，通常是这样的：句1以平声收，句2以仄声结，句3以仄声收，句4以平声结，四句句脚的平仄构成"平仄/仄平"的关系。从前科举考试的考场，一般安排在贡院里，有人以这样的对联来形容：

场列东**西**（**句1**），两道文光齐射**斗**（**句2**）；
　　平　　　　　　　　　　仄

帘分内**外**（**句3**），一毫关节不通**风**（**句4**）。
　　仄　　　　　　　　　　平

四句句脚字（"西""斗""外""风"）的读音，正是"平仄仄平"。这里特别要注意的是"西""外"二字的平仄，不可疏忽。毕竟"场列东西"一句在上联，而"帘分内外"一句在下联，习惯了单句联平仄格式的人，有可能错把上联两句的句脚都处理成仄声，而将下联两句的句脚都处理成平声，那就不够严谨了。换句话说，句1与句2的句脚，必须先平后仄，而句2与句4的句脚，必须先仄后平，至于句2与句3的句脚，则必须同为仄声字。这是扇面对的平仄规范，应该遵守。此外，句内的各个节奏点，也要尽可能做到平仄相间。

三句联，就是上下联各有三句。韩愈因为上书谏佛骨，被贬潮州。他在贬谪之地兴办教育，培育人才，贡献卓著，潮州人感念他，为他修祠立庙。潮州韩文公祠有这样一副对联：

天意起斯文，不是一封书，安得先生到此；

　　人心归正道，只须八个月，至今百世师之。

苏轼撰《潮州韩文公庙碑》，赞颂韩愈"匹夫而为百世师，一言而为天下法""文起八代之衰，而道济天下之溺"。敢为韩文公祠写对联，应该不是一般人物。此联高瞻远瞩，干脆利落，出手不凡。对韩愈来说，"一封朝奏九重天，夕贬潮州路八千"，这是他政治生涯的不幸，然而，对于潮州百姓来说，这却是一件好事。"天意起斯文"，苍天有意扶助斯文，特地为潮州降下这样一位大师，岂非潮州人的幸运。韩愈虽然只在潮州谪居八个月，却以言传身教，引导人心归于正道，百世之下，潮人犹以韩愈为师，文风大盛。这副对联上下联各三句，上联三句的句脚"文""书""此"，下联三句的句脚"道""月""之"，读音恰好是"平平仄"对"仄仄平"。

　　再举一个例子。清代苏州潘筑岩，是道光时军机大臣潘世恩之孙，娶道光十二年状元吴崧甫之女为妻，吉期定在十月上旬。著名学者俞樾撰联表示祝贺：

　　门第旧金张，喜宰相文孙，刚配状元娇女；

　　倡随小梁孟，缔百年嘉偶，恰当十月阳春。

这也是三句联。上联第一句是平声收，第二句是平声收，第三句是仄声收；下联第一句仄声收，第二句仄声收，第三句平声收。总之，对三句联来说，其句脚字的平仄要求，应该是上联"平平仄"对下联"仄仄平"。偶尔也有上联作"仄平仄"，对下联"平仄平"，从格律上说，总不算十分严谨。如果上联三句作"仄仄仄"，而下联三句作"平平平"，那就更不严谨了。

上下联各有三句以上，可以统称为多句联，或者长联。长联有长达十几句的，如孙髯翁撰写的昆明大观楼联，上下联各有二十句，共180字，号称"天下第一长联"，很多读者叹为观止：

五百里滇池，奔来眼底，披襟岸帻，喜茫茫，空阔无边！看东骧神骏，西翥灵仪，北走蜿蜒，南翔缟素，高人韵士，何妨选胜登临。趁蟹屿螺洲，梳裹就风鬟雾鬓，更蘋天苇地，点缀些、翠羽丹霞。莫辜负、四围香稻，万顷晴沙，九夏芙蓉，三春杨柳。

数千年往事，注到心头，把酒凌虚，叹滚滚，英雄谁在！想汉习楼船，唐标铁柱，宋挥玉斧，元跨革囊，伟烈丰功，费尽移山心力。尽珠帘画栋，卷不及暮雨朝云，便断碣残碑，都付与、苍烟落照。只赢得、几杵疏钟，半江渔火，两行秋雁，一枕清霜。

长联就像一篇小骈文，只要善于铺叙，就不难写成长篇。有人好作长联，而且一味求长，动辄千言以上，结果也可能适得其反。长联的难点，在于妥善安排多句句脚之间的平仄关系。句脚平仄的安排，不仅决定各句之间的平仄关系，也与句中各节奏点的平仄关系联动。这是长联结构的关键所在，也体现了其声律的复杂性。

长联各句句脚的平仄安排，应遵循马蹄格。马蹄格是对联声律学中的一个专有名词，据说马的前蹄踏出去之后，它的后蹄再往前迈，并踩在前蹄的位置，同一位置被踏了两次。这被借用来指长联句脚的平仄格式：从联尾开始倒数，上联最后一句句脚恒定是仄声，下联最后一句句脚恒定是平声，然后从倒数第二句起，从后往前，上联句脚依次是两平、两仄、两平、两仄……下联句脚依次是两仄、两平、两仄、两平……也就是说，两句平声句脚之后就转为两句仄声句脚，两句仄声句脚之后再转为两句平声句脚，如此，平仄两两相间，由后往前重叠，就像前后马蹄重叠。在多句长联中，上下联好比两个队列，上下联最后一句句脚的平仄，相当于这两个队列打出来的旗帜，便于识别，但不参加这两个队列的平仄排列。

现将三句联至十句联的句脚平仄格式排列如下：

三句联：平平仄（上联），

仄仄平（下联）。

四句联：仄平平仄（上联），

平仄仄平（下联）。

五句联：仄仄平平仄（上联），

平平仄仄平（下联）。

六句联：平仄仄平平仄（上联），

仄平平仄仄平（下联）。

七句联：平平仄仄平平仄（上联），

仄仄平平仄仄平（下联）。

八句联：仄平平仄仄平平仄（上联），

平仄仄平平仄仄平（下联）。

九句联：仄仄平平仄仄平平仄（上联），

平平仄仄平平仄仄平（下联）。

十句联：平仄仄平平仄仄平平仄（上联），

仄平平仄仄平平仄仄平（下联）

以上各种样式的长联中，最值得注意的是五句联和七句联。五句联的句脚平仄排列格式，"仄仄平平仄（上联），平平仄仄平（下联）"，恰好与五言律诗中的仄起不入韵句（仄仄平平仄）及其对句（平平仄仄平）相同。七句联的句脚平仄排列格式，"平平仄仄平平仄（上联），仄仄平平仄仄平（下联）"，恰好与七律诗中的平起不入韵句（平平仄仄平平仄）及其对句（仄仄平平仄仄平）相同。可见，长联句脚平仄排列格式，与律句平仄排列格式如出一辙。表面上，前者调整的是句际的平仄关系，而后者调整的是句中的平仄关系，实质上，二者殊途同归。这一点有助于我们理解并掌握对联的马蹄式。以五句联（或七句联）为基础，增加一句就产生了六句联（或八句联），删减一句就产生了四句联（或六句联）。同理，十句以上的长联，也可以依此格式类推，这里就不再列举了。

多句长联中使用马蹄格，有一定难度，有的对联未严格遵守，有的则稍有一些变通。比如《中国传统联对作法》中收录这样一副挽联：

翰墨中人，诗酒中人，江山花月中人，随遇皆安无与忤；

文苑一传，循吏一传，货殖游侠一传，通材何处不称长。

上下联前三句都是排比句，不仅句式相同，句末用字也相同，从平仄上看，上联前三句句脚都是平声，下联前三句句脚都是仄声（三个"传"字都读去声）。如果严守马蹄格，那么，上联首句的句脚应该是仄声，下联首句句脚应该是平声。显然，此联是为了营造排比修辞而对马蹄格稍作变通。

现存各类长联作品中，名胜联居多，大多曾受大观楼孙髯翁长联的影响。就格律来说，有的严格遵守马蹄格，比如成都望江楼公园崇丽阁长联，出自清末钟云舫之手，上下联各19句，共212字：

几层楼独撑东面峰，统近水遥山，供张画谱。聚葱岭雪，散白河烟，烘丹景霞，染青衣雾。时而诗人吊古，时而猛士筹边。只可怜花蕊飘零，早埋了春闺宝镜；枇杷寂寞，空留着绿野香坟。对此茫茫，百感交集。笑憨蝴蝶，总贪迷醉梦乡中。试从绝顶高呼：问问问这半江月谁家之物？

千年事屡换西川局，尽鸿篇巨制，装演英雄。跃冈上龙，殒坡前凤，卧关下虎，鸣井底蛙。忽然铁马金戈，忽然银笙玉笛。倒不若长歌短赋，抛撒些闲恨闲愁；曲槛回廊，消受得好风好雨。嗟余蹙蹙，四海无归。跳死猢狲，终落在乾坤套里。且向危梯俯首：看看看那一块云是我的天？

钟云舫癖好对联，尤善长联制作，撰有《振振堂联稿》等，人称"联圣"。他撰写的江津临江城楼联长达 1612 字，是大观楼联的九倍，堪称真正的天下第一长联。悬挂在望江楼崇丽阁上的这副长联，严守马蹄韵式，格律精严，令人赞叹，细细研味，有利于揣摩名家笔法，提高长联创作的构句艺术。

甘肃天水秦州区木门道是三国古战场之一，当地建有纪念诸葛亮的武侯祠，题有这样一副对联：

古道映斜阳，纵一脉秋云，两山翠屏，难赋诗愁，问村边牧童，可知诸葛否？

小溪荡曲岸，觅三国遗韵，十里红叶，堪作画本，望天际归雁，又过木门耶。

这副六句长联文采不输名家，但上联句脚句句是平声，下联句脚句句是仄声，没有参差变化，更没有使用马蹄格，有待精益求精。掌握好马蹄格，对长联的句式联结以及声律构造，都有实际功用。当然，我们也不指望一步到位，可以先从单句联、双句联写起，慢慢过渡到三句联、五句联，不断磨炼，逐步提高对联创作水平。

二、 对联的修辞分类

按照句法修辞的不同，对联中的对偶，可以分作如下六类：正对、反对、流水对、逆挽对、当句对、借对。下面依次介绍。

第一类，正对。所谓正对，就是对联上下两联都往一个方向努力，表达的是一个方向的意思。比如杜甫七律《咏怀古迹》中有这样一联："支离东北风尘际，漂泊西南天地间。"上下联对偶工整，"支离"是双声词，"漂泊"是叠韵词，双声对叠韵，颇见匠心。双声、叠韵都属于联绵字，所以，这也可以称为联绵字对。"东北"对"西南"是方位词相对，也相当讲究。这两句所表达的意思非常接近，有互文见义的效果。如果打个比方，这种对偶好比是两个平行的箭头，向着一个共同的方向飞驰。正对的"对"，其实是比肩并列、齐驱并进的意思。

第二类，反对。例如杭州西湖岳飞墓前的对联：

青山有幸埋忠骨，

白铁无辜铸佞臣。

"青山"对"白铁"，"有幸"对"无辜"，"埋"对"铸"，"忠骨"对"佞臣"，上下联相对应的位置上，都是相互对立的两项，形成强烈的对比。如果打个比方，这种对偶好比是两个平行的箭头，朝着两个相反的方向飞驰。"反对"的"对"，其实是"对立""对抗"的意思，有背道而驰或相向而行之势。

"正对""反对"的名称早已有之，刘勰在《文心雕龙·丽辞》中明确指出："反对为优，正对为劣。"照我的理解，刘勰的意思是说：在反对中，上下两句有如朝着相反方向飞驰的两个箭头，它们所开拓的意义空间，比正对更为开阔，或者说，它们所形成的审美张力更大。

第三类，流水对。流水对中的上下联，好比一句话或一个意思分成两截来说，这就像朝着同一目标先后射出两只箭头，后面那只追赶着、推动着前面那只，类似卫星发射时一级火箭与二级火箭或者二级火箭与三级火箭间的那种推进关系。王之涣《登鹳雀楼》诗中说，"欲穷千里目，更上一层楼"，就是典型的流水对。实际上，这两句构成一个条件句，要想看得更远，就要站得更高，其意思浅显易懂，自然流畅，几乎让人忽略了这两句的对偶性。又如元稹《遣悲怀》之三末联："唯将长夜终开眼，报答平生未展眉。"这也是流水对。元稹在妻子去世之后悲痛不已，他表示，只有彻夜不眠的思念，才能报答与他患难与共的恩爱妻子。这也是条件句，两句表达一个完整的意思，构成一个完整的逻辑关系。流水对的特点就在于它的轻快灵动，它没有正对或反对那么明显的静态并列意味，或者说，它在内容上的一体性与流动性，消解了其形式上的分立性与对偶性，呈现顺流而下之势。

以上三种对偶，画图示意如下：

第四类，逆挽对，也叫倒挽对。与通常的对偶句法不同，逆挽对是把上下联两句的顺序颠倒过来，把习惯放在前面写的放在后面。换句话说，顺着写的时候是先写因再写果，先写现在后写未来；逆着写则是先写果后写因，先写未来后写现在。这里举两个逆挽对的例子，一个是杜甫的诗："更会后期知何地，忽漫相逢是别筵。"上句展望未来，下句则写当下的相逢，这是时间上的逆写。另一例是李商隐的诗："此日六军同驻马，当时七夕笑牵牛。"上句写当下的情形，下句写过去的，从今到昔，先因后果，既是时间上的逆序，也是因果上的逆序。有时候，安排这种逆挽的句子，是出于音律和修辞的需要，既有助于调谐平仄，也可能使句法更加奇崛有力。

第五类，当句对。除了上联与下联彼此对偶外，上联句内与下联句内各自还有前后对偶的关系，这就是当句对，也称为"当句有对"。杜甫《曲江对酒》中有一联："桃花细逐柳花落，黄鸟时兼白鸟飞。"就是当句对。上联句内有"桃花"与"柳花"相对，下联句内"黄鸟"与"白鸟"相偶。李商隐《杜工部蜀中离席》中，有"座中醉客延醒客，江上晴云杂雨云"一联，也是当句对的例子。如果说上联与下联彼此对偶是对联的规定动作，那么，上联句内与下联句内前后文彼此对偶，就属于自选动作。当句有对，一方面显得比较巧妙，另一方面也显得比较做作。所以，经营当句对要兼顾人工与自然，适可而止，不要为追求轻巧而牺牲自然。

第六种叫作借对，指的是原来并不足以构成对偶的词语，现在借用词语字面的另外一个意义，就可以组成工整的对偶。比如杜甫《曲江》诗中有这样一联："酒债寻常行处有，人生七十古来稀。"在杜诗的语境中，"寻常"二字应该理解为"平常""日常"，但是，"寻常"两字还有一个字面意义，它们都是古代长度单位，八尺为寻，一丈六尺为常。借用这个字面意义，"寻常"与"七十"就可构成工稳的对偶关系。再如孟浩然《裴司户员司士见寻》诗中一联："故人具鸡黍，稚子摘杨梅。""鸡黍"对"杨梅"，两者都是食物，属于同类相对，可谓比较工整，但是，如果把"杨梅"的"杨"借用为与它同音的"羊"，"鸡黍"对"杨（羊）梅"似乎更加工巧。不过，借对与当句对一样，也要适可而止，过犹不及。启功先生逝世时，我曾作过一副挽联：

嘲戏杂诗文，自古惟大雅鸿儒，陶然言笑；

馀馨传翰墨，从今过小乘方丈，怆矣其悲。

上联的"言"字还有一个义项，是无实义的助词，借用这一义项，与下联"其"字相对。

　　以上六种对偶，都有存在的合理性，它们凝聚了前人在诗文写作中积累的对偶经验，常被对联写作沿用。此外还有一种对偶类型，出句和对句完全同义或者基本同义，好比两只手掌合在一起，只形成一个手势，通常称为"合掌"。这种对偶在六朝人的诗文作品中时或可见，唐宋以后，合掌被看作韵文的一种疵病，对联创作中要尽量避免。

　　具体说来，合掌其实包括两种类型。一种是两句表达完全相同或基本相同的意思，比如，出句讲"斯为美矣"，对句说"岂不妙哉"，两句基本上是同义重复，这就是合掌。又如，西晋张华《杂诗》中的"游雁比翼翔，归鸿知接翮"，"游雁"就是"归鸿"，"比翼"就是"接翮"，也明显是同义重叠。龙年春节，有家银行贴的春联是"某行献瑞瑞满户，金龙呈祥祥盈门"，也是比较明显的合掌。另一种是将同一个典故拆开来，用在对偶的两句中，比如，西晋诗人刘琨《重赠卢谌》诗中这个对句："宣尼悲获麟，西狩泣孔丘。"就是很典型的一个例子。鲁哀公十四年（前481）春天，西狩获麟。麒麟本来是瑞兽，却被射杀，孔子认为这不是吉祥之兆，悲泣说："麟出而死，吾道穷矣。"于是停止修《春秋》。宣尼是孔子的谥号，宣尼与孔丘所指同为一人，获麟与西狩所说原是一事，上下两句用同样一个典故，虽然字面不一样，实质上却是同义反复。张华、刘琨都处于五言诗发展的早期阶段，他们写出来的对偶句比较粗糙，技法上不那么讲究，那是可以理解的。"蝉噪林逾静，鸟鸣山更幽"，这是南朝诗人王籍《入若耶溪》中的名句，虽然广为传诵，实际上也是两句一意，类似车轱辘子话，难免合掌之病。经过唐宋几百年的韵文创作积累，对偶技术越来越成熟，在唐宋人眼中，这些六朝人的对偶显得太 low 了。所以，喜欢作集句联的宋代诗人王安石，就拿南朝另一位诗人谢贞的诗"风定花犹落"，与王籍的"鸟鸣山更幽"配成一对。前者是寂静中有动作，后者是静寂中有声音，与王籍原来的"蝉噪林逾静，鸟鸣山更幽"相比，王安石的集句联可谓"更上一层楼"。也许，王安石已经感觉到王籍诗的美中不足，才自告奋勇，替王籍"改写"了这一联。

避免合掌，只是对联修辞的"雪中送炭"，修辞美化，才是对联创作中的"锦上添花"。

三、 对联句式与修辞

对联兼有众多文体的特点，有些联语像诗，有些联语像文章。向义《六碑龛贵山联语·论联杂缀》说：

> 联语中五、七字者，诗体也。四、六字者，四六体

也。四字者，箴铭体也。长短句之不论声律者，散文体
也。其论声律者，骈文体也。

这段话意在强调对联句式的重要性与多样性。重要性，是说
对联的不同句式，既表现为外在的体式形貌，也影响对联内
在的风格呈现。多样性，是说对联不仅可以专用四字句、四
六字句、五七字句构撰成篇，形成如箴铭、如四六、如诗歌
的体式风格，还能通过不同句式的配合使用，形成如散文、
如骈文的体式风格。这只是针对对联的规范句式而言，实际
上，对联句式构造的丰富性和复杂性远不止于此。

　　对联中除了常用的规范句式，也有不规范的句式。不规
范主要体现在两个方面，一个是句法构造，另一个是声韵构
造。对联修辞的关键点之一，就是掌握不同句式的节奏特征，
通过不同句式的配合排列，制造不同的声韵效果，呈现独特
的风格面貌。

　　一副多句联，如果纯粹用一种句式，比如纯用四言、五
言或六言、七言，就容易显得单调，所以往往杂用各种句式。
（彩图 2）但是，如果仔细琢磨，也会发现，外形上字数相同
的句式，内在的句法结构往往并不同，因此，其节奏效果也
就不一样。民国时代，清华国学研究院礼聘的四大导师，即
梁启超、王国维、陈寅恪、赵元任，他们个个精通对联。陈
寅恪先生喜欢玩对联，他曾经对清华国学研究院的学生开玩
笑说，你们都算得上是"南海圣人再传弟子，大清皇帝同学

少年"，这是一副工整的对联。与陈寅恪同为清华国学研究院导师的梁启超是康有为的弟子，而康有为又被称为"南海圣人"，国学院这些学生既然是梁启超的弟子，当然也可以说是"南海圣人再传弟子"。另一位导师王国维曾经教过末代皇帝溥仪，虽然溥仪当时已经退位，但从王国维的角度来说，清华国学院这些学生又确实可以称为"大清皇帝同学少年"。这副八言对联可以分成四节，以上联为例就是：南海/圣人/再传/弟子，第一节以仄声收，第二节以平声收，第三节最好以仄声收，但实际上，第三节仍是以平声收，第四节以仄声收。下联与上联对得很工整，也是由四个双音词组成，分成四节，四节末尾的声调分别是"平仄仄平"，与上联的"仄平平仄"正好相对。换一个角度，这副八言对联也可以看成两节四言句的合成："南海圣人，再传弟子"，"大清皇帝，同学少年"。把前四字看成上半句，后四字看成下半句，此联就成了一副四言双句联，平仄上也显得更为讲究了。

梁启超病逝后，胡适撰写的挽联是："文字收功，神州革命；生平自许，中国新民。"平仄节奏与上举陈寅恪联如出一辙。这副对联可以有两种读法。一种是读成一句八言联，"文字收功神州革命，生平自许中国新民"，八个字一气直下，十分顺畅。另一种是读成两句四言，前四字是上半句，后四字是下半句，每两字一个停顿。读成八言一句，是一种节奏和语感；读成四言两句，是另外一种。

通篇只用一种句式的对联，容易单调呆板，对策是设法调整联内各句间的节奏，让它有参差变化。仍然以四言句为例，除了司空见惯的2＋2节奏，也有不那么常见却自具特色的1＋3节奏。从前有一个报馆，门前悬挂对联：

日试万言，具生花笔；

风行四海，如置书邮。

这是扇对格式，"日试万言"对"风行四海"，"具生花笔"对"如置书邮"，对偶工整。前句的节奏是2＋2，后句的节奏是1＋3，两相配合，就有了韵律的参差之美了。我课上有位同学作了一副对联："秋水文章，可容天地；春风词笔，难渡死生。"上下联各两句，都是四言句，但节奏不同，前一句的节奏是2＋2，后一句的节奏是1＋1＋2，与报馆联异曲同工。还有一副很常见的祝寿联：

诗谱南山，筵开西序；

樽倾北海，彩绚东阶。

四句分别嵌入"南""西""北""东"四个方位字，颇具巧思，但是，这四句的节奏完全相同，整齐有余，灵动不足，未免白璧微瑕。总之，多句联的组合，尤其要避免句子节奏过于单调，对过于整齐划一的句式，需要作一些调整，增加其节奏的多样性。

按照五言律诗的格律，五言对联的平仄格式主要有"平平平仄仄"对"仄仄仄平平"（A式）和"仄仄平平仄"对

"平平仄仄平"（B式）。蔡元培去世之后，据说蒋梦麟写的挽联是："大德垂后世，中国一完人"，却不符合这个格式。问题似乎出在上联，五个字中有四个字是仄声。我怀疑我所见到的文本流传有误，此句可能出自杜甫《咏怀古迹》之五："诸葛大名垂宇宙"，"大德"可能是"大名"之误。不过，也有可能蒋梦麟觉得，必须用"大德"才能表达出他对于蔡元培先生一生功业的崇敬之意，甚或他觉得平仄并不那么重要，少数字位的平仄可以灵活机动。总之，就目前所见，这副对联的音节构造是有瑕疵的。而相传为国民党元老吴稚晖所作挽蔡元培联"平生无缺德，举世失完人"，就完全符合A式。

六言古诗作品不多，而六言对联却颇为常见，二者文体不同，但节奏安排的道理是相通的。王安石写过《题西太一宫壁》六言两首：

> 草色浮云漠漠，树阴落日潭潭。三十六陂流水，白头想见江南。

> 三十年前此路，父兄持我东西。今日重来白首，欲寻陈迹都迷。

这两首六言诗都有自己的节奏特点。"三十六陂春水""三十年前此路"这两句的节奏，与其余各句不同。其余六句的节奏都是2＋2＋2，而在这两句中，"三十年前""三十六陂"这两组词，四个字合起来读，不是匀速的两个字一个节拍（2＋

2＋2），而是近似于"3＋1＋2"的节奏。这是为了打破单调声律而有意进行的节奏调整。

以七言为例。除了有七言律绝中常见的句式（2＋2＋3，或者2＋2＋2＋1）之外，也有折腰句（3＋1＋3，如"风萧萧兮易水寒"），还有1＋6、2＋1＋4、3＋4之类的句式构造。例如，黄鹤楼上有一副对联：

> 一楼萃三楚精神，云鹤俱空横笛在；
>
> 二水汇百川支派，古今无尽大江流。

表面上，这四句都是七言，但稍微留意就会发现，这四个七言句的节奏并不相同。上下联前句的节奏是2＋1＋4（一楼/萃/三楚精神），后句的节奏是2＋2＋3（云鹤/俱空/横笛在），如此读来，四句七言同中有异，就不那么呆板了。又如潘重规代拟挽蔡元培联：

> 撷古今道术菁华，先觉宏开新学派；
>
> 值贤圣龙蛇凶谶，殊方齐哭大宗师。

表面上看，上下联各有两句，都是七言句，貌似句式单调，其实不然。"撷古今道术菁华""值贤圣龙蛇凶谶"实际上是1＋6的句式结构，是非常规的七字句，其节奏近于散文，而"先觉宏开新学派""殊方齐哭大宗师"则是常规的七字句（2＋2＋3），其节奏近于诗。总之，这两种七言句貌合神离，节奏上却产生了很好的配合效果。

据说丁文江给胡适写过一副寿联：

凭咱这点切实功夫，不怕二三人是少数；

看你一团孩子脾气，谁说四十岁为中年。

这一副双句联，前后两句都是八言，但是，前句的节奏是2＋2＋2＋2，后句却是2＋3＋1＋2，事先巧妙地做了调整，虽然用的是白话文，却不失温文尔雅。

"美人迈兮音尘阙，隔千里兮共明月。"这是谢庄《月赋》中的佳句。如果将其中的"兮"字删除，这两个七言句就会变成四个三言句："美人迈，音尘阙。隔千里，共明月。"北宋诗人王禹偁被贬滁州时，曾有《谢上表》云："诸县丰登，绝少公事；全家饱暖，共荷君恩。"后来，欧阳修也被贬滁州，他有感而发，化用王禹偁上表之意，改写为两句诗："诸县丰登少公事，一家饱暖荷君恩。"这也很像一副对联。从这两个例子中可以看出，两句七言可以分解为四句三言，两句四言也不难合并为一句七言。不仅如此，其他句式之间，往往也可以灵活转换。有了在不同句式间自如转换的自觉意识，阅读积累就容易转化为创作中的资源，取之不尽，用之不竭。

读词的时候，我们会经常碰到一字逗，一字逗大多用在句首，领起全句，又称"领字"，像柳永《八声甘州》"对潇潇暮雨洒江天"句中的"对"，"渐霜风凄紧"句中的"渐"，都是领字。对联中也会用到领字。要把句子写得灵活一些，学会在句子前面用领字，或者在句中句脚用虚字，有立竿见影的效果。湖北汉口长沙会馆曾有一副对联，领字和虚字就用得不错：

> 隔<u>秋水一湖</u>耳，<u>看</u>岸花送客，檐燕留人，此境原非异土；
>
> 共<u>明月千里</u>兮，<u>记</u>夜醉长沙，晓浮湘水，相逢好话家山。

不妨就此联做一个试验：将上下联首句脚的虚字（耳、兮）以及头两句的领字（隔、共）删除，这副对联就从原来由四言、五言、六言组成的多句联，变成了由四言和六言组成的多句联：

> 秋水一湖，岸花送客，檐燕留人，此境原非异土；
>
> 明月千里，夜醉长沙，晓浮湘水，相逢好话家山。

句子依然通顺，语意也基本没有损失，但是，全篇却不复原来的妖娆多姿。看来，多句联要避免呆板单调，除了对句内节奏做调整，还可以使用领字和虚字，给句子做一点装扮，让句子摆出各种 pose，平添诸多姿态。等课程讲到集句联的时候，我会专门讲一讲集宋词为联，到时大家可以围绕集词句为联，在这方面多做一些体会和练习。

余英时曾经写过一首诗，祝贺洪业先生八十大寿。诗的颈联是：

> 孙况传经开汉运，
>
> 老聃浮海化胡风。

这相当于一副寿联。老聃就是老子，荀子原名荀况，汉代人为了避汉宣帝刘询之讳，称荀况为孙况。洪业晚年赴美，在哈佛大学讲授中国学问，传播中国文化，可比荀况开汉、老子化胡。余英时并非汉代人，当然用不着避汉宣帝的讳，他在此联上句称"荀况"为"孙况"，既是为了与下句的"老聃"相对，一"孙"一"老"，相映成趣，又有意以汉人对荀子的称呼，呼应后文的"开汉运"。"汉运"与"胡风"相对，兼指洪业对于美国汉学之贡献，可谓对偶工整，意味深长。这是体现在用典和用字方面的修辞，颇见匠心。典故就像一堆布料，色彩不同，形状各异。写一副对联，就好比裁剪一件衣服，不同的衣服需要不同色彩、不同形状的布料，要量体裁衣，因地制宜。对联属于辞章之学，修辞之道不可忽略。

培养对对偶的敏感和自觉意识，是做好对联的关键。古人在读书或者日常生活中，很注意收集对偶材料，既便调用，又防遗忘。宋代诗人陆游、刘克庄等人都有这样的习惯。烈士壮心对狂奴故态，手板对肩舆，子午谷对丁卯桥，麈尾清谈对蝇头细字，等等，就是刘克庄在《后村诗话》中积攒的对偶材料。清代南京学人甘熙在其笔记《白下琐言》中，也有意把南京的很多地名作成对偶，如油市对盐仓、斗鸡闸对钓鱼台、红花地对紫竹林、长乐渡对莫愁湖、五马渡对九龙桥等。在这些方面，前贤为我们树立了好榜样。从这个角度来说，修辞就是把你读过的典籍、掌握的典故融会贯通，得体而巧妙地使用到具体的写作之中。

四、 习作点评

本次课后练习的题目，是以"情多最恨花无语"或"花如解语还多事"为上联，请对出下联。这两个上联句式上有点老套，但立意上却层层递进，后一句很像是前一句的翻案。我希望大家的对句思路尽量开阔一点，立意尽量新奇一些。

交上来的作业各显神通，我选几篇略作点评。点评别人的作品，不管是文言文还是白话文，都是吃力不讨好的事。我姑妄言之，各位姑妄听之。

针对"花如解语还多事"，有一篇作业对的是"水若回流尽少年"。以"水若回流"对"花如解语"，思路还是比较开阔的。如果水都能够回流，那么，流逝的光阴也就可以倒转，每个人都可以再次回到自己的少年时代，那该有多好。这个下联让我联想到苏轼那首脍炙人口的《浣溪沙》，词里有这样两句："谁道人生无再少，门前流水尚能西。"如果按苏轼词句的思路进行仿写，下联或许可以写作"水尚流西况少年"，美中不足的是，"流西"与"解语"对偶不太工整，另外，这个句子包括两层意思，"水尚流西"与"况少年"之间的过渡不那么直接顺畅。

有一位同学以"客若能歌可共游"来对"花如解语还多

事"，这可能是有感而发，触景生情吧。与人交朋友，如果这个朋友能唱歌，是卡拉 OK 场上的麦霸，与他往来游处，一定相当快乐。这副对联表达了对于歌唱、对于交友之道的理解，不过略嫌质实。相比之下，另一位同学以"云若牵衣未有痕"对"花如解语还多事"，就比较多一些诗意。想象此刻你正置身于江西三清山或者安徽黄山的某个山峰，云雾缥缈，当你走进云海之中，岂止是"云来牵衣"，简直是被云包围了。待到云开雾散，你发现衣襟湿润了，那就是"云牵衣"留下的痕迹。也可以想象自己与云携手同行，恍若登仙，如何措辞，可以再斟酌。

针对"花如解语还多事"，有人对的是"水似无心已远流"，也有人对的是"水或无情也自流"。将这两个方案综合一下，可以得出"水实无情自远流"。如果要吹毛求疵的话，"远流""自流"的"流"字，应该算是动词吧，而"多事"的"事"似乎是个名词，对偶不算工稳。不过，只从整句的文言语感来看，还是不错的。

"梦为远别啼难唤，书被催成墨未浓。"李商隐的名篇《无题》中的这一联，很多人耳熟能详。有两篇作业似乎都受到李商隐此联的影响。针对"花如解语还多事"，有一位同学对的是"墨欲成诗却无言"。本来，墨是可以把这首诗写出来的，可惜过于着急，墨未磨浓，就无法写诗了。或者是因为过于激动，反而不知道要说什么好。照平仄格律来讲，"无"

字这个位置应该用仄声，需要订正，整句也要再打磨。针对"情多最恨花无语"，有一位同学对的是"墨淡方知砚已空"。从笔迹上可以看出来，墨越来越淡，原来砚台上已经没有墨了，句子前半与后半之间有因果关系，不过这样表达比较平实，诗意不足。

针对"情多最恨花无语"，有一位同学对的下联是"梦断方知泪有痕"。对得不错。这句要表达的意思是：往往是梦醒之后，才发觉梦中流过泪，因为脸上还残留有泪痕。这句是比较写实的，很多人可能都有过这样的经历。从修辞的角度来说，似乎可以换一个思路，改为"泪湿方知梦有痕"。与"泪有痕"相比，"泪湿方知梦有痕"以实写虚，更有新意。梦境来无踪，去无影，无从追索，梦醒之后才发现枕上泪湿，原来是梦留下的痕迹。

有人以"水浅何妨草自深"来对"情多最恨花无语"。"水浅""情多"，一虚一实，构思角度不错。"情多"与"花无语"之间，有了"最恨"二字的勾连点染，精彩顿出。"水浅"与"草深"之间用"何妨"串连，力度不够，没有把"水浅"与"草深"二者的关系交代得出人意表。当然，这里只有两个字的篇幅，腾挪空间有限，确有难度。我又想起近年网上颇为流行的一个成语"静水流深"。它的意思大概是：表面看上去很普通的东西，实质上可能很丰富，表面看上去很迷人的现象，实质上可能很复杂，甚至很危险。如果将下联改为"波静谁知水自深",是否也能阐发这个成语的含义呢?

"情多最恨花无语,泪尽方怜木有期"。为什么要说"木有期"呢?"木有期"又是什么意思呢?我都不太理解。在"搜韵网"输入"木有期"这三个字,没有查到前人的用例。先秦诗歌经典《越人歌》唱道:"山有木兮木有枝,心说君兮君不知",颇为符合这副对联的情调。但原文是"木有枝",与"木有期"分明不同。我建议将对句改成"泪尽偏怜木有枝"。"泪尽"说的是痴绝,"偏怜"是对这种痴心的共情,"木有枝"则隐寓"心说君兮君不知"的落寞悲伤,不无余韵。

"花如解语还多事,柳若含颦自有情"。对偶工整,没有问题。上联说花,下联讲柳,花树有别,不能算合掌,但毕竟张力有限,开拓的意义空间不大。相比之下,"花如解语还多事,天纵能春不假年"这副对联的格局就比较大。下联"假"是"假借"之义。唐代诗人李贺说:"天若有情天亦老",但老天爷也可能是无情的,年复一年,它安排好春夏秋冬四季轮转,可是,它却不给人们送来年寿,不让人长生不老。从这个角度来说,下联也可以写作"天纵能春不驻年"。"天纵能春"造语劲健,"纵"字尤其有力,我很欣赏,但"假年"似乎不及"驻年"晓畅,建议改为"驻年"。

人在世间,多情难得,知音更是难得。"情多最恨花无语,弦绝方知遇有时",表达的就是这两层意思。下联用的是俞伯牙和钟子期的典故，很好。大家都知道，俞伯牙善于演奏，钟子期善于欣赏，高山流水，知音难得。钟子期死后，俞伯牙破琴绝弦，终身不复鼓琴，突显了知音存在的重要意义。人的一生能否遇到知音，殊难确定，有时要靠命运，"遇有时"是中国文学中经常谈论的主题。这个下联很好，但与上联剑拔弩张的"最恨"二字相比，下联的"方知"不免有些松弛和缓。

最后再看一篇习作："花如解语还多事，月若圆缺可有情？"这个对句的平仄有点问题。第二字、第四字、第六字位置的"若""缺""有"三字皆是仄声，未能严守音律。"圆缺"也跟"解语"对不起来。如果改成"月若能圆便有情"，或者"月若长圆最有情"，也许会好一些。苏轼《水调歌头》词说："不应有恨，何事长向别时圆？"旧词可以翻新，能翻出一些新意思，变出一些新句法，就好。

从这次作业来看，各位已经大致掌握七言联的格律形式，但是，句法琢磨与修辞技巧还有待提高。"情多、最恨、花无语"，实际上是三个层次。这三个层次好比是三块石头，假设我们要过一条小河，需要踩着这三块石头才能过去，或者说，用这三块石头为支柱，搭成一座桥，才能过河。过河，就是表达了一个完整的、出新的意思，那么，对联就成功了。总之，对联前后文的词语之间、意象之间，都要注意彼此联结，相互支撑，才能精益求精，更上层楼。

第五讲

庆贺联（上）

广义的庆贺联，按照使用场合的不同，可以分为两大类。一类用于公共场合或者与公众相关的庆贺活动，另一类用于私事场合或者与私人相关的庆贺活动。前者加上后者，属于广义的庆贺联，而后者属于狭义的庆贺联。各种私人场合的庆贺活动，最主要的是祝寿和新婚场合，放在下一讲细说，这一讲只说前者。

公共场合的庆贺活动，最常见的是节日庆贺，包括春节、元宵、国庆等，最重要的是春节。春节是公共节日，普天同庆，家家户户张贴春联，当然具有公共性。至于公家单位、公共场所张挂春联，更是公事。其他公共场合的庆贺活动，则包括公司开业、店铺开张、建筑落成以及机构单位周年庆典（比如校庆、厂庆等）。在这些场合使用的对联，最能够烘托喜庆的氛围，普及面广，大众接受度高，历史悠久，甚至已经成为相当稳定的礼俗。这几点也正是其公共性的具体表现。

一、 春联及其他节庆联

在各种节庆场合使用的对联中，春节所用的对联亦即春联最为普及，源远流长，雅俗共赏。春联已经成为中华文化的特色礼俗之一，世界上凡是有华人生活的社区，就能看到春联。这一礼俗根深蒂固，无远弗届，久而久之，很多春联名作脍炙人口，传诵遐迩，逐渐经典化，每年春节都出来亮相，被千家万户重复使用。每年春节临近，一副内容相同的春联被书写千百次，被印制成千千万万件，在市场上出售，人们更加看重的不是其独一无二的书写艺术，而是文辞中蕴涵的吉祥喜庆的气氛。

这些化身千万的春联中，有不少言简意赅，不愧为经典佳制。其中最常见的就是："天增岁月人增寿，春满乾坤福满门。"这副对联虽然只有七个字，却照应天与人，绾合福与寿，立足春节这一具体节点，将时间与空间相结合，视角相当开阔，虽然是祝福的套话，却说得诚挚、大气，而且年年岁岁、家家户户都能用，普适性很强。

春联是礼俗性文学，既有礼仪的一面，又有民俗的一面。从礼仪方面说，春联有格式化、套语化、普适化的特点，也有个性化的特点。所谓个性化，就是某些春联只适用于某年、某地、某家、某人。面对一年一度的新春佳节，有些人仪式感强，他们不愿意到市场上随便买几副千篇一律的春联，敷衍了事，而是郑重其事，用心构思，自撰新联，自书自贴，推陈出新。年年有春节，每年皆不同，扣紧每个春节的特点落笔，春联就个性化了。年年有春节，家家自不同，自撰春联之时，倘能结合自家情境，就更能突出个性特色了。

我们今天使用的历法是阳历（亦称新历），某些场合兼用阴历（亦称旧历）。新旧历之间的"阴差阳错"，造成各种有趣的现象。有的新历年没有"立春"节气，有的新历年，比如 2023 年，却包含两个"立春"节气，年头年尾各一，号称"双春年"。若有人对双春年情有独钟，又恰逢其花甲重开，就有可能喜不自禁，自作春联之时，就可以围绕这一点生发。又比如，就旧历来说，2000 年是庚辰年，民间称为龙年。就新历来说，2000 年是 21 世纪的起点，是另外一种"一元复始"，人们难免对它寄以万象更新的期望。表面上看，每年的春联都一样，无非是总结过往的一年，展望将到的新年，但是，只有从真正的春联佳作中，才能看出它如何突破辞旧迎新的套路，完成个性化和创新性的表达。

2022 年 1 月 16 日，第七季"城门挂春联，南京开门红"揭联仪式在南京中华门隆重举行。中华门悬挂的对联，自然要围绕"中华"二字作文章：

喜迎六合春，春登虎榜写前言：幸福源于奋斗；

纵览百年史，史铸龙魂传后裔；人民就是江山。

上联立足于春，特别突出"六合同春"，同时点明"虎榜"，紧贴当年春节（2022年是壬寅年）的时序特征。下联立足于中国共产党建党百年的历史节点，又以"龙魂"补足"中国"之意。"春""史"二字是全联的句眼，分别在上下联两次出现，一次在句脚，一次在句首，构成蝉联格的修辞格式，可见巧思。末句则突出其政治性。总之，不同地区、不同个人、不同年份的春节，各自有不同的意义，尽可以各作发挥。

春节过年，过的是旧历年。旧历常用干支纪岁，十个天干（甲乙丙丁戊己庚辛壬癸）与十二个地支（子丑寅卯辰巳午未申酉戌亥）相匹配，按顺序从甲子到癸亥，六十年一循环，通常也称为"六十年一甲子"。2022年是农历壬寅年，民间称为虎年；前一年是辛丑年（2021），民间称为牛年；再前年是庚子年（2020），民间称为鼠年；再往前是己亥年（2019），民间称为猪年。每一个春节，由于纪年的干支不同，生肖不同，民间由此衍生不同的理解或想象。如何写出只有本年才适用的春联呢？假设要过壬寅年或者己亥年春节，请你写一副有当年特点的春联，你该如何应对呢？

一般来说，龙（辰年）、虎（寅年）、猪（亥年）之类的生肖，人们喜闻乐见，比较容易措辞，而鼠（子年）、蛇（巳年）之类的生肖，就比较难以落笔。只围绕十二生肖的形象作文章，也容易流于浅俗。蔡东藩为我们提供了一个解决方案，就是把该年的干支嵌到对联当中，调用历史文化资源，进行创造性转化。他提供的辛巳年对联样本是：

> 盘受五辛，辟成齑臼；
>
> 禊修上巳，序忆兰亭。

"辛""巳"二字分别嵌于上下联第四字。上联从"受辛"引出"辟（辞）"，由"辟（辞）"引出"齑臼"，由"齑臼"引出"黄绢幼妇外孙齑臼"的典故，层层递进，寓"绝妙好辞"之意。"黄绢幼妇外孙齑臼"是三国时代有名的拆字谜语。"黄绢"就是有"色"之"丝"，合成"绝"字；"幼妇"就是年"少""女"子，合成"妙"字；"外孙"就是"女"儿之"子"，合成"好"字；"齑臼"就是承"受"姜蒜韭等"辛"辣之物，合成"辟（辞）"字。下联由"上巳"引出兰亭雅集的故事，借东晋永和九年上巳之日（三月三日）在绍兴兰亭举行修禊之会，比喻才人高会。此联既紧贴辛巳年，又巧妙避开了与蛇相关的典实，措辞巧妙而典雅。

蔡东藩提供的己亥年对联样本是：

> 推己及人，存心宜恕；
>
> 有亥为豕，办事必明。

"己""亥"二字分别嵌于上下联的第二字。上联讲推己及人，就是己所不欲勿施于人，这是与人为善，存心宽恕。下联使用的正是关于"己亥"的典故。在古代字体中，"己亥"与"三豕"字形相近，以致"己"被误写为"三"，"亥"被误写

物阜天寶長安樂

人壽年豐大吉祥

集曹全碑七言春聯

为"豕"，闹出笑话。这是大家比较熟悉的典故，不作解释了。能够发现亥豕之讹，可见目光敏锐，办事精明。

这两副对联，几乎是在任何一个地方任何一个辛巳年或己亥年都适用的。在蔡东藩样本的基础上略加发挥，涂饰一些本地色彩，增添一些吉祥喜庆的内容，就可以制作一副具有当年当地特色的春联了。在《中国传统联对作法》中，蔡东藩提供了从甲子到癸亥六十年的嵌字样本，干支分别嵌于上下联同一位置，格式严谨，风格古雅，值得观摩学习。

说到当地特色，有大有小。大的关乎省、自治区、直辖市，小的则限于一室一厅。2005 年央视的春节联欢晚会，为中国 34 个省级行政区撰写对联，因为晚会时间有限，不得不两两组合撰为一联，尽可能突出当地的特色，追求言简意赅，画龙点睛，共成十七副对联，分为五组。这一批对联是典型的公共场合所用的春联，也能代表当前社会上流行的春联风格。下面略作评析。

第一组中有四副对联。第一副就是北京对上海，"帝都"与"魔都"，一南一北，正堪作对：

三海九门，京华迎奥运；

一江两岸，世博靓申城。

上联说的是北京，以"三海九门"点明北京的地域特色。所谓"三海"即北海、中海、南海的合称，而"九门"指的是明清北京内城的九座城门。当时，北京正在为迎接 2008 年夏季奥运会做各种准备，可谓喜气洋洋。相对来说，"一江两岸"的地域特色没有"三海九门"那么突出，但是，从"世博""申城"二词中已经足以锁定上海的身份。此联写京、沪二市，用"奥运""世博"等新词装点，都比较直白。

第二副写的也是两个直辖市，是以重庆对天津：

> 朝天门喜迎天下客，
>
> 天津港笑纳万国风。

此联浅显易懂。朝天门与天津港都是码头，不约而同。不巧的是，渝津两个码头名字中都带个"天"字，如果说这副对联有什么小瑕疵的话，这应该算一个。

同在东北、毗邻而居的吉林与辽宁两省，自然凑成一对：

> 车轮飞转，东西南北追风去；
>
> 钢水奔腾，春夏秋冬入眼来。

上联说吉林，它是汽车工业基地，下联说辽宁，它是钢铁工业基地。这副对联是双句联，如果"车轮飞转"句改用平声收尾，"钢水奔腾"句改用仄声收尾，也许更好。

> 雪域春秋扎西德勒，
>
> 天山南北乌鲁木齐。

很显然，此联写的是西藏与新疆。以"扎西德勒"（藏语中意为"吉祥如意"）对"乌鲁木齐"（蒙古语中意为"美丽的草原"），不仅富有地方特色，也较为工整。

第二组也有四副对联，广东对广西、山东对山西，是东西相对。湖南对湖北、河北对河南，是南北相对。这四对是拆不散的天成佳偶。

　　南海风清，讲述春天故事；

　　漓江水碧，飘来三姐新歌。

上联说的是邓小平1992年春天南方谈话，吹响新一轮改革开放的号角。后来有一首歌曲《春天的故事》，便是歌唱此事。《春天的故事》可以说是个新的典故，而刘三姐则是旧典。"故事"对"新歌"也是妥当的。

　　写山东与山西两省的那副对联是：

　　孔子仁、关公义，人文典范；

　　泰山日、壶口烟，天地奇观。

上联讲人文，下联讲自然，但上联中的孔子属于山东，而关公属于山西，下联中的泰山属于山东，而壶口属于山西，可谓你中有我，我中有你，山东山西融为一体，这是此联与众不同的地方。

　　湖南湖北一联，也是围绕两省的自然人文作文章：

　　八百里洞庭凭岳阳壮阔，

　　两千年赤壁览黄鹤风流。

上联写湖南，下联写湖北，意象开阔，颇有气势。湖南岳阳的岳阳楼、湖北武汉的黄鹤楼以及江西南昌的滕王阁，并称江南三大名楼。登临岳阳楼，凭栏可以远望八百里洞庭湖，这是没有问题的，相反，在赤壁（此处指的是东坡赤壁）观览黄鹤风流，就显得有些拼凑、生硬，不如改弦更张，不用"赤壁"也罢。

河北河南一联则是：

> 万里长城，山海关龙头为首；
>
> 独门绝技，少林寺天下无双。

老龙头位于今山海关城南五公里处的渤海之滨，是万里长城的东部起点。此联以山海关长城代表河北，以少林寺武术代表河南，突出两地最有特色、最值得骄傲的文化景点。

第三组的四副对联中，两副写南方，两副写北方。南北风物不同，从贵州对四川一联，就可以看出两地风物的特点：

> 苗寨黔山黄果树，酒香赤水；
>
> 川肴蜀绣锦官城，花径草堂。

如果严格遵照双句联的格律，上下联首句句脚的平仄，应该与次句句脚平仄相反。而在本联中，"树"和"水"皆是仄声，"城"和"堂"都是平声，可谓白璧微瑕。

> 饮龙井茶，品江南丝竹；
>
> 登虎丘塔，论天下园林。

一看就知道，此联是以浙江对江苏，自然要突显两地的江南特色。写浙江突出龙井茶，中间有个"龙"字；写江苏突出虎丘塔，中间有个"虎"字，对偶工稳，丝竹园林，都突显江南特色。

内蒙古对黑龙江一联是：

碧草毡房，春风马背牛羊壮；

苍松雪岭，沃野龙江豆谷香。

两地特色抓得很准，不能移用到其他省份。

宁夏对陕西一联，用的是先分后总的写法。

红黄蓝白黑，五珍献瑞；

字史酒医诗，诸圣流芳。

宁夏专写其自然物产，"红"的是枸杞子，"黄"的是甘草药，"蓝"的是贺兰石，"白"的是滩羊皮，"黑"的是发菜。陕西专写其人文特产，字圣仓颉，史圣司马迁，酒圣杜康，医圣张仲景，诗圣杜甫，都是陕西对中国文化的贡献。这几位圣人流芳百世，不过，他们的籍贯不是没有争议的。我建议上下联首句调整为"蓝白黑红黄""酒医诗字史"，这样平仄更为精致。

第四组中，青海甘肃一联颇有特色：

水泽源流，江河湖海；

金银铜铁，镉镍铅锌。

上联写青海，八个字都带水，显得水资源特别丰富。下联写甘肃，则是字字都带金，足见各类金属矿藏最多。汉大赋中铺陈草木虫鱼鸟兽或者其他物产，时常会用到联边字，比如写天上飞的鸟，会连续出现一串鸟字偏旁的字，写水中游鱼，十来个鱼字偏旁的字联翩出场。此联借鉴汉赋的这一修辞技法，颇有新意。

海南与云南两省，都位于中国的南疆：

> 石林自有高材生，群峰拔地；

> 琼海独具大手笔，五指擎天。

石林是云南名胜，拔地而生的山峰，像一个个身材颀长的英俊小生，名闻遐迩。五指山更是海南岛的象征，明代海南籍文学家丘濬有诗咏五指山："五峰如指翠相连，撑起炎荒半壁天。……岂是巨灵伸一臂，遥从海外数中原。"此联拈出石林、五指山这两处名胜，作为两省的代表，是恰切的，将石林比作高材生，将五座山峰比作五指擎天，也是巧妙的。但"琼海独具大手笔"一句还有欠斟酌，首先，此句七字中有六字仄声，句内缺乏平仄的起伏变化，其次，"具"这个字位应作平声，才能与上联相对，或可考虑以"持"替换。

安徽对江西、香港对澳门两联，也都是突出各地的精华，专说一点，不求面面俱到。

> 黄山为九州增色，

> 瓷器与中国同名。

由黄山可以联想到安徽，由景德镇瓷器可以联想到江西乃至中国，这种"以偏概全"，也是修辞惯伎。

> 荆花吐艳香江瑞，

> 莲蕊临风镜海清。

以香江指香港，以镜海代澳门，众口相传久矣，将这两个词作为港澳两地的别称，通俗易懂。

第五组只有一副对联，以福建对台湾：

> 品铁观音，香飘两岸；

> 拜妈祖庙，情系一家。

闽台两地隔海相望，同饮铁观音茶，同拜妈祖庙，地理上分在两岸，文化上实是一家。上下联可以说是互文见义，选取的角度颇为巧妙。

在上述五组对联之外，那年的春节联欢晚会还特撰一副春联，总结陈词，也可算是曲终奏雅：

> 上下五千年，太平盛世欣今日；

> 纵横九万里，锦绣中华兴未来。

换作今天，这副对联中的"兴未来"很可能会被改为"创未来"。总之，为34个省级行政区撰写春联，是一个不错的题目。在座的各位同学，如果有兴致，也不妨以此为题，作一次春联写作的实战训练。已有珠玉在前，各位可以略作变通，为你所在的省（市区）所辖各市县撰写春联。各地的建置历史、山川名胜、风物习俗等等，都可以作为素材，融入这类春联的写作中。实际上，《中国传统联对作法》卷二"地理类"中已经搜集整理了26个行政区（不包括京津沪渝港澳台琼八省市）的对偶材料，好比食材已经备好，就等厨师上手，马上就能做出一桌美味佳肴。

不同的春联，适用于不同的时间与空间，能够突出其时空属性的春联，便是有个性的春联。时空属性有各种不同的

新年幼餘慶

嘉節號長春

集米芾书五言春联

表现方式。以空间为例，既有大的空间，也有小的空间。大则省市乃至一个文化区域，中至山川河岳，小到人们生活居住的空间，如厨房、客厅、书房、寝室，或游憩休闲的处所，如园林、亭台、楼阁等。在这些地方贴春联，自然有不同的讲究。总而言之，面对春节这样一个普天同庆的公共节日，如何写出一副既有公共性，又有个性特点的春联，无疑是充满挑战的。

除了春节，还有一些传统节令，比如人日、立春、元宵、上巳、清明、中秋、重阳、冬至等，也都用得到对联。这些岁时虽然没有春节那么重要，也有不少相关的典故和诗文作品。古代有一类专门写岁时节令的书，比如《荆楚岁时记》《岁时广记》之类，集中收录古人的岁时知识和节令习俗。很多类书中也有与岁时相关的条目，可以查阅到哪些朝代哪些人写过哪些诗文作品，哪些流传比较广。蔡东藩《中国传统联对作法》卷二《材料》首列"岁时类"，将古代典籍中有关四季重要节令的典故材料整理成各式对偶，或两言、三言，或四言、五言，或六言、七言，分门别类，方便剪裁使用。

举元宵节为例。元宵节就是正月十五日，又称元夕、上元。这是春节后的第一个节日，很多人将元宵节视为春节假期的终了，过了元宵节，才算过完年。中国文化传统向来重视元宵节，文学史上有很多关于元宵节的诗文作品，历史上有很多元宵节的故事。蔡东藩替我们准备了制作元宵节对联的"食材"，包括三言对偶"三五夜，一重春"，四言对偶"金吾不禁，玉漏莫催"，五言对偶"火树银花合，星桥铁索开"，六言对偶"驾鳌山于海峤，访鸾镜于京都"等等，一一注明典实出处。比如"火树银花合"两句，典出唐代诗人苏味道的名篇《上元》："火树银花合，星桥铁锁开。暗尘随马去，明月逐人来。游伎皆秾李，行歌尽落梅。金吾不禁夜，玉漏莫相催。"而"鸾镜"一典，说的是众所周知的那段破镜重圆的故事。南朝后期，陈朝乐昌公主与其夫君徐德言在战乱中失散，他们各自手执半块铜镜，相约以此为相认的凭据。果然，在元宵节那天，两半失散的铜镜在京城市场上拼合，失散的夫妻二人也幸运地团圆了。这是一段元宵节的故事，也是一段祝福美好爱情的故事。有关元宵节的故事，在各种岁时典籍、类书以及类编诗文集中时或可见。蔡东藩书中整理的对偶材料，相当于是一块块积木，利用这些积木略作拼搭，就可以作成各式对联。

2017年元宵节，南京大报恩寺遗址公园组织盛大的元宵灯会，我应邀代撰一副对联：

休辜负良辰，竹马青梅，此地偏宜约会黄昏后；

最难逢盛世，银花火树，今宵相映报恩明月中。

"青梅竹马"这个典故，出自李白的《长干行》："妾发初覆额，折花门前剧。郎骑竹马来，绕床弄青梅。同居长干里，两小无嫌猜。"这里出于调谐平仄的需要，改为"竹马青梅"。

大报恩寺坐落在秦淮河畔的古长干里，典故用在这里可称切合。"银花火树"写的是元宵灯会的情景。为了调谐平仄，把"火树银花"改成"银花火树"，很多典故词语，使用时都可以做这样的灵活变换。

最后，再次向大家推荐蔡东藩《中国传统联对作法》，这本书内容丰富，案例众多，示人门径，不仅可以当资料书和工具书来使用，也可以作为对联选本来鉴赏学习。

二、 开业庆贺联

《中国传统联对作法》还撰集了各种行业的对联，并附上简要的注释，方便参考使用。其中包括廨宇（各种政府机关）、术业（学校、工厂、医院等）、祠庙、市肆（各种店铺）等类别。这些内容集中在本书第五、第六两卷，虽然蔡东藩称之为"格式及注释"，其实也是联对材料的渊薮，与卷三《材料》所收"职业类""祠宇类""食货类"等殊途同归。廨宇和祠庙两类，字面上所指似乎更偏重于楼宇建筑，实际上，廨宇祠庙也有各自的行业背景。术业和市肆两类，字面上所指似乎更偏重于行业，但每个行业又都可以落实到具体的办公楼房或营业处所。如此说来，这几类其实可以归并为行业范畴。各行各业，每逢其楼宇馆舍初次投入使用、店铺开张、重新修缮或者周年节庆之时，都可能举办某种庆贺仪式。在其店铺楼宇楹柱之上张贴对联，既是常见的庆贺方式之一，也是一种文化装潢，同时兼有广告宣传的效应。

店铺对联中最常见也最通俗的，是"生意兴隆通四海，财源茂盛达三江"。此联由来已久，几乎适用于所有商家店铺，通用性或者说普适性特别突出。不过，如果所有店铺都贴同一副对联，内容雷同，格式统一，就未免太缺乏新意，甚至令人生厌。毕竟每个行业都有自身的特殊性，一家理发店与一家花店，固然都可以张贴"生意兴隆通四海，财源茂盛达三江"，但如果有突显自身特色的门联，令人耳目一新，或许能招徕更多顾客。同样是学校，大学与中学、小学有所不同。"术业宜从勤学始，韶光不为少年留"，这副对联意在劝导学生，读书治学最重要的是勤奋，时光易逝，青春不留，"少壮不努力，老大徒伤悲"。从立意上说，此联适用于所有学校，不过，仔细斟酌下来，恐怕还是中小学校更为适用。国内大学名目繁多，各有专长，各有偏重，或为师范大学，或为农业大学，其间区别十分明显。蔡东藩曾为农业学校撰写过对联：

简稼器，辨土宜，本属农田学问；

分五谷，勤四体，方知稼穑艰难。

上联说要认清耕田所用各种各样的农具，要明白各种土壤适合种什么作物，这当然是农学专业必备的学问。下联化用

《论语》中的成语"四体不勤，五谷不分"，略作改变，便十分切合新的语境。从"四体不勤，五谷不分"到"四体勤，五谷分"，再到"勤四体，分五谷"，再到"分五谷，勤四体"，为我们提供了一个经典文本如何剪裁、加工、使用的范例。这副农校联也有瑕疵，"简稼器"的"器"字最好换成平声字，才能更好与下句及下联相对。另外，虽然现代农学也必须从"辨土宜""分五谷"开始，但是，此联所写的农学仍然过于传统了一些。

古代的书院既是教育机构，也是学术研究机构，是人文荟萃之地，近乎今日的大学。书院落成，总要配上合适的楹联，彰显书院的旨趣。清代道光年间，著名学者阮元主持创办了广州学海堂，后来成为蜚声学林的书院。阮元亲自为书院撰写对联：

> 公羊传经，司马记史；
>
> 白虎德论，雕龙文心。

中国传统学术的核心，就是经史子集四部典籍。这副对联依次列举经部的《春秋公羊传》、史部的司马迁《史记》、子部的《白虎通德论》和集部的《文心雕龙》，作为四部典籍的代表，最为巧妙的是，这四本书名（《史记》也可以简称为"马史"）中都带有动物：羊、马、虎、龙，好像四部典籍各有生肖属性，令人为之莞尔。当然，为了从四部典籍中凑齐四种动物形象，有些节奏点的平仄就不免稍作变通。比如，"公羊传经"一句，第二、四字两个节奏点都是平声，"司马记史"一句，相应的两个节奏点都是仄声，好在下联两句的平仄，"白虎德论"正与"公羊传经"相对，"雕龙文心"正与"司马记史"相对，一定程度上弥补了其不足。当然，细究其词义，此联仍然有生硬拼凑的痕迹，这恐怕也是无可奈何的事。

又比如鱼行，这是比较特别的行业。蔡东藩提供的鱼行联是：

> 烹鲜无待临渊羡，
>
> 食脍何须缘木求。

"临渊羡鱼""缘木求鱼"，上下联皆反用语典，并且用歇后语的修辞方式，使"鱼"字欲盖而弥彰，呼之而欲出，令人哑然失笑。总之，此联修辞风格轻松幽默，带有文字游戏所特有的那种诙谐。

再比如丝绸行，蔡东藩所拟对联为：

> 于今已掌丝纶美，
>
> 他日还看黼黻奇。

上联出自杜甫《奉和贾至舍人早朝大明宫》："欲知世掌丝纶美，池上于今有凤毛。"贾至当时任中书舍人，负责起草诏令诰制。诏令诰制之类的文字，古人称为"王言"，"王言如丝，其出如纶"，那是非常珍贵的。掌管起草王言的人，不仅文采极好，而且地位也很高。下联出自元人谢应芳《送陶孝思赴召》："器作璠玙美，文成黼黻奇。"黼黻本义是指礼服上绣得很漂亮的花纹，这里比喻有很高的身份和地位。这副丝绸行的对联，上联以丝纶比喻人的才华，下联以黼黻比喻人的官位，既赞美了丝纶，又恭维了上门的顾客，一语双关，成功地将商品生意提升到对人生事业蒸蒸日上的良好祝愿，可谓措辞典雅。

庙宇以及其他楼宇落成，也需要对联的装点。前些年，福耀集团曹德旺董事长出巨资在其家乡福建福清市捐建崇恩禅寺。寺庙落成时，我为南京大学代拟了一副贺联：

德宇仰慈云，宝相庄严旺华夏；

福塘缘活水，灵台熠煜耀香根。

不难看出来，上联嵌有曹德旺的名字，下联嵌有福耀集团的名字，这当然是有意为之的。下联中的"福塘"，如果把"塘"的"土"去掉的话，就变成了"福唐"，福清这个地方，唐代曾叫作福唐。

已故佛光山星云大师曾经募资兴建佛陀纪念馆，2012年年底，该馆在台湾高雄佛光山落成，其格局是前有八塔，后有大佛，南有灵山，北有祇园，外加后面四塔，共建塔十二座，宏伟壮丽，庄严慈悲。佛陀纪念馆开馆之时，我受命为南京大学代拟了一副贺联：

空谷无私，容人间千万家结缘我佛；

灵山有道，共廊内十二塔沐浴慈光。

上联虚写，下联比较写实。这是落成庆贺联的例子。说起来，这已经是十来年前的事了。

三、 周年庆贺联

　　公共庆贺类的对联，也包括周年庆典所用对联，短到一周年、十周年，长到百周年、一百二十周年等等，都有值得庆贺的理由。南京大报恩寺遗址公园开业一周年的时候，曾请我给他们作过一副对联：

　　　　三宝恩光，从建业照临四海；

　　　　千年法脉，自明时远溯六朝。

"明时"这两个字，既代表明朝，也代表盛世开明的时代。《未晚楼联语》说："国庆、校庆，宜切事、切时地立言。"我作这副对联时，注意抓住大报恩寺的时地坐标来做文章。

　　我的家乡在福建闽侯县甘蔗镇，位于闽江岸边，因为曾经盛产甘蔗，故得此名。江边有很多沙地，适合种甘蔗，不知道从什么时候开始，多了一个雅号叫作瀛洲。镇上很多居民，早年就下南洋，到马来西亚、新加坡等地谋生。这些远在异国他乡的华侨们，为了相互扶持，在新加坡成立了甘蔗同乡会，到 1992 年前后，这个同乡会已经成立六十周年了。他们托老家人给我带信，请我给他们作一副对联。我作的贺联如下：

> 旨味奚如？晋人渐至千年佳境；
>
> 瀛洲何在？海客望穿万里烟波。

吃过甘蔗的人都知道，甘蔗有两种吃法，一种是从蔗尾吃起，最后吃到蔗头，一种是从蔗头吃起，最后吃到蔗尾。东晋大画家顾恺之有自己一套吃甘蔗的哲学，他坚持认为，甘蔗要从蔗尾吃起，因为从蔗尾吃到蔗头，越来越甜，渐至佳境。这个故事见于《世说新语》，"渐至佳境"这个成语就是这么来的。李白《梦游天姥吟留别》诗写道："海客谈瀛洲，烟涛微茫信难求。"我借用"海客"代指漂泊海外的华侨，望穿烟波，表达的是他们对故乡的怀念。

我是 1979 届的高中毕业生，中学母校是闽侯一中，也在甘蔗镇。2009 年适逢我们这一届高中毕业 40 周年，同学们组织聚会，在新建的闽侯一中校园内立了一座纪念亭，我当时恰好在台湾当客座教授，没有能够参加。受同学们委托，我为 79 届所立纪念亭写了一副对联：

> 问亭外青山，谁培育芬芳桃李？
>
> 看桥边流水，共追寻烂漫风华。

在这种场合抚今追昔，感慨很多，也许正是因为感慨太多了，下笔时竟不知道如何很好地表达出来。

前几年，因为工作的调整，我跟图书馆联系比较多，为几家图书馆的周年庆写过对联。南京图书馆目前是中国第三大图书馆，其前身是 1907 年创办的江南图书馆，也是当时中国第一所公共图书馆。2017 年南京图书馆迎来 110 周年华诞，我撰写贺联为：

藏书岂止八千卷，

名世而今百十年。

众所周知，南京图书馆最重要的古籍收藏之一，来自晚清杭州丁丙兄弟的八千卷楼，当然，除了八千卷楼，还有其他来源的珍贵典籍，所以说"岂止八千卷"，"八千卷"与"百十年"也是天成佳偶。

2018 年，北京大学图书馆喜逢 120 周年馆庆，我为南京大学图书馆代撰贺联（彩图 3），如下：

寿登百廿图书府，

藜照三千智识林。

按照佛教的说法，一千个小世界构成一个"小千世界"，一千个小千世界构成一个"中千世界"，一千个中千世界构成一个"大千世界"。大千世界中，包含小千世界、中千世界、大千世界，合称为"三千大千世界"。图书馆中层层展开的图书分类目录，就像"三千大千世界"的构成。作为北京大学校友，有机会向母校图书馆 120 周年致贺，我深感荣幸。

中华书局成立于 1912 年，以传播科学文化知识、推行新式教育、开启民智为宗旨，贡献巨大。作为中华书局的读者和作者，我深受其恩惠。2012 年中华书局迎来 100 周年局庆，我写过一副对联表示祝贺：

功传经典三千岁，

化育新民一百年。

有人说，此联用"三千岁"对"一百年"不好，因为二者都是时间，近乎合掌。其实，这两句是脱胎于陈寅恪先生诗中那一联"苍天已死三千岁，青骨成神二十秋"，连平仄格式都是一样的。2022 年是中华书局 110 周年，我又作了一副对联：

百十年基业，

八千岁春秋。

所谓"百十年基业"，语出"百年树人，十年树木"，即是"化育新民百十年"的意思；所谓"八千岁春秋"，用的是《庄子》里的典故，古有大椿树，以八千岁为春，八千岁为秋，寓有天长地久之意。上联是实写，赞扬中华书局在开启民智上的贡献，下联是虚写，祝贺书局长盛不衰，青春不老。

南京大学文学院的前身是南京大学中文系，其设科建系，始于 1914 年成立的南京高等师范学校。2014 年南京大学文学院 100 年院庆，适逢学院搬迁至南大仙林校区的文学院新楼不久，我受命撰写百年院庆联：

文系南雍一脉，珠媚玉辉，水活源清，碧流入大江东去；

学开北极百年，鸢飞鱼跃，风轻云淡，紫气从钟阜西来。

文脉如水，学问似山。上联讲南雍文脉源远流长，人才济济，下联讲师生讲学论道之乐。联首用嵌字格，突出院名"文学"

二字。严格地说，"南大文学"四字都嵌在联中，而且东西南北四个方位都提到了。南大前身中央大学的办学之地，就在南雍（明代南京国子监），其校园靠近北极阁。南大仙林校区启用之后，又名紫金山的钟山位于校园之西，紫金之气东来，自然变成了"紫气西来"，东西南北四字，几乎是天意的安排。后来这副对联被写出来，挂在文学院楼大门门厅的第二排柱子之上。

最后，我来布置一下本周的课后作业。5 月 20 日是南京大学校庆，2022 年是南京大学建校 120 周年，本周的作业就请各位为南京大学 120 周年校庆作一贺联。

四、 习作点评

为南京大学 120 周年校庆作一副对联，有一定难度。比如 120 周年如何表达，就是一个难题。众所周知，南京大学肇始于 1902 年创建的三江师范学堂。1902 年是农历壬寅年，2022 年也是壬寅年，如果说六十年一甲子，那么，百廿年就是双甲子。有一篇习作以"壬寅双至"对"百廿玉成"，有一定创意。"壬寅双至"没有问题，与另一篇习作中的"甲子逢双"可谓英雄所见略同。"百廿玉成"只说到 120，与"120周年"还有一点距离。与此类似的，还有"江流百廿""风霜百廿""百廿风华"等。相比之下，"百廿风华"似乎好一些，因为它相当于说"岁华百廿"，虽然没提到"年"字，但已暗含其意。这几个四言句子，如果添一"年"字，改写成五言句，比如"江流百廿年"，语义就更明确了。实际上，有一篇习作的下联，就用了"百廿年风霜，圣功有序，由格知而治平"的句子。从平仄角度考虑，我建议将"百廿年风霜"改为"百廿年风雨"，同时将"格知"（格物致知）改为"格致"，以符合通常的词语习惯。

有一篇习作如下：

　　承文脉，护金陵，百廿年来，日月回天星拱北；

　　续儒风，围铁瓮，九重天外，鲲鹏振翼梦图南。

上联从声律和节奏上看，都很稳妥。下联头两句，第一句（"续儒风"）与上联（"承文脉"）贴得太紧，第二句（"围铁瓮"）又与其他各句步调不一致，似应调整，上下联的三、四两句写得好，不仅对偶工整，格局也比较大。"星拱北"指的是南大鼓楼校区北大楼，正面塔楼上饰有一颗红星。北大楼建于1917年，是鼓楼校区的标志性建筑，楼身攀满了常青藤，很有历史沧桑感。

可能受了我那篇院庆联的影响，好几篇习作以"南雍"对"北极"。比如这一篇：

　　鹏举南雍，水击三千动天下；

　　源开北极，江流百廿泽青衿。

上联比较自然，下联略逊一筹，"江流百廿"不够明确，不如改为"江流百廿年"，上联相应位置也可以改为"水击三千里"，句尾也可以再斟酌。又如这一篇：

> 百廿春风，乘去南雍道里；
>
> 三千弟子，还来北极楼中。

"百廿"与"春风"之间，少了一个量词，如果写成"百廿番春风"或者"百廿度春风"，或许更有诗意。"三千"与"弟子"之间本不需要量词，这里为了与上联对仗，不妨改为"三千名弟子"。下联的"北极楼"语义不明，恐怕有误会。南大校园里只有"北大楼"，没有"北极楼"，《南京大学校歌》中唱道："巍巍北极兮，金城之中"，指的是"北极阁"，不是北极楼。

下面这篇对联的作者，显然研究过南大的校史：

> 三江创举，百廿年文脉相承，至今传故事；
>
> 五月洪流，廿一纪风华正茂，仍可待青年。

南京大学校史上的第一个校名叫作三江师范学堂，此即所谓"三江创举"。南大校史上还有著名的"五二〇"学生运动，1954 年起，南京大学将"五二〇"运动纪念日作为校庆日，此即所谓"五月洪流"。"百廿年文脉相承"，辞意俱佳，为了与此相对，下联就将"二十一世纪"压缩成"廿一纪"，这是可以的，虽然重复了一个"廿"字，也不算多大问题。"三江"与"五月"对偶较稳，"创举"与"洪流"不太匹配，其他位置也有对偶不够工整的，可以加大修辞力度。如果不嫌动作太大，或许可以这样改：

> 创校三江，百廿年教泽长流，犹如汤汤绿水；
>
> 庆生五月，新世纪斯文炳焕，端赖蔼蔼青衿。

上联末句改成"犹如汤汤绿水"，是为了与下联"端赖蔼蔼青衿"相对。"青衿""青年"都有一个"青"字，与"绿水"之"绿"字正好构成颜色字对偶。相对而言，"青衿"借指读书人，比"青年"更具形象性，与大学的关系也更为密切。

有一篇习作如下：

> 百廿钟鸣依旧，伴四方学子启程各入海；
>
> 三足鼎音悠悠，随代代后生开赴新征途。

王勃《滕王阁序》中有一句"钟鸣鼎食之家"，"钟鸣"可以与"鼎食"相对，但不能与"鼎音"相对，因为这两个词都是平声收尾，还犯了合掌的毛病。"百廿钟鸣"是说120年的钟声，"百廿"之后少了一个量词，改作"百廿响钟声"，也许会好一些。《南京大学校歌》一开篇就是"大哉一诚天下动，如鼎三足兮，曰智曰仁曰勇"。三足鼎与南大校史是有密切关系的，但是，"三足"与"百廿"对偶稍嫌不工。上下联第二句语言较白，语意重复，也可再酌。

从修辞来看，下面这一联是比较成熟的：

都说九大州文物，蚁梦争雄，从周以来，道术久为天下裂；

何妨二甲子风华，金城授业，自我之后，江山便有伟人扶。

上联从中国学术文化史的宏观角度入手，下联便隆重推出南京大学，委以重任。120年来，南京大学以古都金陵为基地，培育人才，扶持江山，对中国文化做出了重要的贡献。此联为四句长联，使用了"都说""何妨""从""自"等领起字，加强四句之间的联系，使整篇对联的句法显得妖娆多姿。对偶没有问题，平仄没有问题，典故没有问题，上联能开，如同抛出一个球，下联能合，将所抛球顺利收回囊中，大笔开张，立意高远，是一副好对联。上下联末句皆化用前人成句，上联末句出自《庄子》，下联末句出自袁枚《谒岳王墓》："江山也要伟人扶，神化丹青即画图。赖有岳于双少保，人间始觉重西湖。"借用在这里，相当合适。

南京大学喜迎120周年校庆之时，苏州校区正在火热营建之中。有几篇习作也写到了苏州校区，例如：

二源并归，三千子金陵弦歌不辍；

四区联动，百廿年吴下庠序新修。

下联比较工稳，"四区联动"，指的是南京大学鼓楼校区、仙林校区、浦口校区和苏州校区，"百廿年吴下庠序新修"说的正是苏州校区正在兴建，又交代了120周年校庆这个时间点。相比较而言，上联比较平。下联特别适合送给苏州校区。

最后，再强调两点。第一，作为一副祝贺 120 周年校庆的对联，应该更多地突出"喜庆""庄重"的气氛。第二，对于多句联来说，固然每一句都很重要，还要重视彼此的扶持映带，但有时候，前面若干句可以平一些，最后一句尤为吃重，好比压轴好戏，特别需要仔细打磨。

第六讲

庆贺联（下）

礼尚往来。私人场合的庆贺联，是人与人之间社会交往的礼仪之一。使用庆贺联的私人场合，主要有祝寿以及庆贺婚嫁两种，前者称为寿联，后者称为婚联，或者喜联。有时候，喜联也指其他一些喜庆场合使用的庆贺联，比如学校毕业、乔迁新居、升任新职，或者生了一个儿子或者女儿，即所谓弄璋之喜或者弄瓦之喜。当然，这几个场合所用对联不如婚嫁场合常见、常用。就私人场合而言，寿联与婚联最常用，因此也最重要，值得细讲。

一、 婚联写作套路

男婚女嫁，是一件可喜可贺的事。在亲朋好友或其子女婚嫁的场合，向他们表达衷心祝贺，婚联是一种郑重其事的方式。婚联有不好写的地方，比如，步入婚姻的两个年轻人，事业上大多才刚刚起步，还没有太多成绩可以铺叙，又或者你对他们了解不够，不知道如何落笔。当然，一副婚联不必写得太长，不妨简洁一些，简洁则容易显得庄重。无论是寿联还是婚联，都有自己的风格要求。寿联要庄重一点，婚联要优雅一点，不要写得太迂腐。不要用太偏僻的、让人看不懂的那些典故，雅而僻，就容易显得迂腐，反而不及诙谐幽默，当然，也不能落于粗鄙。韩愈曾经说过，"欢愉之辞难工，而穷苦之言易好"。哀悼人的挽联，充满悲苦之音，比较容易感人；相反，给人祝寿、祝贺婚嫁的庆贺联，以赞颂祝贺为主，需要把握好分寸，否则容易陷于虚谀。

婚联写作也是有套路的，有故辙可守。

第一个套路就是切双方姓氏，围绕双方姓氏背景展开铺写。结婚的男女双方，也许你是男方的亲友，不太了解女方；或者你是女方的亲友，不太了解男方，但只要你了解双方的家世，拿夫妻双方的姓氏，甚至只取夫妻一方的姓氏，就可以做成对联。每一个家族都有姓氏，每个姓氏都有它的历史，都有名人，还有各种典故，不愁没有素材。蔡东藩在《中国传统联对作法》卷四中，专门搜集各家姓氏的材料，所收包括576个姓氏，其中复姓就有69个，常见姓氏皆入其彀中，可谓洋洋大观，很有参考价值。这些典故材料与对偶样本，对婚联写作都有启示意义。

从前有一位天津太守，姓牛，他儿子即将娶媳妇，大学者纪昀（纪晓岚）送来一副对联表示祝贺：

绣阁团圞同望月，

香闺静好对弹琴。

　　纪晓岚素来以风趣幽默著称，他特别擅长作对联，也是大家公认的。早些年有一部电视连续剧，名叫《铁齿铜牙纪晓岚》，热播一时，进一步确立了纪晓岚的这一"人设"。这部连续剧中，穿插了不少对联相关的桥段，挺有意思，有空不妨看一看。此联相传出自纪晓岚之手，对他来说，这只是"牛"刀小试而已。上下联各七个字，从字面看，作为一副贺人结婚的喜联，喜气洋洋，尤其是前半句"绣阁团圞""香闺静好"，其所描绘的正是夫妻恩爱琴瑟和鸣的场面，十分切题。绣阁团圞，同望圆月，让人联想到《长生殿》中唐玄宗与杨贵妃对月盟誓的故事；"香闺静好对弹琴"则让人联想《诗经·郑风·女曰鸡鸣》："宜言饮酒，与子偕老。琴瑟在御，莫不静好。"这是典故的出处，从字面上看，可谓文质彬彬。实际上，上下联还隐藏了两个成语，一个是"犀牛望月"，一个是"对牛弹琴"，都影射一个"牛"字。"对牛弹琴"众所周知，不必解释，"犀牛望月"出自《关尹子》，也是与牛相关的典故。上下联好比是一篇谜面，谜底就是新郎的姓氏"牛"。谜面上都是恭维新婚快乐的吉祥话，谜底里却是对新郎的戏谑。《诗经·卫风·淇奥》说："善戏谑兮，不为虐兮。"纪晓岚用对联开了个玩笑，但是，他的分寸还是把握得很好的。只拈出新郎一方姓氏，也能作成一副婚联，这副对联就是一个例子。

更多也更常见的例子，是将新郎新娘两个人的姓氏都拿出来，各作一句，合成一联。这种形式本身就有珠联璧合的意味，很适合用来做婚联。著名学者、北京大学历史系教授周一良，1938年与邓懿新婚，他们的老师顾随送了一副喜联：

臣曰期期扶汉祚，

将称艾艾渡阴平。

汉代有位姓周的名臣，名叫周昌，他说话口吃，常常说不利索，但是，他忠于汉室，立场坚定，《史记·张丞相列传》记他当面反对汉高祖刘邦废太子，"臣口不能言，然臣期期知其不可；陛下虽欲废太子，臣期期不奉诏"。"期期"就是形容他结巴的样子。三国时代，邓家出了一个名将，名叫邓艾。他足智多谋，能征善战，说话也是结巴，讲话时常自称"艾艾"。司马昭拿他打趣，问他："你老说艾艾，究竟是几个艾？"邓艾回答："'凤兮凤兮'，当然是一只凤。"这两件事正好凑成一对，后人将其拼接起来，造了一个成语"期期艾艾"，专门形容人说话笨拙，没有口才。顾随将周昌、邓艾二人拼成一联，本意只是说周家有汉臣，邓家有魏将，一则期期，一则艾艾，恰成佳偶，以此打趣周一良、邓懿二人喜结良缘。周一良、邓懿并不口吃，"期期""艾艾"之语不会被理解成嘲笑或讽刺，相反，上下联后半部分"扶汉祚""度阴平"，重点突出周昌、邓艾的功业，有力地调和了前半部分的戏谑效果。从风格上说，这副对联先谐后庄，亦庄亦谐，达到了很好的艺术效果。

婚联的第二个套路，是切时日。所谓"时日"，是指男婚女嫁所选定的吉日良辰，切时日，就是围绕结婚那个日子来做文章。蔡东藩《中国传统联对作法》卷六中，有一节是《贺结婚》的内容，底下又细分为孟春结婚、仲春结婚、季春结婚、孟夏结婚、仲夏结婚、季夏结婚……不同的季节、不同的月份、不同的日子，都有各自的意义，可以结合具体时日来做文章。

举一个例子。梁思顺字令娴，斋号艺蘅馆，是梁启超的长女。她曾经编撰的《艺蘅馆词选》，是一部通代词的选本。梁启超为了提携女儿，特地为《艺蘅馆词选》做了点评，对《艺蘅馆词选》的推广起了很大作用。梁令娴曾在日本留学，毕业于日本女子师范学校，回国后，与周希哲成婚。婚期定在花朝之日，也就是旧历二月十二日，俗称"百花生日"。有人送了一副贺联：

> 绝代艺蘅词，三岛客星归故国；
>
> 传家爱莲赋，百花生日贺新郎。

上联讲梁令娴，三岛指日本。下联讲周希哲，所谓"爱莲赋"，就是指北宋周敦颐的那篇《爱莲说》，这里借周敦颐隐喻新郎姓周。作者将《爱莲说》改成"爱莲赋"，大概是为了让"赋"字与上联的"词"字对仗更工整。梁令娴很早就以《艺蘅馆词选》闻名，而"贺新郎"正是非常重要的一个词牌名。"百花生日贺新郎"一句，不仅点明了婚期，而且巧妙地借词牌名，表达了对新郎与女词人联姻的祝贺。如果上联"归故国"三字能换成词牌名，那就更为巧妙，不过，也有可能物极必反，显得不够自然。

婚联的第三个套路，是从新郎新娘的职业或者兴趣爱好来落笔。这类例子也相当常见。《楹联丛话》里就有这么一个例子。清人程恩泽（号春海）在北京续弦的时候，友人送了一副贺联：

> 调羹定识威姑性，
>
> 洒翰应增吕子书。

上下联都有典故，上联"调羹"就是"洗手作羹汤"，出自唐代诗人王建《新嫁娘词》："三日入厨下，洗手作羹汤。未谙姑食性，先遣小姑尝。"对联中的"威姑"，就是王建诗中的"姑"，用白话说就是婆婆。洒翰就是写作，相传南宋吕祖谦的名著《东莱左氏博议》一书，就是在新婚蜜月之中写成的。上联讲新娘贤淑，善于调羹，孝敬公婆，下联讲新郎博雅好学，从不同的角度表达了恭维祝贺。我结婚的时候，程千帆师送了我一副对联：

> 定追嘉淑光前史，
>
> 肯与齐梁作后尘。

我和内子都喜爱汉魏六朝文学，我当时正在撰写博士论文

定追嘉淑光前史

月與齊梁作逸塵

己巳新歲試筆書贈

章燦戊林賢伉儷法正

閒堂老人時年七十有七

程千帆先生撰書賀婚聯

《魏晋南北朝赋史》，千帆师即从汉魏六朝文学中撷取故实，撰成此联。秦嘉、徐淑是东汉末年的一对恩爱夫妻，都擅长诗文。杜甫《戏为六绝句》其五云："不薄今人爱古人，清词丽句必为邻。窃攀屈宋宜方驾，恐与齐梁作后尘。"千帆师反其意而用之，勉励我们学好汉魏六朝文学。显然，这副对联是从专业与个人兴趣角度着墨的。

婚联的第四个套路，就是从家世门第的角度，揄扬新郎新娘，祝贺他们的婚姻门当户对。比如这副对联：

> 雀屏妙选今公子，
>
> 鸿案清芬古大家。

上联写新郎，下联写新娘，男才女貌，恰相匹配。"雀屏妙选"用的是唐高祖李渊的典故。后来成为唐高祖皇后的窦氏，因为年轻貌美，家世又好，有很多男子上门求婚。窦家就于屏上画二孔雀，求婚者使射二箭，暗中约定中目则许之。李渊两箭各中一目，遂得窦后。"雀屏"遂成为择婿之喻，李渊遂成为"雀屏妙选佳公子"的代表。"鸿案清芬"讲东汉孟光对夫君梁鸿举案齐眉，相敬如宾。"大家"通"大姑"，这里指的是东汉才女班昭，她的夫家姓曹，人们也称她为曹大家。下联实际上是两个典故糅合在一起使用。这是以历史人物来比喻新郎新娘，赞扬他们的门第与品德。

中国历史上重视家世门第，结亲讲究门当户对，前面讲到俞樾创作的一副婚联，特别强调这一点：

门第旧金张，喜宰相文孙，刚配状元娇女；

倡随小梁孟，缔百年嘉偶，恰当十月阳春。

上联开门见山，将缔婚的潘、吴两家，比作汉代的功臣世族金日磾和张汤家族，西晋左思《咏史》诗有"金张藉旧业，七叶珥汉貂"的说法，可见金张世族地位显要。新郎是宰相潘世恩的孙子，新娘是状元吴崧甫的女儿，称得上门当户对，上联可以说是实事求是的描述，也可以说是甲第高门骄傲的炫耀。下联是"倡随小梁孟"，仍然用的是梁鸿和孟光夫唱妇随举案齐眉的典故。上联三句与下联三句，每一处关键位置的平仄都没错。还有一点值得注意：这副对联还有联内对，上联的"宰相文孙"对"状元娇女"，下联的"百年佳偶"对"十月阳春"，这是其结构讲究、修辞精致的表现。

总之，婚联写作风格多样，可以是庄重的，可以是文雅的，也可以是戏谑的。戏谑风格的婚联，有点类似民间婚俗中的闹洞房，要注意把握好分寸，过犹不及。这类戏谑性婚联，很多被附会为纪晓岚的作品，其实，纪晓岚只是一个箭垛式的人物，是否都出自其手，很难说清楚。雷瑨《文苑滑稽话》卷上记，有一个道士娶妻，其同人商量合作一副对联表示祝贺，他们想好了上联，是"太极两仪生四象"，因为这切合道士的工作，他一天到晚讲的不正是"太极生两仪，两仪生四象"吗？至于下联，却一时想不出来，最后只能请纪晓岚帮忙，才对出下联："春宵一刻值千金。"这种对仗风格很有戏谑性，也很纪晓岚，但是不是真为纪晓岚所作，也没法判定。《未晚楼联语》说："庄而腐，雅而僻，反不如谐而不鄙者为可喜也"，这副对联就属于"谐而不鄙"的"可喜"之作。

　　此外，写婚联之前，可预先做一些热身准备，尽量多读一些相关的材料，熟悉这类对联中常用的对偶词语和典故，如合欢与连理，如好事与佳期，如举案与当垆，如连理枝与比翼鸟，如琴瑟好与凤凰宜，等等。蔡东藩那本书里列举甚多，我就不一一介绍了。

二、 寿联写作要领

　　寿联也是在日常生活与社交往来中经常会用到的。寿联起源甚早，有人认为，寿联可以溯源到宋代。文学发展到宋代，各种形式的文体与人们的日常生活以及社会交往之间的关系越来越密切。为了庆贺生日或者祝寿，当时人发明了很多种仪式，包括祝寿用的诗词文章以及对联。最早的寿联，往往是出自祝寿诗。宋代有一本笔记，孙奕写的《履斋示儿编》，里面说当时有位黄耕叟夫人，她的生日是三月十四日，有人作了一首祝寿诗，中间有这样一联：

天边将满一轮月，

　　世上还钟百岁人。

将这两句摘抄下来，不管从形式上看，还是从内容上看，都是一副不错的寿联。它正好给我们展示了寿联写作的两大法门：一个是切寿星的生日，一个要祝人长寿。上联说"天边将满一轮月"，意思是说寿星的生日离十五月圆之日还差一天。古代中国人相信"满招损，谦受益"，月亮最好的是将满而未满的时候，满了反而不好，"将满"则还有圆满的一天，满了就只好走下坡路了。如果把"将满"改成"犹欠一分"，也能看得出是十四日，但"犹欠一分"就不像一句祝寿的话了。北宋宰相寇准的生日是七月十四日，有人写祝寿诗，说得很巧："何时生上相，明日是中元。"一看就知是七月十四日，说得坦然而明白。"天边将满一轮月"与其有异曲同工之妙，写得挺好。下联说"世上还钟百岁人"，虽然修辞上平了一些，但这层意思是必不可少的。寿联最重要的是要祝人健康长寿，就像婚联最重要的是要祝贺人家婚姻幸福，白头偕老，恩恩爱爱，和和美美。

　　寿联与婚联一样，是社交场合的礼仪之一。要讲究礼仪，就要切合特定的社交场合。就寿联场合来说，寿星的生日就是很具体的一个指标，因此，生日可以作为寿联切入点。宋代人作寿诗，填寿词，早已注意到这一点，也在这方面积累了不少经验。"天边将满一轮月""明日是中元"就是例子。

在宋人的基础上，后人也有所创新。据说某君特别擅长作对联，张口就来，下笔成对。就有人给他出了一道难题，请他为十一月十一日生日的人作一副寿联。说实在话，十一月十一日没有什么典故，月日都是十一，也很难成对，并且，"十一月十一日"也不是常规的句式，六个字全是仄声，把这句分成两段，前后两个节点（第三字、第六字）也都是仄声，这给对偶造成了困难。某君对曰："八千春八千秋。"上联有"日月"，下联有"春秋"，正好成对。下联出自《庄子》，格局开阔，气象宏大。上联本来枯槁质实，有了下联的陪衬，顿时化俗为雅，化腐朽为神奇。此联妙手天成，有人说是明人祝枝山所作，有人说是清人刘凤诰所作，暂时无从考据。这当然指的是阴历"十一月十一日"，阳历的"十一月十一日"，本来也没有什么说头，前些年先是被赋予"光棍节"的意义，后来又被改称"双十一购物节"，与此联相比，一俗一雅，不可同日而语。此联不仅抓住生日，巧妙发挥，还使用《庄子》大椿之典，可谓自然贴切，善祷善颂。

像"十一月十一日"这样的生日，原本没有什么出典，周边缺少依傍，不好勾连发挥，只能从其他角度，寻找新的联系，发现合适的陪衬。李鸿章七十大寿之日，正是位高权重之时，翁同龢送五言寿联祝贺，写得简洁而大气：

壮猷为国重，

元气得春先。

《诗经·小雅·采芑》："方叔元老，克壮其猷。"上联突出李鸿章的身份，他是国家的元老重臣，他的谋划对国家来说太重要了，不愧是"壮猷为国重"。下联从他的生日切入。那一年，李鸿章的生日恰好在立春前两天，这日子本来也没有什么特别的，翁同龢却赋予其"元气得春先"的意义，这日子遂焕然一新，大有"近水楼台先得月，向阳花木易为春"之意。总之，切生日，如果不能直接切入，就间接地切入，从前后左右等周边绕着说。

切生日是寿联最常见的角度，切岁数是另一个常见的角度。有时候，这两个角度可以相互结合。我举一个自作的例子。坐落在南京市中心新街口的金陵饭店，是原籍南京江宁横溪乡的新加坡富豪陶欣伯回国投资建设的。金陵饭店高 37 层，是南京第一家五星级酒店，也曾是中国最高建筑之一，引人注目。陶老先生不仅投资经济建设，还创立陶欣伯教育基金会，开展教育慈善活动，贡献巨大，被授予南京市荣誉市民，受聘为江苏省慈善总会名誉会长。有人委托我代撰寿联，祝贺他的八十大寿：

故里扇仁风，已过老莱十年寿；

新猷张瑞气，更逢耶诞同日生。

上联说陶老先生既是实业家、慈善家，也是一个孝子。汉代刘向《孝子传》写到老莱为人至孝，行年七十，仍然穿着五色彩衣，哄双亲开心。下联切陶老先生的生日 12 月 25 日，也就是圣诞（也称耶诞）那一天，突出其生日与圣诞节同日，就是为了增加一些节日气氛。陶老先生当时正在筹划投资在夫子庙建状元楼酒店，"新猷"指的就是这件事。

切岁数之时，要熟悉以下几种传统的岁数表达法，避免误解错用。

一种是"开一"的说法，这个词语一般跟在七十、八十、九十、百岁等整十岁年龄之后，比如某人过了六十大寿，就可以说"七十开一"，意思是说过了六十，就开始奔七十，在奔七十的路上迈开第一步。所以，"七十开一"相当于说迈入六十一岁。同理，过了七十，就可以说"八十开一"，相当于步入七十一岁。过了九十大寿，就是百岁开一。杨绛先生101岁高寿之时，有人写文章称她"百岁开一"，那是一种误解错用。中国传统纪年以天干与地支相配，六十年一甲子，第六十一年就是新的一轮甲子开始，称为"还历""回甲"或者"花甲重开"。为了讨口彩，一般庆祝六十大寿之时，就说还历、回甲，"开一"这种说法有意把岁数往大里说，也是为了讨口彩。这种用法一般只用于五十岁以后，较少用于五十岁以下。一般人比较重视整十岁的寿诞，因此往往只说"开一"，很少说"开二""开三"之类的。

另一种说法与此类似，也比较常见，如"开七秩""开八秩"等等。"开一"之类的说法，应该是从这类说法衍生出来的。"七秩"就是七十，"八秩"就是八十，"开七秩"相当于

"七十开一"，"开八帙"相当于"八十开一"。清人王应奎《柳南随笔》卷四说：

> 古者以十年为一秩，自六十以外，便可云开七秩。乐天诗："已开第七秩，饱食仍安眠。"又云："年开第七秩，屈指几多人?"是时年六十二，此其证也。自七十以外，便可云开八秩。乐天诗："行开第八秩，可谓尽天年。"自注："时俗谓七十已上为开第八秩。"此其证也。自八十以外，便可云开九秩。司马温公作《庆文潞公八十会致语》云："岁历行看九秩新。"此又其证也。

再举一个宋代的例子。宋理宗淳祐七年丁未（1247），刘克庄六十一岁，所作《石塘感旧》其五云："丁未老人开七秩，尚携鸡黍到君家。"可以证明"开七秩"就是"七秩开一"或"七十开一"，就是六十一岁。在使用过程中，"开七秩"有时可简化为"开七"，"开六秩"可简化为"开六"。晚清况周颐《蕙风词话续编》卷一说："近人称寿五十一岁曰开六，六十一曰开七。"都是用简称。这种用法也容易使人误解。晚清民国人张枬（1860—1942）在其 1929 年的日记中，曾记其女婿叶氏请人代撰其七十岁寿联，其中有"开七秩筵"一句，张枬发现此句有可能导致误解，遂将其改为"跻古稀奇"，明确点明岁数。

还有一种，是关于几个岁数的特别称法。比较常见的是四十岁称"不惑"，五十岁称"知（天）命"，六十岁称"耳顺"，七十岁称"古稀""从心"，八十岁称"杖朝"，一百岁称"百龄""期颐"，等等。此外，七十七岁称为"喜寿"，因为"喜"字的草书写法，看上去就像"七十七"。八十八岁称为"米寿"，因为"米"拆开来，就是"八十八"。九十九岁称为"白寿"，因为"百"字减去"一"就是"白"。这些称法比较好掌握，相对难一点的是有关生日和祝寿的典故表达法。

寿联必不可少的一项内容，是善祷善颂。祷颂之词，除了祝人健康长寿，还要称颂其功业成就。先师程千帆先生八十大寿的时候，我曾敬献一副寿联：

笺文史，广校雠，诗学开新世界；

继章黄，滋兰蕙，风徽是大宗工。

上联是用千帆师几部大著的书名捏合而成，包括《文论十笺》《史通笺记》《校雠广义》《被开拓的诗世界》等。当然，这四部著作并不是千帆师全部的著述，只是其代表，它们代表千帆师在文史研究、校雠学研究以及诗学研究等多领域所取得的成就。下联称颂千帆师继承章（太炎）、黄（季刚）学术，在人才培养方面做出了巨大贡献，无愧为大宗师。上联侧重于学术研究，下联侧重于教书育人。上下联需要明确的分工，才能条理清楚，结构严整。

寿联中的祷颂，除了称颂寿星的功业成就，还可以使用嵌字格，进一步突出寿星的地位。这种嵌字格，最常见的做法是将寿星的名字嵌于上下两联中，尤其是嵌于上下联的句首，能取得尊题或者点题的修辞效果。在名胜联中，也常见这种嵌字修辞法。李国鼎是著名图书馆学家李小缘之弟，曾任中央大学物理系教授，后来受蒋介石蒋经国父子重用，成为台湾经济起飞的主要规划者和实施者之一。李国鼎八十大寿的时候，南京大学代表团曾到台湾拜访这位老校友，我奉命代拟寿联，就用了嵌字格：

> 国老仁期颐，骎骎未已；
>
> 鼎新号弘毅，蹇蹇匪躬。

上下联的首字合起来，就是李国鼎的名字。两联下半句出自《诗经》《周易》，其实是借用前人寿联成句。上联祝李国鼎健康长寿，下联称颂其主持台湾经济革故鼎新的贡献。《论语》中记曾子语曰："士不可以不弘毅，任重而道远。仁以为己任，不亦重乎？死而后已，不亦远乎？"

另外一次作寿联用嵌字格，是奉命为时任九三学社中央主席、全国人大常委会副委员长吴阶平撰写九十大寿寿联。吴阶平还是南京大学教育基金会理事长，与南大很有渊源。我不仅在联首嵌入"阶平"二字，还在联中嵌入"南大""九三"等字：

> 阶荣臻国老，兼议政传经，退寿南山，欣然晋九；
>
> 平健入期颐，数杏林橘井，琴歌大乐，卓尔得三。

上下联各为四句，前两句分别写吴阶平在参政议政与医学领域做出的卓越贡献，后两句祝其健康长寿。一般来说，祝寿是比较正式的礼仪场合，言语措辞也要求庄重，但祝寿同时也是一个喜气洋溢的场合，在言语文字中加入一些轻松幽默的成分，比如嵌字，可以烘托喜庆的气氛，是无伤大雅的。总之，我以为，寿联、名胜联都可以使用嵌字格，而挽联则尽量不要使用嵌字联，因为挽联要求肃穆沉稳，嵌字没有加分效果。

要把祷颂之词说得漂亮，不可避免要用到关于生日或寿诞的典雅说法。生日又称初度、览揆，这两个词语都出自《楚辞·离骚》。寿诞又称华诞，男子的寿庆，可称称觞、荣庆，女士的寿庆可称帨辰、帨诞。如果夫妻都健在，可称双寿，或比喻为双星牛女等等。此外，祝寿常用的典故很多，比如鹤算与龟龄，松龄与椿寿，萱寿与慈云，王母蟠桃与麻姑海屋，寿比南山与福如东海，等等。古代的神话传说、神仙故事，也可以使用。有一点需要注意，传说龟有千年之寿，很早就成为长寿的象征，以致被人称为"神龟"，曹操诗中也有"神龟虽寿"的说法。直到宋代，还有很多人喜欢以"龟年"为名字。唐代有李龟年，宋代有彭龟年，都是希望延年益寿的吉祥词。宋代以后，"龟"字渐渐成为一句骂人话，不是好词，寿联中一般就不用"龟龄""龟算""龟寿"之类的词语了。

《中国传统联对作法》中，举了很多男士寿联的例子，相对来说，女子寿联较少，也比较不好作。旧时代的女子，除了相夫教子，一般没有立功机会，立德立言的也很少，令寿联难以着笔。要为旧时代女子写寿联，只能从其儿子或者其丈夫的角度来落笔，儿子有多出息，丈夫有多伟大，都有她的功劳。当然，如果是子孙为母亲、祖母或家中其他女性长辈祝寿，除了称颂之外，还要表达孝敬之心。这时候，可以参考中国传统的二十四孝故事，不过，从今天的立场来说，二十四孝故事有些太肉麻，有些很残酷，有些是愚孝，需要一番淘洗扬弃，相对而言，老莱子彩衣娱亲还算是比较容易接受的。称颂为人母者，可以用映照之法，或拟于古贤，如比拟为范滂母、陶侃母，或称其子女之功德，如此敷衍点缀，才不会显得太虚泛。现代女性较为独立，往往事业有成，可以立功、立德、立言，与旧时代女子完全不可同日而语。

善祷善颂是有技巧的，古人在这一方面积累了不少经验，值得我们学习。宋代以降，很多文集中留下了祝寿诗、祝寿词、寿序等作品，其中有些精彩的对偶句子，对寿联写作有参考意义。《全宋词》中有很多寿词，有的是写给亲朋好友的，有的是献给达官贵人的，词中所表达的内容及其技巧，如何措辞，怎样用典，都值得参考学习。例如，辛弃疾有好几篇词作，皆为韩元吉祝寿而作，《水龙吟·甲辰岁寿韩南涧尚书》最为有名，很值得细读体会。

以上几点都是从正面说的，讲的是应该如何、可以如何的几点，下面讲反面的，就是需要避忌的几点。

第一，称祝的岁数，不能离寿星已有的岁数太近。人家已经寿登九八，你就不能祝人家长命百岁，否则等于说人家只能再活两年。祝人长寿，不要把岁数说得太具体，至少不要说得那么直、那么实，而应该说得虚一些、活一些、大一些。现在生活条件好了，九十岁、一百岁的寿星比比皆是，我前面讲到的陶欣伯老先生，就活到 106 岁，很了不起。

第二，有一些字词太扎眼，不适宜用在寿联中。黄侃五十岁的时候，他的老师章太炎送来一副对联：

> 韦编三绝今知命，
>
> 黄绢初裁好著书。

两联说的都是好话。上联称赞黄侃读书极其用功，韦编三绝，今逢五十之年，正可着手著书，以传不朽。"韦编三绝"的典故出自《史记·孔子世家》，原是形容孔子晚年勤奋研读《周易》，导致用来串联竹简的牛皮绳多次磨断，这里比喻黄侃用功。"黄绢"的典故出自《世说新语·捷悟》，前面已经解释过了，以"黄绢"写书，自然是很讲究的，章太炎还希望黄侃写出来的都是"绝妙好辞"。谁也不曾料到，黄侃五十岁刚过，就因饮酒过度而病逝，后人就觉得这副对联作了不祥的预兆，是个"联谶"，因为上联就有"绝命"二字，再细究起来，下联的"黄绢"拼起来也是个"绝"字。这种说法有封建迷信色彩，不足为信，但是送一副寿联给前辈尊长，还是应该尽可能避免类似的"寿联不宜"的字词，避免让人产生不太好的联想。

读者的联想，虽然不是作者的本意，却会影响寿联的传播效果。俞樾早就提到一个类似的例子。《茶香室丛钞》抄录清刘廷玑《在园杂志》，说元代人规定，凡进贺表文，有167个字要忌讳，包括"晏""驾""升""遐""典""宪""法"等字。俞樾认为，"晏驾"二字、"升遐"二字连用（此二词皆是帝王死亡之意），确实不吉利，应该回避，但两个字分开使用，便没有不吉之意，何必避忌？至于"典""宪""法"等字，为什么要有所回避，俞樾也表示不能理解。据说有一副婚联，写的居然是"吉人辞寡，君子慎独"，字面上看，是表达对吉人君子的恭维，但其中的"寡""独"，确实也会让新婚夫妇扫兴。这类字词还是不用为好。总之，作婚联也好，作寿联也好，都要根据场合，讲究用字用词。

其他的喜庆对联，因为时间关系，就不一一展开说了。各位可以参考婚联与寿联，举一而反三。现在布置两道习作题，各位选一道做就可以，愿意做两道更好。一是贺著名作家王蒙先生九十大寿。另一道是虚拟题。假设时光倒流九百多年，我们来到北宋，成了赵明诚与李清照的同学，或者亲友团，听说赵、李二位马上要结婚了，请各位拟一副祝贺的婚联。这就是本周的作业。

三、 习作点评

这次的两道习作题，有的同学作了一道，有的同学作了两道。作品比较多，我挑几篇略作点评。先说婚联，再说寿联。

有一副婚联写得蛮好：

> 并蒂花前金石固，
>
> 同心结下蕙兰香。

很明显，"金石固"是指赵明诚、李清照二人的感情坚固如金石，同时，也影射《金石录》一书。大家都知道，李清照为《金石录》一书做出了显著的贡献，她不仅写过《金石录后序》，还参与《金石录》的写作。不少学者认为，《金石录》应视为赵明诚和李清照合作之书，应该署他们两人的名字。"并蒂花"对"同心结"，上下联比喻适宜，对仗稳当。

有一篇习作是：

> 良臣踏月归完璧，
>
> 青鸟衔春报露桃。

如果我没理解错的话，上联用蔺相如完璧归赵的典故，突出其与赵国的联系。严格说来，赵国与赵明诚这个赵家的距离有点远。下联说"青鸟衔春报露桃"，有喜气。

还有一副婚联是：

　　　幸得麟阁琴瑟友，

　　　新添邺架缥缃知。

"知"与"友"相对，"知"应该是相知之意，"友"建议改为"伴""侣"。琴瑟和鸣，形容夫妻恩爱和谐，是习见的典故，但是，"麟阁"一词用在这里不妥。从声律上说，"阁"字是入声，"麟阁"跟"邺架"平仄不对。从词意上说，"麟阁"一般指汉代的麒麟阁，汉宣帝时，曾在阁上画霍光等十一位功臣像，以表彰其功绩。所以，历来用到麟阁这个典故，大都与功名相关，比如杜甫就有"功名图麒麟"的诗句。当然，麒麟阁也藏过书，亦有人用"麟阁"指藏书之所，如果这么理解，就跟下联的"邺架"重复了。赵明诚家藏书多，所藏金石拓本尤其多，下联既已明确这一点，上联就应该从另外一个角度落笔。比如不妨说说赵李二人翻书赌茗的故事，也可以体现彼此的相知相爱。

有一篇习作选择双句联的格式：

　　　绿肥红瘦，员外千金传父业；

　　　夏鼎商盘，侍郎公子继家藏。

这副对联可能受了我上一次讲课提到的俞樾对联"门第旧金张，喜宰相文孙，刚配状元娇女"的影响，直接把李清照和赵明诚两家父亲的身份都摆出来了，可见两人门当户对，这个思路是对的。但是，讲门当户对不能太老实，摆官名，论品秩，可以淡化一些、雅化一些。这篇对联前句措辞比较典雅，但平仄上建议调整一下，"绿肥红瘦"改为"红瘦绿肥"，"夏鼎商盘"改为"商盘夏鼎"。后句则过于直白。如果将对联后句改成"千金传秀句"对"万卷继家藏"，以李清照的诗词才华，对赵明诚的典籍金石收藏，也许更好一些。当然，"绿肥红瘦""夏鼎商盘"两句，也是后世的虚拟视角，只有后来人知道李清照写过这样的名句，也只有后来人知道赵明诚是一代金石收藏大家，在他们新婚之时，这些都是尚未发生的事。既然是虚拟性习作，这样写也无伤大雅。

2024年王蒙先生九十大寿。古人说，"人生七十古来稀"，人生九十，更是稀之又稀。尽管如此，古来相传有关九十岁的典故仍有不少，比如"九龄"。有一篇习作是这样写的：

青春万岁，唤起儿郎本色；

彩笔九龄，续成老将初心。

这副寿联写得不错，尤其是上下联的前半部分，以"青春万岁"对"彩笔九龄"，这里的"九龄"指的是九十岁，典故出自《礼记·文王世子》。下联的"续成老将初心"，可以再斟酌。

好几篇习作都用到"九龄"这个典故，比如这篇：

耄耋九龄，伏生犹传经学；

青春万岁，孺子尚谓少年。

上联把王蒙比作伏生，他是汉代大学者，九十岁犹能传经。

下联用了鬻子之典，相传周文王见到九十岁的鬻子，曾叹惜鬻子老了。鬻子说："如果让我捕虎逐麋，那么我确实是老了。如果让我谋划国事，那么我还年轻着呢。"这两个典故，都是形容九十岁依然精神抖擞，用典比较贴切。也许可以删改为"九龄耄耋，万岁青春"，那就更简洁了。

以上两篇都是双句联，下面这篇习作也是双句联：

> 九载文墨畅游，幸见宝刀未老；
>
> 期颐春风满座，且看笔底乾坤。

"畅游"与"满座"、"宝刀"与"笔底"、"未老"与"乾坤"，都对得不太工切。总体来看，此联大的框架有了，但说到平仄、修辞等细节，则还需要再加工。

宋代陆秀夫十九岁登榜，王蒙十九岁发表《青春万岁》，尽显风华正茂，少年意气。荣启期是春秋时的高士，他有一个著名的"三乐"理论："天生万物，惟人为贵，吾得为人，一乐也；男贵女贱，吾得为男，二乐也；人生有不见日月、不负襁褓者，吾既已行年九十矣，是三乐也。"简称"荣公三乐"。这也是有关九十岁的典故之一。这次习作中有一篇：

> 青春万岁秀夫意，
>
> 瑞寿九龄荣启心。

"秀夫意"一典勉强可用，但有些冷僻。"荣启心"将"荣启期"省为"荣启"，近于削足适履。实在要省字，说"启期心"，或者"荣氏心"，都比"荣启心"更好。古人作骈对，有时也压缩人名，比如王勃写《滕王阁序》，将"杨得意"压缩为"杨意"，那是不得已而为之，不足为训。其实，与其压缩人名，不如将上下联后三个字都删去，剩下"青春万岁，瑞寿九龄"，更简洁，该表达的意思，也都完整表达出来了。

写成七言寿联的挺多，比如这一篇：

上寿亦青春万岁，

多才应皓首长歌。

上寿是 100 岁，还是 120 岁，似乎有不同说法，总之是高寿，上寿而仍然充满青春气息，当然是善祷善颂。上联比较自然，下联相对偏弱，可以再斟酌。

再如这一篇也是七言的：

气锐倾三千笔墨，

松椿越九十春秋。

这两句的节奏是 2、1、4，或者说是 2、1、2、2，结构近于散文句子。实际上，这两句的节奏，可以有不同的调整方案。方案一："笔墨三千倾气锐，春秋九十越松椿"，就变成通常七言对联的那种节奏。方案二："笔墨三千倾海岳，春秋九十庆松椿。"除了节奏之外，还在修辞上作了一些调整。"松椿"一词是并列结构，"气锐"一词是偏正结构，不是同一类，调整之后，对偶更稳当一些。另外，"越松椿"的"越"字比较质实，也建议调整。

在对联中，四言联虽然简短，却给人一种安步当车的稳重感觉。比如这篇习作：

> 风高琴鹤，
>
> 望比谪仙。

上联是说王蒙的风度，下联是说王蒙的名望，句子较稳，惟觉少了一点祝寿的意思。建议下联可以调整为"寿比松椿"，虽然"松椿"比较常见，"寿比松椿"也是寿联的套话，但这样与上联"风高琴鹤"就对得更工整。原句中的"谪仙"是偏正结构词语，而"琴鹤"是并列结构词语，"谪仙"改成"松椿"，就对得上"琴鹤"了。

还有一篇寿联习作：

> 《礼》隆东序，《这边风景》犹看；
>
> 《书》先五福，《青春万岁》何妨。

这篇对联有自己的特点。上下联第一句引用古典，分别出自《礼记·王制》和《尚书·洪范》，表达尊老祝寿之意；第二句却很现代，嵌入两部王蒙作品的书名，一部是王蒙追忆1960年代新疆生活的作品《这边风景》，另一部是《青春万岁》。这就造成了一个明显的语言风格反差，别有风味。

《诗经·小雅·天保》有所谓的"天保九如"："天保定尔，以莫不兴。如山如阜，如冈如陵，如川之方至，以莫不增……如月之恒，如日之升，如南山之寿，不骞不崩，如松柏之茂，无不尔或承。"诗中连用九个比喻，九个"如"字，合称"九如"。其中，"如南山之寿""如松柏之茂"等词句，都适用于祝寿场合，所以，旧时寿联常见此语，又因为其字面有九个"如"字，特别适合九十大寿。这次习作，有同学拟出这样的寿联：

> 九如天保，
>
> 万岁青春。

这篇寿联特别适合王蒙九十大寿，因为只有九十大寿才恰合其上联，只有王蒙才当得起其下联。众所周知，《青春万岁》是王蒙创作的第一部长篇小说，早已成为新中国小说经典。此联只是将书名颠倒语序，就造成一种陌生化的效果，不仅以高昂的声调表达了祝寿之意，而且与上联自成妙对。假设不颠倒语序，而照常写作"青春万岁，天保九如"，虽然也能自成佳偶，但其句式力度明显不及，其审美张力大减。总之，这副寿联言简意赅，短小精悍，却充满大气。

另一篇寿联也做得很好，在意象经营上，甚至更具特色：

> 百驾黄车，一肩皓月；
>
> 九旬赤子，万岁青春。

这篇寿联用了四个数字，"百""一""九""万"，所跟量词各个不同；又用了四个颜色词，"黄车""赤子""皓月""青春"，几乎可以说是五彩缤纷。"黄车"就是所谓"黄车使者"。据《汉书·艺文志》原注，汉武帝时有个小说家叫虞初，他是方士侍郎，号为黄车使者，后人遂称小说家为"黄车使者"。至于"百驾黄车"，只是为了突出王蒙杰出的小说才华的修辞罢了。此联色彩鲜明，对仗工稳，修辞很见功力。

《青春万岁》堪称家喻户晓的名著，王蒙与《青春万岁》的关系太显而易见了，所以，好几篇习作都围绕这一点落笔，可谓英雄所见略同，但是，似乎都不及上面这两篇对联。

这一次习作有几篇很好，可见同学们经过几次练习之后，开始渐入佳境了。下面每次都有新的题目、新的练习，祝愿各位节节上升，取得更大的进步。

第七讲

哀挽联

一、 挽联的渊源

先讲一个笑话。从前有个人，新婚不久，其岳父就不幸去世，于是他写了一篇挽联：

泰山其颓乎，吾将安仰；

丈人真隐者，我至则行。

哀挽类对联的用途很广，亲族、长辈、师友去世，亲友、后生、晚辈都要送挽联，这是"礼"所当然。这个女婿给其岳父送挽联，自然合乎礼义，但挽联所适用的场合，气氛比较庄重肃穆，不宜嬉笑，也不宜大声喧哗。这副挽联里的"泰山"和"丈人"二词语义双关，在修辞上追求奇巧，意带戏谑，显得不够庄重，乃至引人发笑。这副对联被作为笑话流传，并不奇怪。

挽联风格的形成，与其使用场合有关，也与其历史渊源有关。在中国传统文学中，以哀挽为主题的文学非常发达，有两三千年的积累，作品汗牛充栋。哀挽文学不仅包括挽诗、挽词，也包括墓碑、墓志、行状、祭文等文体，种类繁多。这是中国文学所具有的广泛而深刻的社会性的体现。所谓广泛，是说哀挽文学牵涉的社会面极广，用途多样；所谓深刻，是说它是中国源远流长的礼仪文化的体现。

挽联的起源，可以追溯到汉魏六朝的古诗。东晋大臣郗愔去世后，诗人曹毗到墓地上去悼念，作了这么一首诗：

青松罗前隧，翠碑表高坟。

玉颜无馀映，蕙风有馀薰。

这首诗五言四句，很像一首五绝，四句两两相对，对偶比较工整。这首诗题为《郗公墓诗》，题目大概率是后人添加的，未必可信，但从形式和内容来看，已粗具挽联的形貌。稍作删减，调整一下语序，这首五古诗即可"摇身一变"为挽联：

前隧松青，玉颜无馀映；

高坟碑翠，蕙风有馀薰。

当然，若以严格的对联声律来衡量，此联还是有一些瑕疵的。比如，"玉颜无馀映"与"蕙风有馀薰"两句，第二字同为平声，还需要微调，第四字重复用"馀"字，也需要调整。不过，从这个例子中，已可以看出挽联与哀挽文学循环相寻的共生关系。

唐宋以后，各体哀挽文学创作盛极一时。宋代人尤其常以近体诗来写挽词。"挽词"有时也称作"挽辞"，其实就是诗歌中以哀挽为主题的题材类型。比如，王安石一生就写了很多挽词，翻开他的《临川文集》第三十五卷，从头到尾都是挽词。他所哀挽的对象，上至皇帝、皇后，例如宋仁宗、宋英宗、宋神宗、宋仁宗曹皇后等，中至达官名臣，例如晏殊、韩琦等，下至同事友生，例如王令、王介等，所用体裁绝大多数是五律或者七律。王令是王安石十分赏识的诗人，可惜壮岁夭折，伤心至极的王安石写了这首《王逢原挽辞》：

> 蒿里竟何在，死生从此分。
>
> 谩传仙掌籍，谁见鬼修文。
>
> 蔡琰能传业，侯芭为起坟。
>
> 伤心北风路，吹泪湿江云。

王令经常被人比作唐朝的天才诗人李贺。唐朝人传说，李贺没有死，而是被天庭召去替神仙写文章，但是，这毕竟只是一厢情愿的美好想象而已，又有谁见过鬼主修文呢？好在王令还有一个女儿，"弱女虽非男，慰情聊胜无"，希望她能传承王令的事业与学问，就像汉代大作家蔡邕死后，幸有女儿蔡琰能传父业。侯芭本来是扬雄的学生，扬雄去世后，侯芭为他起坟，王令也有学生为其料理后事。这首五律诗中的两联对偶，与挽联很相似。

王安石年轻时，曾在韩琦的幕府中历练过，算是韩琦的老部下。《临川文集》卷三十五有王安石挽韩琦的诗《忠献韩公挽辞二首》，都是七律。第二首写得最为动情：

两朝身与国安危，典策哀荣此一时。

木稼尝闻达官怕，山颓果见哲人萎。

英姿爽气归图画，茂德元勋在鼎彝。

幕府少年今白发，伤心无路送灵輀。

诗中对韩琦的地位和贡献做了高度评价，也交代了自己与韩琦的私人关系，伤悼之情跃然纸上。可以说，一副挽联应该表达的内容，此诗应有尽有。冬天下了雨，树枝上结了冰，好比披上很硬的甲壳，叫作"木稼"或者"木介"。古人认为，冬天树上如果出现很多木稼，则意味着某个有身份的官员要去世了。这正好与下联中说的"山颓果见哲人萎"相对。据《礼记》记载，孔子临终前某天，在家门口唱过这么一首歌："泰山其颓乎，梁木其坏乎，哲人其萎乎。"后人将其凝缩成"泰山颓""梁木坏""哲人萎"，或者再凝缩为成语"山颓木坏"。这是写挽联最经常用到的典故。王安石这首诗中，"木稼"实际上隐含有"梁木坏"之意，是对古典的灵活运用。南宋叶梦得在其《石林诗话》中说过，韩琦死前一年，华山曾发生崩塌，让人觉得国家可能要出现动荡，后来韩琦果然就去世了。照此说来，王安石诗中的"山颓"不仅有古典，也有今典，对偶相当讲究。

再举一个例子。北宋诗人陈师道为其师曾巩写的挽诗，题为《南丰先生挽词二首》，是两首五律。其中有这样一联："丘原无起日，江汉有东流。"这两句气象阔大，声情绵渺，其实是很好的一副挽联。曾巩去世后，葬于丘原之下，从此再无立起之日。"丘原无起日"与"泰山其颓乎"异曲同工，都是伤悼伟人的辞世。"江汉有东流"，近则让人联想到王安石《赠南丰诗》中的"曾子文章世无有，水之江汉星之斗"，远则令人联想到杜甫的诗"尔曹身与名俱灭，不废江河万古流"。这句是说曾巩的事业与声名，犹如滔滔江汉之水东流不尽。1996年，南京大学老校长匡亚明逝世，先师程千帆先生悲痛之极，曾经借用陈师道这联诗句来敬挽匡校长。总之，古代诗文特别是宋人所作的挽诗，尤其是中间的两联对偶，很像挽联，其中的构思与措辞，都是挽联创作的源头活水，取之不尽，用之不竭。

除了古诗、近体诗，唐宋时代的祭文往往用骈体来写，其中也多含有哀挽之联。苏轼去世后，"苏门六君子"之一的李廌写了一篇祭文，篇中有如下警句，被宋代人传诵：

> 皇天厚土，实表平生忠义之心；
> 名山大川，复收自古英灵之气。

这几句确实写得好，只有像苏轼这样伟大的人物才当之无愧。把这两句位置对调一下，就很像一副挽联：

> 名山大川，复收自古英灵之气；
> 皇天厚土，实表平生忠义之心。

如果将"名山"改为"名岳"，那么，上下联首句相应节奏字位的平仄对偶就更加工整了。所以，祭文与挽诗一样，也是挽联写作应该参考借鉴的资源。

明清两代，挽联在士人社会交往中使用的频率越来越高，其社会化进一步加速。很多文人的文集中，都收录了他所作的挽联，比如晚清南京文人秦际唐，就将所作挽联收入文集。这意味着挽联已被视为雅文学的一部分，足以登大雅之堂。在各种对联大全中，挽联也占有很可观的一席之地。写作挽联，是士人社交应酬中必须掌握的技巧之一。

二、 挽联写作要领

首先，挽联是对一个人的盖棺论定，要对其生平做出恰如其分的评价。评价有两种，一种是概括性的，提要钩玄，一种是铺叙性的，善于展开，条分缕析。善于概括，就会言简意赅，短小精悍。善于铺叙，就能委曲详尽，头头是道。有时候，也可以把两者结合起来，该概括的时候概括，该铺叙的时候铺叙，有话则长，无话则短。

比如说有这么一个人，生平经历丰富，文章勋业也很突出，可以抓住某一点来概括，也可以就其生平功业展开铺叙，将两者结合起来。晚清福州文人林昌彝说过，"挽联若能赅括切实，可当篇行状读。惟有笔足以当意，才足以写情。"也就是说，挽联若能把一个人的一生都囊括无遗，切实到位，那就像一篇行状。这不是一件容易的事，史笔要足以表意，文才要足以抒情。与寿联相比，挽联往往写得比较长，要盖棺论定，势必如此。

晚清最后一任北洋大臣陈夔龙，原籍贵州贵阳，高寿92岁，一直活到1948年。他去世的时候，他的贵阳同乡、对联名家向义写了一副挽联，可谓既有史笔，又有文才：

> 文章勋业，邈焉寡俦，慨频年浩劫经过，身隐海滨观世变；
>
> 富贵寿考，夫复何憾，只此日万方多难，花近高楼伤客心。

上联善于铺叙，重在表意，称赞陈夔龙的文章勋业，很少有人比得上他。他的一生经历了那么多世变国难，暮年却能隐居于上海，冷眼旁观世变，真是一个有福之人。下联重在概括，善于抒情：陈夔龙虽然富贵寿考，仿佛平生毫无遗憾，但是，他在这万方多难的时势之中离世，仍然让世人"花近高楼伤客心"。很明显，下联后两句是化用杜甫《登楼》诗句："花近高楼伤客心，万方多难此登临。"而陈夔龙室名花近楼，自称花近楼主，诗集名《花近楼诗存》，都出自杜甫此诗。向义没有将杜诗原原本本地挪用，而是先调整两句顺序，再将"万方多难此登临"改为"只此日万方多难"，文义不变，而此七言句的节奏从2、2、3变为1、2、4，两句七言句子并置，一点也不单调，而是摇曳多姿。这副挽联贴切陈夔龙的身世，自是佳作。它对陈夔龙盖棺论定的评价，也是恰如其分的。

盖棺论定的评价，要做到挽切，就要贴近其人身份。前人有挽屠夫联云：

> 此去料应成佛果，
>
> 从今不忍过君门。

传统上，屠夫这个职业通常被人轻视，往往成为人们嘲笑的对象。其实，这个行业也出过一些名人，比如汉代大将军樊哙，还出过诸如"放下屠刀，立地成佛""过屠门而大嚼"等成语典故。这副对联的特点，就是糅合这两个成语，推陈出新，其用典如盐入水，了无痕迹，而表意恰切，令人拍案叫绝。据《杨树达日记》记，有一次，王晓湘曾向杨树达提及此联，杨树达大加赞赏，以为"信手拈来，自得妙谛"。

其次，挽联以怀思为主，不可专一赞颂。《诗品》说："其人既往，其文克定。"论定一个人的诗文，可以表彰其优长，也可以指出其不足。挽联评价一个逝者，主要是说好话，但是好话也要尽量客观，对逝者犯的错误或者做得不那么光彩的事，可以按而不提，可以婉转陈辞，不能颠倒黑白，不辨是非。就只说好话而言，挽联与寿联可以说是殊途同归，但挽联不能专事颂扬，还要表达哀挽之情，否则就跟寿联没有区别了。比如给某个领导送挽联，不能光褒扬他"一身正气""两袖清风"，那样就跟寿联如出一辙。表彰赞颂之外，还得加上悲伤哀悼之意，才算完成了挽联应该完成的礼仪功能。有些挽联纯粹以哀悱绮丽取胜，也有些挽联看似只用白描，没有多少文采，但白描也能表达深切的哀悼之情。比如李伯元《南亭四话》里记载的：

> 如此艰辛，知卿必死，所恨者夫妻十六载，眉皱未舒，顿教夜榻风凄，梦里时惊儿觅母；
>
> 几经飘泊，于我何堪，今已矣云水数千程，归期难卜，从此秋砧月冷，天涯应叹客无衣。

这是一个丈夫写给妻子的挽联，全用白描笔墨，发挥了白描的特性，细节描绘真实感人，是一副好挽联。此联上下各六句，符合马蹄韵的规则，可谓格律严整。

第三，每副好的挽联都有自己的口吻，有自己的立场，能够见出撰者与所挽者之间的关系。如果撰者是受人委托，那就要站在委托人的立场，用他的口吻。这涉及撰者的站位与扮演的身份问题，只有把立场和口吻掌握好，文字表达才能够到位。举一个陈其美的例子。陈其美能文能武，帮助孙中山先生策划反袁革命，被袁世凯视为眼中钉、肉中刺。袁世凯派刺客将其刺杀，陈其美的老部下，也是他的浙江湖州同乡晚辈沈在善，写有如下挽联：

> 推翻专制，建设共和，伟绩著当年，北斗高悬谁不仰；
>
> 孔曰成仁，孟曰取义，大名垂后世，南宫忝附亦弥荣。

陈其美致力于推翻清廷专制，建设民国共和，功劳之高有如北斗，令众人钦仰。他为民国革命事业献身，正是孔孟所谓成仁取义，永垂不朽。作者曾在陈其美手下做事，下联末尾说到"南宫忝附"，是突出撰者的身份。

再举一个当代人的例子。启功先生是陈垣的弟子，一生尊师重道，陈垣先生去世的时候，启功撰挽联云：

依函丈卅九年，信有师生同父子；

刊习作二三册，痛馀文字答陶甄。

古代讲学者与听讲者座位之间要相隔一丈，叫作"函丈"。后来，"函丈"一词就用来指称讲席，并引申为对前辈师长的敬称。启功师从陈垣 39 年，师生关系非常密切，情同父子。但是启功接着谦虚地说，他只有两三册不成熟的习作，不足以报答老师对自己的培养。其他学生与老师之间，或许也有情同父子的关系，却未必恰好"刊习作二三册"，更未必有长达39 年的师生之谊。启功这副挽联用词贴切，不能移用于别人与别的场合。这副对联的立场和口吻都拿捏得很好。

再举一副当代挽联为例，此联中的挽者与被挽者都是当代学界巨擘。1927 年，王国维在圆明园昆明湖自沉，临终前留下遗嘱，拜托陈寅恪处理他的藏书遗稿等。陈寅恪挽王国维联写得非常用心，口吻把握准确，用字细致入微：

十七年家国久魂销，犹馀剩水残山，留与累臣供一死；

五千卷牙签新手触，待检玄文奇字，谬承遗命倍伤神。

"十七年家国"，指的是清朝已经覆亡十七年，只留下剩水残山，让王国维这样的遗老情何以堪，只能作累臣自沉而死。这副对联的手稿今天还保存于清华大学博物馆里，上面有陈寅恪加的几处小注。例如"剩水残山"，陈寅恪注明特指颐和园里的昆明湖和万寿山，很具体。他还特别交代，"玄文奇字"的"玄"字，写的时候应缺最后一笔，以示避讳。这是对王国维的尊重，清朝康熙皇帝名玄烨，作为清朝遗老，王国维写到"玄"字时是要缺笔避讳的。上联既有对逝者一生恰如其分的评价，也表达了对他的沉痛哀悼，下联准确突显了自家的身份，措辞准确，这些话只能由陈寅恪说，其他任何人都不行。（彩图4）

第四，挽联的上下联，往往尽量关合人我、今昔、存殁、哀乐、时空等双方，或者关合为人与学问、道德与文章、成功与遗憾等两面。上下两联有所区分，从相对应的两方面来落笔，容易形成审美张力。钱穆去世之后，其高足余英时撰写挽联：

一生为故国招魂，当时捣麝成尘，未学斋中香不散；

万里曾家山入梦，此日骑鲸渡海，素书楼外月初寒。

上联写一生的时间，下联写万里的空间，大开大合，笔力劲健。上联着重"为故国招魂"，传承文脉；下联着重系念家山，魂兮归来。"未学斋"和"素书楼"都是钱穆的书斋，一在大陆，一在台湾。"未学斋"源自《论语》，孔子说一个人若能孝敬父母，忠于事业，对朋友言而有信，这样的人，他即使未学，我也要说他是已学的了。钱穆"自惭未能事父，而事母亦未能尽力"，所以用"未学斋"以自勉。"素书楼"则是钱穆晚年在台湾最后讲学之地。捣麝成尘，香氛不散，楼外月寒，魂魄还乡，上下联融为一体，呈现凄美的意境。

此外，挽联还有两种特殊情况值得一提。一般来说，挽联应该庄重，不要佻巧，不可让人读后有不禁失笑的效果。但对一些汉奸卖国贼，有人利用挽联来冷嘲热讽、嬉笑怒骂，那就要另当别论。比如袁世凯倒行逆施，当了83天皇帝，就一命呜呼了，有人做了一副挽联：

起病六君子；

送命二陈汤。

杨度、孙毓筠、严复、刘师培等六人鼓吹帝制，是忽悠袁世凯称帝的始作俑者，被称为"筹安会六君子"。"二陈汤"指两个姓陈的和一个姓汤的地方军阀，他们对袁世凯反复无常，最终给袁世凯沉重打击。联语以"起病""送命"讽刺袁世凯，对他的死幸灾乐祸，更妙的是，"六君子""二陈汤"都是中药剂名，佳偶天成。这副对联的政治含义很明显，可以说是挽联的别格。

挽联的另一种别格就是自挽联。能够游戏人生、看透生死的人，才会在生前就为自己拟定挽联，比如在昆明滇池大观楼题写长联的孙髯翁，就有一副自挽联：

云路仰天高谁使雁行分只影

风亭悲月冷忍教荆树美连枝

> 这回来得忙，名心利心，毕竟糊涂到底；

> 此番去甚好，诗债酒债，何曾亏负着谁。

评说自己的一生，自然爱怎么写都可以，不一定要庄严肃穆，道貌岸然。所以，嬉笑怒骂，皆可以写入自挽联，这种挽联当然是别具一格的。

三十多年来，我为亲人师友们写作的挽联，积累下来，大约有几十副吧。现在回忆这些挽联写作的过程，不免勾起对逝去的亲人师友的深切怀念。下面举四篇为例，谈谈撰写过程中的一些体会。

王元化先生是我十分崇敬的前辈学者，他不仅是学问家，而且是思想家。我与王元化先生并无个人交往，只拜读过他的一些著作，深为佩服。2008年王元化先生去世，胡晓明兄发来讣告，我代表南京大学古代文学和古典文献学科拟了一副挽联：

> 典范从魏晋人文，清峻遥深，正始音闻永嘉世；

> 本原自清华水木，履贞挺秀，故园梦绕自由魂。

我个人以为，理解王元化先生的思想和学术，有两个关键节点，一个是魏晋人文或者说六朝人文，一个是清华渊源。王元化先生对于六朝文学，尤其是六朝文学理论批评，包括陆机《文赋》和刘勰《文心雕龙》，都做过专注精深的研究。刘勰评论嵇康的人格特质和阮籍的诗歌内涵，"嵇志清峻，阮旨遥深"，这是正始文学的主体，也构成魏晋人文的典范，同时还是王元化先生学术和思想资源中很重要的一个部分。王元化从小生长于清华大学校园，其父是清华大学教授，清华校名源自东晋诗人谢混的诗句"水木湛清华"，其中蕴含的"履贞挺秀"之质，也是王元化思想的本原。"不意永嘉之中，复闻正始之音"，是出自《世说新语》的一段话，是感慨"微言之绪，绝而复续"，感慨正始之音太稀罕、太珍贵了。元化先生已然驾鹤西去，但他的魂魄一定会时常回到故园来。当然，这只是我个人的一孔之见，可能只是盲人摸象之谈，今将此联录存于此，以就教于王元化先生的门生弟子。

2022年冬至2023年春初，疫情席卷海内外。老友四川师范大学万光治教授不幸感染病毒，治疗无效而逝世。我同万老师相识多年，称得上是忘年之交。作为赋学研究的同行，万老师的大作《汉赋通论》视野开阔，析理精微，我一向钦佩他的学识，也经常向学界同人和学生推荐此书。很多人大概只知道万老师是中国古代文学研究领域的一位杰出学者，或者只知道他曾任四川师范大学文学院院长，治院有方，却未必知道他是多才多艺的性情中人，音乐、歌舞、书画，样样精通。卸任文学院院长之后，他踏遍巴山蜀水，采集民歌，收获极多，并以多媒体方式出版。在我的记忆中，他虽然年近八旬，依然生龙活虎，精力过人。乍接噩耗，不敢信以为真。下面这副挽联寄托了我对万老师的怀念：

> 曾拜聆茶馀谈乐，酒后放歌，蜀地采风，逸韵回听成绝响；
>
> 最钦佩义理精微，襟怀广大，通人论赋，遗书重读有馀哀。

此外还有一些挽联，是我受单位或个人委托，为之代笔撰写的。在这种场合，首先需要了解被挽者的生平经历及其主要贡献，其次要弄清委托者与被挽者之间的关系，才能措辞准确。2002 年，顾毓琇先生在美国逝世，我受南京大学委托代撰挽联。顾毓琇是一位了不起的人物，这倒不是因为他曾任南京大学的前身中央大学的校长，而是因为他是一个罕见的通才。他既是杰出的电机工程学家、科学家，又是行政长才，还是诗人、戏剧家，几乎无所不通、无所不能。我代作挽联如下：

> 教授兼诗家学者，淹通中外古今，秋雨西风，遽痛英灵长逝；
>
> 大师在道德文章，垂范千秋百代，尧封禹甸，伫期魂魄归来。

上联褒扬顾毓琇是一位通人，博通中西；下联称赞他是一位大师，足以垂范千秋。"秋雨西风"对应的是顾毓琇逝世于 9 月，"尧封禹甸"指的是中国，英灵长逝，魂兮归来，挽联站在南大的立场为他招魂。

世界著名高能物理学家袁家骝先生原籍河南项城，系出名门，他也是南京大学荣誉博士和名誉教授。2003 年他去世的时候，我受南京大学委托代撰一副挽联：

枝分叶派，璧合珠联，同步耀双星，西海先生称俊彦；

师范徒存，哲人其萎，高能称一世，南雍后学哭英灵。

所谓"枝分叶派"，是指他的河南项城的家世。所谓"璧合珠联"，是说他与夫人著名核物理学家吴健雄志同道合，同是国际物理学界之翘楚。说起来，吴健雄是江苏太仓人，又是中央大学物理系本科毕业，后来与袁家骝一起受聘南京大学荣誉博士和名誉教授，她与南京大学的渊源，比袁家骝更深。"同步耀双星""高能称一世"这两句语意双关，既是说袁家骝的专业领域"高能物理""同步辐射"，也兼指袁吴夫妇的突出贡献。同时，这两句也是有意测试现代汉语中的科学新名词与对联整体的文言文语境相互融汇能够到达什么程度。

以上是我的四副挽联作品。限于我的职业与生活圈子，这些挽联所哀挽的对象，以学界人物居多。粗糙不工，姑录于此，供大家批评。

三、习作点评

在挽联这一讲，我布置的习作题目，是为农业科学家袁隆平院士和哲学家李泽厚先生撰写挽联。这是近年去世的两位名人。下面选择几篇习作来略作点评。

有不少人写回忆录，涉及与已故亲友的交往之时，都容易落入一个窠臼，就是谬托知己，仿佛天下之大，论相知之深、相许之厚，无人能及。今人写作挽联，哀悼逝者，有时也有类似的谬托知己之弊；但更多时候，则是没有交代清楚与逝者的交谊关系，没有充分表达出对逝者的深切悲恸之情。

袁隆平院士是著名农学家，他一生致力于杂交水稻育种的研究，孜孜不倦，成就巨大。他的挽联不太好写，因为袁隆平所从事的杂交水稻育种专业是全新的，古人没有涉及过，今人也只能从农学、民生等大的方面落笔。有几篇习作写得不错。比如这一篇：

> 学承齐民，千载犹传妙术；
>
> 身献田陇，万家难报厚恩。

民以食为天，农业自是民生根本，因此，北魏农学家贾思勰将其所撰农学名著命名为《齐民要术》。上联将"齐民要术"书名四字拆开，分嵌两处使用，又有意将"要术"改为"妙术"，以表彰袁隆平杂交水稻育种技术之高妙。"身献田陇，万家难报厚恩"，颂扬袁隆平的巨大贡献，意思明白，上下联对偶基本成立。不过，也不是没有瑕疵。一是平仄需调整。"学承齐民""身献田陇"是两个四言句，两字一顿，"承""民""献""陇"四字是节奏点所在。如果将"承"字换成仄声字，将"献"字换成平声字，则这两个四言句前后平仄呼应，显得更谐美。二是少了哀挽之意。可以考虑将两句并为一句，改成："千载独传齐民妙术；兆民永记陇亩深情。"

另一篇习作是这么写的：

> 解饥馑，济苍生，感怀情重恩深，痛闻神农归黄土；
>
> 求创新，行实践，瞻望才高志远，惟见粟稻满碧田。

这副对联有几个优点：第一，上下联各四句，前后句间以马蹄韵来串联，格式比较严格。第二，三言、六言、七言等多种句式相互配合，句子活泼灵动。第三，上联表达了怀思哀悼之意，这一点看来简单，其实重要，可惜很多挽联作品却往往避而不写。如果挽联通篇只有歌颂之意，没有哀婉之思，那不是相当于寿联了吗？这一点需要再次强调。这篇习作把袁隆平比作当今神农，评价非常高，以"归黄土"对"满碧田"，以颜色字来强化上下联的对偶，修辞上颇为用力，但总体来讲，下联比较直白，稍逊文采，尤其"行实践"这句，"行"就是实践，重复得有些笨拙。我建议，把上联的"痛闻"改为"痛惜"，"黄土"改成"后土"，下联改为"方知思飖是前身"，平仄和表意上都更为妥当一些。

再来看一篇为袁隆平作的挽联：

> 耕耘碱地沙滩，海内黎民得饱腹，有心济世，惟期陇上
> 五风十雨；
>
> 往送街头巷尾，灵前稻穗胜鲜花，无以报恩，且惜盘中
> 一日三餐。

这篇写得不错。一方面，四言、六言、七言、八言四种句子交互为用，有参差错落之美。另一方面，上联颂美，下联吊唁，"惟期陇上五风十雨"对"且惜盘中一日三餐"，自然工稳，特别精彩。"海内"对"灵前"很好，或许"无以"可以改为"无计"，与"有心"相对，显得更实在一些。另外，假如以严格的七言律句格式来衡量，"海内黎民得饱腹"一句后三字皆是仄声，最好稍作调谐。另一篇挽联写得更长：

> 雨粟苍冥，哭后稷而今去矣！惟见寒冰羽翼，隘巷羊牛；
>
> 九熟五粱，擎天稻柱排翁仲；
>
> 献花黄口，问前贤几日还耶？空余东土文章，西畴子弟；
>
> 卌年一饭，遍地生民唱归来。

这是由多句组成的对联，其长短句式之间的节奏配合与平仄讲求，都符合规范。也有一些习作在这一方面仍有瑕疵。下面举两篇习作为例，可以让我们对这一点加深体会。先看第一篇：

> 国士开先，五域昌隆，稻粮久济世；
>
> 巨星陨坠，九州滞黯，稷麦常怀亲。

上下联各三句，前两句皆是四言，末句五言，诵读起来，感觉末句节奏稍嫌短促，如果改成六言或者七言，就要舒展得多。另一方面，上联用了"五域"，下联又用"九州"，上联已用"稻粮"，下联又用"稷麦"，都是同类近义词，这在对偶律上涉嫌合掌，应该尽量避免。避免合掌的有效方法，就是要进一步打开思路，增加可选择性。

再看第二篇：

> 稼穑躬亲，功成人远，乡闾同泣星沉夜；
>
> 仓箱遗泽，仙去道存，高节长留霖雨春。

此篇与上一篇相同，都是三句联，前两句都是四言句，但此篇末句是七言句，比上一篇多了两个字，末句节奏比前一篇整齐舒朗。不过，"稼穑躬亲"与"仓箱遗泽"句式结构不同，"乡闾"一词近于生造，也与"高节"对不上，似应再斟酌。

再看一篇挽袁隆平的挽联：

> 当代有神农，汗浇平野千层浪；
>
> 明朝怀亮义，光泽后人一片心。

上联首句将袁隆平比作神农，评价之高无以复加，但不如喻为后稷更合适。次句让我联想到毛泽东的诗句："喜看稻菽千重浪，遍地英雄下夕烟。""明朝"与"当代"取义略近，最好换一个角度。我建议下联首句改为"平生研要术"，与"当代有神农"可以对得更工整些。

有一篇习作是三句联：

> 天怜饥馑，予苍生稻圣，江山万里仓廪满；
>
> 公辞人间，惜不见身后，一禾九穗如雨田。

上联前两句所表达的意思，其实就是"天生稻圣"四个字。民以食为天，对吾国吾民来说，粮食安全极为重要，袁隆平的事业需要后继有人。但上联三句皆以仄声收，下联三句的收尾却是两平一仄，平仄还不够讲究。

挽李泽厚的对联，也选几篇来略作点评。李泽厚著作等身，但影响最为广远的可能是1981年初版的《美的历程》，数十年后，很多人在送别李泽厚之时，都要提到这本书。挽联习作中也有好几篇提到此书，先看这一篇：

> 哲理清流，身后令名传，美的历程犹未了；
>
> 明星溘陨，夜中悲泪泣，铿然文道忆长存。

作者颇有巧思，尤其是"美的历程犹未了"这一句，造句巧妙。大家都知道，《美的历程》是李泽厚的名著，初版之时，纸贵洛阳，其影响深远，至今不绝。"身后"对"夜中"也不错，体现了较好的对偶意识。美中不足的是，下联末句"铿然文道忆长存"不够自然浑成，比起上联末句，不免相形见绌。

"美的历程犹未了"是一句比较白的语句。对联主要用文言文，但并非不能使用白话，只是使用白话要得体，其难度也许不下于用文言文。多年前，南京大学出版社出过一本《民国对联趣话》，书中颇有一些好玩的对联故事。民国学人赏玩对联这种传统文学样式，花样翻新，熟能生巧。他们处于旧文学与新文化交汇过渡的时代，喜欢用白话文入联，出手不凡，值得我们观摩学习。这提醒我们：白话文也是对联创作的重要语言资源之一，白话文完全可以与文言文融合，别开生面，别有风致。

下面这篇挽李泽厚联，也提到《美的历程》：

桃李自无言，至今楚泽思恩厚；

历程应有道，从此人间笑路长。

"桃李不言，下自成蹊。"李泽厚的学术对后学的影响，是毋庸置疑的。一般来说，"楚泽"是指楚地的湖泽，也可以泛指楚地。李泽厚是湖南人，属于楚人，但他毕竟不是政界高官，对楚地似乎说不上"楚泽恩厚"。要表彰他对后生的影响，也许这一句要改写。"历程应有道"显然是从《美的历程》衍生出来的，与"桃李自无言"也能对上，但如果改成"历程皆有美"，就能进一步贴紧书名，也有助于突出此书面世造成的轰动效应。

另一副挽李泽厚的对联如下：

说美立人，徒存翰墨，讵闻国士骑鲸去；

修名自晦，空想遗音，伫望先生化鹤归。

这是一副三句联，先说第三句，较好地表达了哀悼怀思之意，没有问题，虽然所用意象比较常规，但还是比较稳的。"骑鲸去"对"化鹤归"，对得不错。李泽厚是在美国去世的，他离开故国较远、较久，这里的"骑鲸""化鹤"都不是空话。

再看两篇三句联。一篇是：

哲言垂千古范，历程终尽，对春风一哭；

神椽铸思想史，大星虽陨，仰韬光长存。

上下联各三句，依次为六言、四言和五言，诵读起来，感觉第三句（五言）收结有些匆促，若能增加一二字，或许更好。另一篇则是由七言、四言、七言三句组成，节奏上就从容得多：

> 大美能言者独公，破帽鹑衣，牛耳当时犹北面；
>
> 百年遗恨事如此，极天巨海，龙媒何日更西回。

还有一篇是四句联，分别由三句四言和一句六言组成：

> 为真君子，永树风徽，雾暗云愁，遽悲神归太素；
>
> 是大宗工，新开学派，山颓木坏，伫望魂返佳城。

假设上下联的第四句（六言）也变成四言，那么，此联就纯粹由四言句构成，节奏近于骈文，幸而第一句是 1＋3 结构，带来了句式节奏的参差变换。从上述这三个例子中，还可以得出一个结论：多句对联的末句，字数不宜太少，短句容易显得急促。

第八讲

———

名胜联

一、 题写风景与名胜联起源

很多年前，有一次路过刚整修出新的水西门广场，广场上新建了两座小亭子，一座叫新亭，一座叫劳劳亭。亭子很不起眼，但对我来说，它们名气很大，特别是"新亭对泣"的成语，早已牢记在心。我于是饶有兴致地围着广场转了一圈，发现两座亭子居然都没有楹联，感到有些扫兴。南京这么有文化的地方，岂能缺少对联？那时候，南京还没有入选"世界文学之都"，水西门广场也只是初次整修，尚未及重视文化增值和文化赋能。

南京是六朝古都。在六朝文化传统中，早就重视对地方名胜的"题目"。所谓"题目"，就是用简短的词句，来描绘、概括、评价某一风景名胜，起到画龙点睛的效果，说白了，就是题写山川名胜，或曰题写风景。据《世说新语》记载，桓温任征西将军的时候，把长江上游的江陵城修得十分宏伟壮丽。他扬扬得意,唯恐世人不知,就召开一个"现场经验总结会",让手下人说说,这城究竟好在哪里,美在何处。顾恺之正好在现场,他毕竟是大画家,又是诗人,对视觉审美和语言表达都特别敏感。他马上回答桓温:江陵城之美可以用八个字概括:"遥望层城,丹楼如霞。"这八个字为他赚回了两个丫鬟。还有一次,顾恺之从绍兴回来,有人问他那里的山川如何,他回答说:"千岩竞秀,万壑争流,草木蒙笼其上,若云兴霞蔚。"这就是对绍兴山水美景的题写,也就是点评。这两个例子的共同特点,一是好用四言,二是讲究平仄。这是六朝人的审美特长,也是他们的审美套路。

南京是历史文化名城。历史文化名城都有名胜,少则八景,多则十二景、二十景、四十景,有点类似今天的网红打卡点。南京名胜很多,多至金陵四十景,乃至金陵四十八景。其名目都是四言成语,比如"莫愁烟雨""燕矶夕照"等等,讲究前平后仄,或者前仄后平,音律谐调,与"千岩竞秀""万壑争流"等实出一辙。顾恺之是东晋人,他的例子表明,题写名胜至少从东晋就开始流行了。后人题写名胜的方式更加多样,有口头方式,有书面方式,有用诗体的,有用骈文的,还有写成对联的。

名胜对联究竟起源于何时呢?一般认为起源于五代,自宋代以后,此风更盛。历代笔记小说中,说到某地某名胜联出自某人之手的故事很多,不见得都可信。倒是从六朝经唐代到宋代，很多诗歌、骈文里都会有题咏名胜的对句，其作者、内容及其背景，基本上都可以确定，对我们撰写名胜联有所启发。我这里讲名胜对联的起源，不是要给大家梳理一个文学史的脉络，而是要给大家一个提醒：在中国文学史上，某些作家、某些作品、某些文体，与某类对联有特别密切的关系，我们必须注意到这些关系，在阅读、欣赏以及撰写这些对联的时候，便可以发掘、利用这些跨时代跨文体的文学资源。

明清两代名胜对联最多，随便走到哪个园林里，都能读到一些对联佳作。江南园林，湖山苑亭，如果缺少了对联的点缀，美的光芒就要黯淡许多。《红楼梦》第十七回"大观园试才题对额"里，贾政带着一干人马，为刚刚造好的大观园题写对联。贾政说："若大景致，若干亭榭，无字标题，任是花柳山水，也断不能生色"，众人都点头称是。我也同意这个看法。我们看到名山大川，到了风景名胜之地，只带着一双眼睛不够，光带着一对耳朵也不够，还要带上我们的记忆。我们的眼睛固然能看见地上的山川草木，看到天上的白云卷舒，我们的耳朵固然能听到水声潺潺，风声潇潇，雨声淅沥，我们的眼睛还能读到别人写的文字，告诉你这个地方曾经是什么样子的，曾经有什么人来过，曾经有什么事发生。这还不够，在视听之余，我们还要打开记忆，翻开以往阅读中积累的重重叠叠的文本记忆。1994 年深秋，我第一次去浙东开会，坐汽车从杭州经绍兴到新昌，一路上，我脑子里来来回回翻腾的就是《世说新语》里的两段话。一段是王献之说的："从山阴道上行，山川自相映发，使人应接不暇。若秋冬之际，尤难为怀。"另一段是顾恺之说的："千岩竞秀，万壑争流，草木蒙笼其上，若云兴霞蔚。"我将当下的视听所得，与记忆中已有的印象相比对，感慨很多。一千多年过去了，东晋名流所题写的山川名胜，连同他们的题写，依然还在那里，只等我们来一场千年邂逅。当我们的目光与山川名胜相接，那些阅读记忆瞬间被激活了。我不禁感叹，有时候，对山川名胜的题写比山川名胜还要重要，阅读山川名胜联比观览山川名胜更重要。我们对名胜的理解，很大程度上是由古往今来的题写所塑造的，而名胜联就是这类题写最重要的组成部分之一。

一副名胜联，就像魏晋时代的一则人物品评，寥寥数语，就能道出一个地方的神采气韵，勾画出它的特点。名胜联的佳作很多，梁章钜写《楹联丛话》，卷六、卷七都是讲"胜迹"，他后来又写了《楹联续话》《三话》《四话》，里面也有很多"胜迹"。所谓"胜迹"就是名胜，这些名胜联都是有故事的。

二、 名胜联分类

名胜联大致可以分为如下四类：

第一类是山川联，包括名山大川，如五岳四渎、江河湖海等。五岳居众山之尊，名联甚多，不胜枚举。仅举中岳嵩山一联为例：

> 近四旁惟中央，统泰华恒衡，四塞关河拱神岳；
>
> 历九朝为都会，包伊洛瀍涧，三台风雨作高山。

这篇对联堪称尊题的典范，既然是题写中岳之联，当然要突出嵩山的崇高地位。嵩山是中岳，不仅东西南北四岳都在其统领之下，连四塞关河都要拱卫之。如果说上联是正面写嵩山，那么，下联就是从侧面来写，以贵为九朝都会的洛阳作陪衬。这样，中岳嵩山不仅有了空间上的广袤，也有了时间上的绵远。此篇是三句联，平仄上严格遵循马蹄格式，句式上是六言、五言和七言相配合，而且，六言句还可以看作由两句三言组成，即"近四旁/惟中央""历九朝/为都会"，五言句则是由1+4的节奏构成，创造了节奏的多样性。

山尊五岳，水重西湖。天下之西湖多矣，浙江杭州有西湖，福建福州有西湖，安徽颍州（阜阳）有西湖，广东惠州、潮州都有西湖，江苏扬州也有西湖，不过自谦地称为"瘦西湖"，各湖名胜，皆有对联题写。姑举潮州西湖联为例：

> 湖名合杭颍而三，水木清华，惜不令大苏学士到此；

> 山势分村郭之半，楼台金碧，还须遣小李将军画来。

福州、扬州等地的读者，或许要怪这位作者偏心，为什么不提福、扬两地的西湖呢？"湖名合杭颍而三"，如果再加上福、扬两地，那就是"湖名合杭颍福榕而五"，句尾变成仄声，句子的声律构造就完全不同了。水木清华，出自东晋谢混《游太子西池》，是写池水的，现在借来形容潮州西湖，还请出大文豪苏轼来拱卫，更是气势非凡。苏轼在杭州、颍州两地都当过官，并且留下了写两地西湖的诗，广为传诵，但他没有来过潮州，当然也就没有留下题咏潮州西湖的诗句，这是令人可惜的。显然，上联也是尊题的写法，如果不是为了突出潮州西湖，作者是不会如此安排的。对于潮州西湖来说，大苏学士不曾到此，本来是一件坏事，要尽可能"家丑不可外扬"。但是，善于写文章的人，就知道如何花样翻新，无中生有。这一招也许可以叫"反用典"，值得观摩学习。下联派出"小李将军"来压轴，与上联异曲同工，又与"大苏学士"对偶，可谓工切。

第二类是园林联。园林包括传统园林及近年来修复重建的园林。前者如苏杭等地的名园，后者如南京门西新建的愚园，以及门东新建的芥子园。举俞樾题苏州漱碧山庄联为例：

丘壑在胸中，看叠石疏泉，有天然画意；

园林甲吴下，愿携琴载酒，作人外清游。

明清两代有功名的读书人，没有不会做对联的，否则的话，他们考不上举人进士。他们从小就学做对偶，学做八股文，一般不会把平仄弄错。说到底，八股文无非是较长的对联而已，往往没有什么文采。有名望的读书人，更要做好对联，否则就无法应付一些社交场合。俞樾的对联做得好，做得多，就是这个原因。这篇对联，表面上看是三句五言，显得过于单调了。实际上，这三句是貌同心异：第一句五言是2＋3节奏（园林/甲吴下），第二句、第三句五言是1＋4节奏（愿/携琴载酒，作/人外清游），这样，三个五言句读起来，就有节奏的参差变化了。对比一下，如果把这三句写成："看叠石疏泉，有天然画意，在丘壑胸中"，孰高孰低，那不是一目了然吗？（彩图5）

第三类是亭台楼阁联。天下亭台楼阁不计其数，对联之多也难以计数。有的亭台，每一根楹柱上都有对联，甚至楹柱四面，就是四副对联，不留一点空白。比如，杭州西湖边的苏小小墓（慕才亭），六根楹柱的四面都刻满，共十二副楹联。岳阳楼、滕王阁、黄鹤楼等，号称天下名胜之大观，为千古观瞻所系，也是名联荟萃之地。实质上，这些楼阁的楹联，已经构成当地的文化风景，也可以称为"文字风景"，或者称为"对联风景"。

杭州西湖慕才亭联

先看这副岳阳楼联：

一楼何奇！杜少陵五言绝唱，范希文两字关情，滕子京
百废待兴，吕纯阳三过必醉。诗耶，儒耶，吏耶，仙耶，
前不见古人，使我怆然泣下；

诸君试看：洞庭湖南极潇湘，扬子江北通巫峡，巴陵山
西来爽气，岳州城东道岩疆。潴者，流者，峙者，镇者，
此中有真意，问谁领会得来？

这副长联脍炙人口，它给我们带来了多角度的启示。其
中最重要的一个启示，就是要善于铺叙。怎么铺叙呢？上联
从与楼相关的唐宋人物角度铺叙，先以"一楼何奇"的唱叹
领起，然后缕述历史上到过岳阳楼的那些名人，拈出杜甫、
范仲淹、滕子京、吕洞宾这四位古人，概述"四贤"在岳阳
楼的事迹，并分别界定"四贤"为诗人、儒者、官吏、仙人
的代表，再以"前不见古人，使我怆然泣下"的感慨收结。
下联从空间位置角度铺叙，南北西东，有潴、有流、有峙、
有镇，最后以"此中有真意，问谁领会得来？"的问句煞尾。
上下联结尾分别用了陈子昂《登幽州台歌》和陶渊明《饮酒》
其五之典，流畅自然。范仲淹《岳阳楼记》的文本，穿插于
上下联各处，仿佛是对联的另一个声部。同样是铺叙，上联
以叙述为主，下联以写景为主，都以抒情收结。总之，在长
联的结构技巧中，铺叙是十分关键的一环。这副岳阳楼联是

名胜长联的代表作，它的婉转铺叙，令人过目难忘。

长联的结构技巧，除了铺叙的艺术，还有领字的艺术。所谓领字，是从词学研究中借用来的概念，前面第五讲已经讲到过。领字又称"一字逗"，通常用于句首，多为一个字，偶尔也有用两个字的，目的是从不同角度（时间、空间、力度、幅度等）装饰句子，增加句子的姿态。长调词作中，尤其多用领字。后面讲到集句联时，各位可以特别关注一下集宋词的对联，体会其中的领字艺术。现在先来看这副黄鹤楼联：

> 何时黄鹤重来，且共倒金樽，浇洲渚千年芳草；
>
> 但见白云飞去，更谁吹玉笛，落江城五月梅花。

上下联各三句，分别为六言、五言和七言，虽然没有岳阳楼联那么长，句法却显得妖娆多姿。它的最大特点，是在句首使用领字，"何时""且""但见""更"等领字，使句子凹出特有的造型，增加了姿态之美。如果把句子比作人的身材，使用句首领字，就好比舞者表演的姿态动作。是否善用领字，关系到句子的姿态。假设将这副对联的领字删去，改写成："黄鹤重来，共倒金樽，洲渚千年浇芳草；白云飞去，谁吹玉笛，江城五月落梅花"，句子便不那么柔美，韵味也相应大减。"浇洲渚千年芳草""落江城五月梅花"，听起来不像常规的七言诗句节奏，而像是由"浇""落"为一字逗领起的句子，风姿别致。

滕王阁有一副名联，也是以句法灵活柔软见长：

依然极浦遥天，想见阁中帝子；

安得长风巨浪，送来江上才人。

此联以写景抒情见长。上下联各两句，都是六言，有些像六言绝句。诗歌史上，六言绝句不多，因为六言诗很容易写成2＋2＋2的节奏，如果四句都是这种节奏，就会显得单调呆板，要设法打破。王安石的六言绝句名篇《题西太一宫壁》，中有"三十六陂春水""三十年前此地"二句，使用3＋1＋2的节奏（三十六/陂/春水），增加了全篇句法的灵活多变。这副滕王阁联，上下联首句之"依然""安得"，相当于领字，使句子更加柔软多姿，次句句首之"想见""送来"，一虚一实，也使句子节奏有了参差变化。

大观亭位于安庆市大观亭街中段，背倚大龙山，俯瞰长江，视野开阔，是观江景、赏月色的佳处，曾与武汉黄鹤楼、九江庾楼并称"长江三楼"，古来题咏之作甚多。清代道光九年（1829）状元、安庆人李振钧一联尤为出色：

秋色满东南，自赤壁以来，与客泛舟无此乐；

大江流日夜，问青莲而后，举杯邀月更何人。

上下联首句化用米芾和谢朓的诗歌名句，大开大合，气象宏大。这副对联与潮州西湖联异曲同工，都善于剪裁不相干的人事，将其拼合于联语之中，转化为本题所用。有人说，下联李白举杯邀月是实写，而上联东坡泛舟赤壁则是虚写，作者先有了下联，再联想到上联，是由实生虚。在我看来，李白举杯邀月，对大观亭来说，也是虚想，上下联是虚虚相生，比由实生虚更为高妙。作者巧用"自""问"两个领字，就轻松地将两位唐宋名贤拉进题中，这叫善于反客为主。"赤壁"对"青莲"，一青一赤，对偶工巧。此联头两句皆是五言，但一句为常规的 2＋3 节奏，另一句为非常规的 1＋4 节奏，同中有变，最后接以七言句，句式节奏就更灵活多样了。

第四类是祠庙寺观联。祠庙指的是各种神祠，如留侯祠、武侯祠、孔庙等，寺观指的是佛寺和道观。

祠庙与前几类名胜的不同之处，是祠庙既有遗迹，又总是以某一人物为中心，不管其为传说人物，还是历史人物，甚至也不管是正是邪，是流芳百世，还是遗臭万年。因此，祠庙联往往以咏史怀古为中心。具体到不同的祠庙，当然各有重点。比如各地的孔庙，那是读书人的神殿，孔庙联一般都写得很好，堂皇正大，鲜有凡庸之品。撰联者没有相当水准，也不敢在这里班门弄斧。比如下面这副就写得大气磅礴：

> 道若江河，随地尽成洙泗；
>
> 圣如日月，普天犹是春秋。

孔子及其儒学的伟大与永恒，犹如日月经天，江河行地，没有比这几句更恰当到位的形容了。"随地尽成洙泗"，说的是儒学的伟大，放之四海而皆准，"普天犹是春秋"，说的是孔子的永恒，如日月长久照临。上联后句的"洙泗"回应前句的"江河"，下联后句的"春秋"回应前句的"日月"，一气贯串，贴合精致而不落痕迹，没有什么偏僻的字词典故，便于家传户诵，广播民间。

古代名人的祠庙，往往有好对联。有的简洁而明快，比如陕西岐山县五丈原的武侯祠楹联：

一诗二表三分鼎，

万古千秋五丈原。

此联了不起的地方，是它敢于使用这么多数字，上下联共14个字，数字就占了6个，一招险棋，却下得如行云流水，自然酣畅。有如举重选手参加决赛，到最后一举，只剩下一次机会，如果拼一下，有可能得第一名，如果不冒险一拼，可能连名次都没有。此联属于一举成功者。诸葛亮出山始自三顾茅庐故事中的"大梦谁先觉"一诗，其平生志节见于前后两篇《出师表》，他辅佐刘氏父子，三分天下而有其一，最终赍志以没，星陨五丈原，其美名却传播千秋万代。置身"五丈原"，很容易联想到"三分鼎"，二词恰成对偶。如果能够想到"万古千秋"，就可以往数字对方向去激发灵感。平常多读一些骈文、对联与律诗作品，增强对偶自觉意识，对捕捉对联灵感必有帮助。

留侯张良是汉代了不起的人物，陕西兴平留侯祠有韩光琦题联：

亡秦乃韩仇复，归汉为帝者师，圣主得贤臣，三杰才名
偶乎远矣；

进履遇黄石公，辟谷从赤松子，急流能勇退，千秋庙祀
礼亦宜之。

亡秦与归汉，将张良的一生划分为两大阶段，上联从君
臣关系入手，写张良的功绩。"进履遇黄石公""辟谷从赤松
子"，是张良平生最具戏剧性的两个事迹，一个黄石公，一个
赤松子，一黄一赤，一公一子，句内自对，真是天造地设的
对偶。巧对需要敏锐的眼光去发现，也值得爱美的读者来欣
赏。"急流能勇退"，知易行难，极少数人能做到，而张良做
到了，当然值得后人祭祀。这篇对联表达了对两个重要历史
问题的思考：一是圣主得贤臣的问题，一是激流能勇退的问
题。在事业开始的阶段，圣主与贤臣相得，可以得天下，天
下既得，功臣必须激流勇退，否则功高震主，是很危险的。
张良最伟大之处，并不在于其为圣主所得，而在于激流勇
退。上联写的只是张良的政治功绩，下联写的却是张良的人
生智慧。张良的政治功绩有人能及，他的人生智慧无人
可及。

佛寺道观联写得好的，大抵分为两类：一类直说佛理道
旨，劝善警世，近于直言铺陈，而文笔可观；另一类则于写
景叙事中带出佛道义理，曲折巧妙。前者如南京燕子矶观音
阁上旧联：

音亦可观，方信聪明无二用；

佛何称士，须知儒释有同源。

观世音菩萨又称观音大士，在中国家喻户晓，妇孺皆知。但是，"观音"两字作何解释，"大士"两字是何含意，大家就未必深思了。对联抓住这两点，构思立意颇有特色，很有启发性。"聪明"一词，原本是说"耳聪目明"，耳聪能够听见声音，目明可以看见万物。可是，"观音"却提示我们，声音是可以观看的，依此类推，万物也是可以倾听的。原来，耳目两种感官是相通的，"聪明无二用"，这也就是所谓"通感"的原理。下联抓住"士"字做文章。儒家传统称读书人为士，观音既称大士，自然可以说与儒家同源。此联构思修辞很巧妙。一副对联能抓住一点，发挥一个好的 idea，就很不容易了。这副对联上下联同时发力，呈现两个极好的 idea，殊为难得，要举双手点赞。后者如莫愁湖观音龛前的旧联：

湖山旧是女儿家，稽首慈云，愿佳丽尽生西土；

图画今留元老像，翻身苦海，叹功名都付东流。

同样写观音，此篇借莫愁、徐达故事展开，笔法不同，可资对比。道观联也有以写景寓意的。杭州西湖北山有葛岭，相传葛洪在此结庐炼丹，葛岭之巅有初阳台，是观看日出的好去处。对联中提出"闲缘"一说，寓意甚佳：

晓日初升，荡开山色湖光，试登绝顶；

仙人何处？剩有石台丹井，来结闲缘。

各地佛寺道观对联极多，能敷演宗教义理而兼有文采的，也比比皆是。例如四川峨眉山洪椿坪古寺弥勒佛殿联：

> 处己何妨真面目，
>
> 待人总要大肚皮。

弥勒佛笑嘻嘻地坐在那里，袒胸露怀，向人展示他的本来面目。他敞开巨大的胸怀，原来是教导世人要宽容。这是佛家教人的道理。弥勒佛殿很常见的对联，是这样写的：

> 大肚能容，容天下难容之事；
>
> 开口便笑，笑世间可笑之人。

北京潭柘寺弥勒佛殿就有这样一联。上下联中，"容""笑"二字分别三见，非但不觉得重复，反而使弥勒佛的精神面貌毕现。曾见此联有另一种版本："大肚能容天下难容之事，开口便笑世间可笑之人"，两句并为一句，中间少了一字重复，原来语句中从容悠然的韵味便消失殆尽。多读几遍，不难体会。

第五讲也讲到庆贺寺庙落成的对联，可以参看。

三、 名胜联写作要领

总结上述各类名胜联的创作经验，比较重要的有如下几点。

第一，要切题。每种对联都要切题，就名胜联来说，就要切这个地方的自然景物或人文历史。名胜往往并不是纯粹的自然景物，也不是纯粹的人文景观，而是自然与人文相结合。俗话说，"天下名山僧占多"，好像对僧人有意见，其实，僧人对开发名山是有贡献的。以南京的六朝名山栖霞山为例。在僧人到来之前，栖霞山已有道士来过，并没有成什么大气候。后来，明僧绍来了，并将自己的宅第栖霞精舍捐给僧人，于是有了栖霞寺。如果没有历代僧人在栖霞山立寺、开窟、讲论佛法，栖霞山不可能有今天的声名。为栖霞山寺撰联，自然要切此地的自然山川景物，也要化用其人文历史。每一处名胜古迹，都有其历史文化的亮点，联语若能聚焦于此，往往能成佳联。这些亮点好比其穴位，抓住穴位，就足以使本题俯首就范。

再以南京莫愁湖为例。明清以来，为莫愁湖撰写的对联不一而足，人们不约而同地认为莫愁湖的亮点就是两个：英雄、美人。我也认同这一点。英雄是谁呢？有梁武帝、朱元璋、徐达等人，美人呢？就是莫愁女一个。清同治十年（1871），重修莫愁湖亭，王闿运为此题写楹联：

> 莫轻他北地燕支，看画艇初来，江南儿女无颜色；

> 尽消受六朝金粉，只青山依旧，春时桃李又芳菲。

这副对联写到了英雄，写到了美人，用到了领字（莫轻他、看、尽消受、只），还惹起了一场官司。从梁武帝开始，就说莫愁女是从洛阳来的，只能算是"北地燕支"，王闿运为了抬高莫愁，又进而说"江南儿女无颜色"，没料到这引起了江南人士的不满。其实，这是王闿运尊题的写法，他要突出莫愁湖，就要称赞莫愁光彩夺人，江南从来没有出过这样明艳动人的美人。总的来说，这副对联措辞绮艳，令人遥想六朝，当然，这么写，也有点不够照顾广大江南人民的感情。另一副对联就比王闿运平稳，兼顾了英雄、美人两方面：

> 王者五百年，湖山犹有英雄气；
>
> 春光二三月，莺花合是美人魂。

上联写英雄，下联写美人，对得很工稳。"暮春三月，江南草长，杂花生树，群莺乱飞。"这是南朝丘迟《与陈伯之书》中的句子，前面讲到过，下联把这几句的意思，都浓缩在其中了。还有一副对联与此异曲同工：

> 粉黛江山，留得半湖烟雨；
>
> 王侯事业，都如一局棋枰。

上联写美人，下联写英雄，"留得""都如"在上下联的前后两句之间，勾连过渡，有如江南水乡常见的曲桥回廊。下面再抄录三副对联，也都是以英雄、美人为中心，但写法各有不同。第一副的上下联，是将英雄与美人糅合在一起写：

> 风景宛当年，淮月同流商女恨；
>
> 英雄淘不尽，湖云长为美人留。

第二副的上下联，分工明确，上联专夸粉黛，下联惟吊英雄：

红藕花开，打桨人犹夸粉黛；

朱门草没，登楼我自吊英雄。

第三副的上下联，貌似都在写美人，其实背后都是英雄江山，平仄格式谨严：

恨江上石头，抵不住迁流尘梦，柳枝何处，桃叶无踪，转羡他名将美人，燕息能留千古迹；

问湖边月色，照过了多少年华，玉树歌余，金莲舞后，收拾这残山剩水，莺花犹留六朝春。

"恨""抵不住""转羡他""问""照过了""收拾这"，这副对联中多处使用句首领字，增加了联语一唱三叹的韵致。

第二，要善于用典，善于化用前人的句子。举另一副滕王阁的对联为例：

滕王何在，剩高阁千秋，只今画栋珠帘，都化作空潭云影；

阎公无传，仗书生一序，寄语东南宾主，莫轻看过路才人。

这副对联的妙处，首先在善于化用典实，其次在于善用句首领字（"剩""只今""都化作"等）。上联化用王勃的《滕王阁诗》，一目了然：

滕王高阁临江渚，珮玉鸣鸾罢歌舞。

画栋朝飞南浦云，珠帘暮卷西山雨。

闲云潭影日悠悠，物换星移几度秋。

阁中帝子今何在，槛外长江空自流。

下联则是融化一段关于《滕王阁序》的故事。滕王阁位于江西南昌，落成之日，王勃恰巧路经此地，主持仪式的都督阎公，最初并没有把这位"一介书生"放在眼里，直到王勃写出"落霞与孤鹜齐飞，秋水共长天一色"等精彩名句，才刮目相看。如果没有这个过路才子，没有他的千古名篇《滕王阁序》，那么，当年那个"宾主尽东南之美"的盛大仪式，连同主事的都督阎公，恐怕都无人知晓了。化用前人成句，还要能借题发挥，不黏不脱，这副对联最终说出一番"莫轻看过路才人"的道理，相信会激起很多人的共鸣。

第三，嵌字是名胜联常见套路之一。将名胜古迹之名嵌于上下联首字，尤为常见，这是一种最为便捷的点题方式。如山东泰山雨花道院联：

> <u>雨</u>不崇朝遍天下，
>
> <u>花</u>随流水到人间。

首二字即是"雨花"，犹如点题，开门见山。福建邵武熙春台联也是用这种首字嵌名的方式：

> <u>熙</u>皞遗风留郡邑，
>
> <u>春</u>秋佳日好登临。

虽然嵌字落下形迹，但用词典雅，仍是佳联。嵌字联为人喜闻乐见，下到乡村，远到海外，从东南亚到欧美的唐人街，很多对联都采用这个格式。如美国纽约唐人街"荣乐园"川菜馆挂有一副楹联，就是首字嵌名联：

荣祖荣先，四季色香调羹鼎；

乐山乐水，八珍美味协阴阳。

第四，挪借经典成句。名胜之地，往来不乏名公钜卿、才人秀士，也是名联荟萃、名家争胜之地。寻幽访胜之时，多读一读前贤所题佳联，琢磨涵咏，可以推陈出新。南京莫愁湖和鸡鸣寺豁蒙楼，历史上有不少的名联，或仍在楹柱之上，或只存典册之间，都值得参考。前贤作联还有一个套路，就是挪借经典成句。比如梁启超曾经借用陆游的《南定楼遇急雨》中的"江山重复争供眼，风雨纵横乱入楼"一联，作为题咏南京鸡鸣寺豁蒙楼风景的联语。陆游原诗跟豁蒙楼没有一点关系，转移到新的语境之后，被巧妙地赋予新的含义。"江山重复争供眼"，还让我们联想起王安石写南京钟山风景的诗句"两山排闼送青来"，人与自然的和谐关系跃然纸上。

四、 习作点评

本次习作的题目是为赏心亭拟联。南京前些年重建了赏心亭，就在水西门附近。赏心亭材料很多，诗词、方志里都有。用电子数据库一查，有关赏心亭的诗词故事鱼贯而出。北宋有个叫王珪的人，写过一首咏赏心亭的律诗，其中有一联名句："万里江山来醉眼，九秋天地入吟魂"，很适合写成对联张挂在赏心亭之上。这也算是集句联吧。今天布置的练习，不是要各位去做集句联，而是请各位自撰一副题咏赏心亭的对联。

赏心亭有很多故事。辛弃疾那首《水龙吟·登建康赏心亭》，各位肯定早就烂熟于心了。赏心亭的旁边，古代有过一座孙楚酒楼，也很有名，"楼怀孙楚"是所谓"金陵四十八景"之一。北宋名臣丁谓到南京当太守，宋真宗送他一幅名画《袁安卧雪图》，让他带到南京，找一个风景名胜之地张挂起来。丁谓把它挂在赏心亭之上，传了十四任太守，都安然无恙。没想到，后来有一个太守手脚不干净，狸猫换太子，用赝品换下真迹，把原画偷走了。宋神宗时代，王安石主持变法，遭到很多人反对。有一个南京人就在赏心亭写诗，对变法冷嘲热讽："青苗免役两妨农，天下嗷嗷怨相公。"这也是跟赏心亭有关的故事。

为赏心亭撰联之前，可以先去实地看一看，了解赏心亭所在的位置，它与水西门、东水关以及秦淮河的位置关系，了解它与长江的位置关系，与今天南京道路网络的关系。登上赏心亭高处，凭栏远眺，看一看今日的风景与一千年前有何不同，可能会对写对联有帮助。如果你正好要外出，不在南京，或者因为忙碌及其他原因，无法实地考察，还可以通过网络地图的方式，看一看赏心亭周边的街景，慰情聊胜于无。

很多习作写到了《袁安卧雪图》和王安石变法。先看这一副对联：

旧图难寻，何妨白鹭降淮水；

新义怎续，重聚石城开楚天。

"旧图"指的是《袁安卧雪图》，"新义"指的是王安石《三经新义》。"旧图难寻"与下联的"新义怎续"，上联两个节奏点（图、寻）皆为平声，下联两个节奏点（义、续）上都是仄声，平仄上有小瑕疵。今天的赏心亭位于秦淮河边，自然不妨写到"白鹭降淮水"，下联写王安石，以"新义"对"旧图"，字面上是没有问题的，但"新义"与赏心亭的联系比较松散，也许还不如从"新法"的角度落笔，更便于发挥。

有一位同学做了三副对联，各有特点。第一副是四言联：

惊涛纳海，

细雨横天。

气势很大，可惜不甚切题。第二副是五言联：

放怀须乐事，

举目是天涯。

上联切"赏心"，下联切"登高望远"，简洁而能切题，写得不错。第三副是双句联：

一江泛东西，明月清风皆赴海；

两岸分南北，良辰美景尽同天。

赏心亭毕竟离江远了一点，"一江""两岸"云云，都与赏心亭不甚切合。如果能围绕赏心亭的位置及其人文历史做发挥，那就容易切题了。

有一篇习作是这么写的：

> 十里秦淮，八角歇山，中秋夜登楼唤客；
>
> 一洲白鹭，满城芳草，落日时揾泪凭栏。

此联是三句对，平仄讲究。我特别欣赏前两句，彼此相对，颇具巧思。"十里秦淮"对"八角歇山"，由亭外而亭内，思路开阔，对仗工稳。如果以"十里秦淮"对"六朝金粉"，那就落入俗套了。作者以"一洲白鹭"对"十里秦淮"，再接以"满城芳草"，摹写景物，很有画意。最后一句"中秋夜登楼唤客""落日时揾泪凭栏"，是3＋2＋2结构的七言句，显然是为了追求句法节奏的新变，有意为之。"落日时"与"中秋夜"都是写时间，"凭栏"与"登楼"也约略同意，总之，上下联稍嫌贴得过近，审美空间有待开拓。

有些习作注意使用领字，增加句法姿态，值得赞赏。例如：

> 秦淮一梦恰方回，望水阔云低，犹怜六朝山色；
>
> 明月千年今尚在，观烟轻露重，不见孤雪邵公。

这是一副三句联，相对而言，上联更为自然。下联"孤雪邵公"，说的就是"袁安卧雪"的故事。袁安字邵公，是东汉名贤，下雪天，很多人家没有吃的，都出门去乞讨。袁安也没有吃的，却僵卧家中，宁可饿死，也不出去求人，因为他知道，这个时候大家都很艰难，他不愿意给别人添麻烦。这是一种什么精神？这是袁安精神。赏心亭曾挂有一幅《袁安卧雪图》，下联写袁安之事，是切题的，但"孤雪袁安"与"六朝山色"，对得不够工整。如果一时想不出来合适的词，可以求助于搜韵网中的"对仗词汇"。

辛弃疾《水龙吟·登建康赏心亭》有句云："把吴钩看了，栏杆拍遍，无人会，登临意。"刘克庄《梦赏心亭》诗云："梦与诸贤会赏心，恍然佳日共登临。酒边多说乌衣事，曲里犹残玉树音。"有人在习作中化用辛、刘二家的诗词名句，写成对联：

> 登临意尽看吴钩，莫提乌衣旧事；
>
> 杖楫兴来乘碧水，当惜绝景今朝。

上联两句，明显是化用辛、刘之句。下联"杖楫兴来乘碧水"，意境很美。《世说新语》里讲王徽之雪夜载舟，去拜访戴逵，"乘兴而来，兴尽而返"，最能体现六朝名士风度。这段故事虽然与南京、与赏心亭没有直接关系，但不妨借用。我还由此联想到，前些年，南京似乎有过计划，想利用秦淮河开一条水上交通线，从石头城上船，一路开到武定门、夫子庙，途中自然要经过赏心亭。那么，下联中说"杖楫兴来乘碧水"，就更为切题了。

下面这一副对联也使用了领字：

> 万里江流至此，看白鹭洲迎，芳草渡送，南还北去千
> 帆过；
>
> 六朝王气谁收？听金陵雨起，秦淮歌停，古往今来一
> 梦归。

今天登临赏心亭，向北眺望长江，恐怕是看不到的，有太多
高楼阻挡了视线。实际上，在辛弃疾那个时代，长江就已经
离赏心亭很远了。当然，你可以假装看到了，可以想象看到
了。在你的想象当中，也可以有"南还北去千帆过"的景象，
甚至可以把"万里江流至此"的"此"，理解为南京，那就没
有问题了。另外，按马蹄韵格式，上联的"芳草渡送"的
"送"应作平声，而下联"秦淮歌停"的"停"可改为"歇"。
下联"六朝王气谁收"，实际上是一个问句。有问就有答，就
像有开就有合，有呼就有应。通常在对联中，这样的问句多安
排在上联，然后由下联作答，造成一种前后上下的呼应关系。
这个问句虽然在下联，但它毕竟在首句，后续还有三句相接，
在一定程度上也与首句形成了前后呼应、上下开合的效果。

再看一篇习作：

> 潮涨潮消，吊古兴亡满目；
>
> 亭长亭短，登临心事谁知。

上下联首句，都有句内对，有巧思。上联化用了辛弃疾
的词句："我来吊古，上危楼，赢得闲愁千斛。虎踞龙蟠何处
是？只有兴亡满目。""亭长亭短"，让人联想到"长亭短亭"，

比喻连绵不断的人生旅程，与次句的"登临心事谁知"能够相接。但严格地说，上联"满目"的"目"字是个名词，下联"谁知"的"知"则是个动词，我建议将上联改成"吊古兴亡莫问"，也许更为工整一点。

接下来，看两篇不那么长的对联。下面这副是以五言配合九言：

　　清丽冠吴都，危亭临十里秦淮绝景；
　　凄凉失旧画，古堞寓六朝风雨兴亡。

上联没毛病，很平稳，为全联奠定了比较稳固的基础。按五言律句的平仄，上下联前句应当是"仄仄仄平平"或"平平平仄仄"；一般来说，第一字可平可仄，较为自由，第三字的平仄则不能随意更改。照此说来，下联有一点瑕疵，如果"失"能够换成一个平声字，就妥当了。下联的"古堞"，与上联的"危亭"相对。如果去赏心亭实地看过，就知道这一对偶是相当写实的：赏心亭西临秦淮河，东瞰明城墙的城堞。这古城墙虽然不是六朝城堞，但也可以作为兴亡象征，用来表达六朝兴亡。不过，我总觉得，下联本身弱了一些，具体说来，就是"旧画"（挂在赏心亭的那幅《袁安卧雪图》）与"六朝兴亡"之间，两句像各说各的，缺少一线贯串。

这次习作中，最简短的是这一联：

　　且酌孙楚酒，
　　更登赏心亭。

我说过，孙楚酒楼就在赏心亭旁边，"楼怀孙楚"是"金陵四十八景"之一。上联专说孙楚酒，某种程度上，是可以象征六朝风流的。下联说得太直白，甚至把赏心亭这个谜底给露出来了，这是不太妥当的。另外，这两句中的平仄细节也还需要打磨。

对联写出初稿，尽量多看几遍、多读几遍、多琢磨几遍，看是否需要调整平仄，润色词句。如下面这篇习作：

> 百千年青衫寻红袖，念江水奔腾皆作古；
>
> 三五次旧址建新亭，观舟车来往恰如今。

这是一副双句联，上下联各由前后两句组成，两句都是八言，但是，前句是3＋2＋1＋2的节奏（百千年、青衫、寻、红袖），后句是1＋2＋2＋1＋2（观、江水、奔腾、皆、作古）的节奏，读起来明显不同，可谓貌同神异。双句联的平仄格式，一般来说是这样的：上联前句以平声收，后句以仄声收，下联前句以仄声收，后句以平声收，全联四句句脚的平仄构成"平仄/仄平"的关系。按照这一格式，这篇习作就需要调整。下联后句立意比较平，也建议修改。我提一个调整方案供参考：

> 三五次旧址建新亭，念奔涌江涛皆作古；
>
> 百千年青衫寻红袖，数风流人物看如今。

"数风流人物，还看今朝"，是毛泽东《沁园春·雪》中的名句，正好借用于此。记得德国汉学家顾彬说过，谁不折磨语言……我想添上一句：谁不折磨语言，谁就要被语言折磨。在对联写作中，调谐平仄，调整词句位置，可以体会到文言句子的灵活性，也可以体会"折磨"语言的权力和快感。语言活了，你也活了，你有权力了，语言也更有力量了。

长联少不了铺叙之笔，下面来欣赏一副以铺叙见长的长联：

> 古来有胜概，赏秀水迤逦，帆旗猎猎，云岫绕岚，美景正登临，问谁忘返堪回首；
>
> 今日托幽情，思苏子泛舟，稼轩凭栏，放翁怀梦，丈夫当此是，教我如何不想他。

上联以地为中心，依次铺叙秀水、帆旗、云岫。美中不足的是，三句铺叙，前两句分别用了叠韵词"迤逦"和叠字词"猎猎"，第三句则没有用联绵词，显得不够统一。既不能三句一致用联绵字，就不如一概不用联绵字，因为前者难度高，弄不好就显得做作。苏轼（苏子）有《金陵赏心亭送王胜之龙图》，辛弃疾（稼轩）有《水龙吟·登建康赏心亭》，陆游（放翁）有《登赏心亭》，三贤都曾登临赏心亭。下联依托三贤行踪，以人为中心展开铺叙，显得自然而轻松。三贤在前，后辈自生仰慕之心，"丈夫当此是"如果改为"丈夫当如是"，便能更好地表达这种追仰之心，与下句"教我如何不想他"的联结也更顺畅。"教我如何不想他"不仅是一句大白话，而且是借用前人的成句，放在联尾，妥帖如此，令人赞赏。

最后，再来看一篇九句长联，颇能铺叙，笔力老到：

我来吊古，八百年旧事，图画难寻；想他卷地楼船，扬尘胡马，多少佳人才子，与无边红粉歌筵，勋业殚残，竟日唯消棋局；

谁会登临，千里目新台，江山不老；对此接天云水，列戟杉松，纵横巨轨长桥，更一片华灯汽笛，风流代谢，清秋拍遍栏杆。

简单地说，上联是吊古，下联是观今，两相结合，增加了历史感和沧桑感。特别是"纵横巨轨长桥，更一片华灯汽笛"，将今日登临所见的现代化都市景象，纳入杉松云水的自然画面之间，更使这篇对联有了时代感，堪称佳作。

第九讲

书房联与集句联

一、书房联

在书房、客厅或者办公室里张挂对联，是文人学士的雅人深致。这些对联或为自书，或为他书，其内容或为表达自己的人生志趣，或为彰显自己与对联撰书者的社会关系，我将其统称为"书房联"。其中那些表达人生志趣的对联，也可以称为"格言联"。梁章钜在《楹联丛话》《楹联续话》里，专门为对联分出一类，名之为"格言"。他为什么要专设"格言"这一类对联呢？因为在他看来，格言很重要，最适合题写送人，挂在书斋里，时时给人提醒。这一方面，他受到了其父亲梁上治的影响。

梁章钜是福州长乐人，梁家故居位于福州市三坊七巷的黄巷，相传原为唐末名士黄璞始建，故称"黄楼"。梁家是书香世家，梁章钜喜爱诗词楹联，与梁氏的家风家教有关。《楹联丛话》卷八《格言》记：

章钜少承庭训，先资政公（梁上治）每作书，必为章钜讲明其义。尝自署书室曰"四勿斋"，谓"无益之念勿起，无益之事勿为，无益之言勿说，无益之物勿食"也。每为人书楹帖，必用格言。谓章钜曰："人来乞书而不以格言应之，即所谓无益之事也。"一日，与先伯父奉直公为人分书楹帖，先伯父一联云："欲知世味须尝胆，不识人情只看花。"公亦书一联云："非关因果方为善，不计科名始读书。"呼章钜语之曰："汝知此两联意义之深厚乎？汝伯父所书，乃涉世良方；我所书，乃自修要旨也。"终身用之不尽矣。

用梁上治本人的话说，他们兄弟两人书写的这两篇楹帖，一为"涉世良方"，一为"自修要旨"，总之都是人生格言。这类格言，最适合书赠友人。梁上治极其重视为人书写楹联，认为这是极好的济世益人的方式。梁上治将自己的书房命名为"四勿"，实际上，"四勿"也是他传家教子的格言。无独有偶，梁章钜的同乡好友林则徐，也留下了著名的"十无益格言"：

　　存心不善，风水无益；不孝父母，奉神无益；兄弟不和，交友无益；行止不端，读书无益；心高气傲，博学无益；作事乖张，聪明无益；不惜元气，服药无益；时运不通，妄求无益；妄取人财，布施无益；淫恶肆欲，阴骘无益。

存心不善風水無益
不孝父母奉神無益
兄弟不和交友無益
行止不端讀書無益
心高氣傲博學無益
作事乘張聰明無益
不惜元氣服藥無益
時運不通妄求無益
妄取人財佈施無益
淫惡肆欲陰隲無益

道光庚子春日林則徐敬書

林則徐手書"十无益"格言

梁、林二公都喜欢楹联，并且擅长楹联写作，同时，对格言类的楹联也都情有独钟。林则徐的"十无益格言"虽然不是楹联，在致力于淑世济民方面，却是殊途同归的。

"非关因果方为善，不计科名始读书"，梁上治所书对联，确实适合作为书房联，其中所言人生道理，不仅适用于三百年前，也适用于今日。行善做好事，绝不是因为相信有因果报应。只要是善事，任何时候都要做。至于读书，更不是为了科名、学位，也不是为了富贵、利禄。总之，行善与读书，都不能出于功利的目的。这副格言联虽然带有浓厚的旧时代色彩，但其中所体现的价值观，在今天仍然有正确的指导作用。梁章钜《楹联丛话》中收录了很多"格言"类的对联佳制，如果能够抽空细读，相信能够深受教益。

不过，我不打算在本讲标题中用"格言联"的概念。照我个人的理解，书房联所涵盖的范围要比格言联更大一点。书房联除了可以题写格言，表达人生志趣，也可以题写流连光景的联语，表达风流自赏的气度，其风格或为庄重、或为诙谐，最能体现书房主人的"人设"。从书房里张挂什么样的对联，就可以看出，这个书房的主人是什么样的一个人。因此，传统上，文人学士都很重视书房联，不妨举石遗老人陈衍为例。陈衍是晚清著名诗人，也是著名的对联家，据《石语》记载，他曾对钱钟书说过：

　　它人谓余屋内联语多流连光景，少持家勤俭语，余

> 自有勤俭对，人不知耳。因出示一联云："园小裁花俭，
> 窗虚月到勤。"自撰句而弢厂（庵）为书者。

短短几句话，陈衍表达了三层意思：第一，他的书房联，绝不是只有流连光景的内容，也有格言联；第二，在格言中，他特别重视勤俭持家这一传统美德；第三，他不仅亲自撰写勤俭对联，而且请同乡好友、诗人陈宝琛（号弢庵）书写勤俭对联，并张挂于书房之中。从自撰对联，到邀请名人书写，都如此郑重其事，只能说明他对格言联的重视。他生怕人们不善于细读，仍然将此联理解为"流连光景"之作。通过钱钟书这个年轻听众之笔，陈衍将他的"自我人设"传达给21世纪的我们，他成功地做到了。

所谓"人设"，不仅关乎自己对自己的定位，也关乎自己在别人心里的形象。前者可以称为"自我人设"，后者可以称为"他人人设"。就书房联而言，自我撰作并张挂的格言联，所体现的就是自我人设，包含对自我的期许，对未来和前程的预期。他人撰书的格言联，就是他人人设，相当于他人的赠言，包含他人对自我的期许和嘉勉。这就是书房联与"人设"的关系。当然，也有这种可能：别人给你写了一副书房联，里面含有他对你的某种期望，你不是十分认同，也可以收藏起来，不公开张挂。你把它挂出来，通常就表示你是认可的。一方面，书房（客厅、办公室）是一种比较隐秘的私人空间，其他人非请不得入；另一方面，它也是一种开放的

公共空间，书房联（包括其他书画作品）就是它向外开放的一扇窗户。一个人愿意在书房里张挂自己撰书的对联，是愿意让别人了解自己的一种姿态。一个人愿意在书房张挂他人的对联，是愿意让别人了解自己包括自己的社会关系的一种姿态。

书房联中有一类是集句联，其联语撷自前人诗句，或者上下联同出前人诗作中的某一联，或者上下联分出两篇或多篇诗作。集句是一种主动的、有意识的选择/选拔，集句联则可以视为一种自我抒发。所以，即使书房中张挂的是集句联，从中也可以看到书房主人的人设。我将集句联附在书房联之后，就是出于这个考虑。

程颂薰（字子朴）是先师程千帆先生的爷爷，程颂藩是程子朴的哥哥，也就是千帆师的伯祖父。程颂藩曾为弟弟程子朴书写过一副对联（彩图 6）：

幽溪鹿过苔还静，

深树云来鸟不知。

这两句摘自中唐诗人钱起《山中酬杨补阙见过》：

日暖风恬种药时，红泉翠壁薛萝垂。

幽溪鹿过苔还静，深树云来鸟不知。

青琐同心多逸兴，春山载酒远相随。

却惭身外牵缨冕，未胜杯前倒接䍦。

钱起这篇七律是酬答友人之作，诗中写到很多山林隐逸场景，被对联借用的第二联也不例外。要理解这副对联，先要通读钱起这首诗。除了描写山林幽静之境，这两句还有其他什么寓意呢？这实在值得我们细细参详。好在此联有程颂藩题写的上下款，上款为："子朴三弟属作斋联，昔人谓此二语可以检身悟学，愿与参之。"下款为："戊子四月兄颂藩倚装。""戊子"指1888年，是对联书写的时间，也是程颂藩生命的最后一年。程颂藩书写钱起这两句诗，赠送给弟弟，希望弟弟从中"检身悟学"，以此共勉。"检身"就是自省，就是"吾日三省吾身"；"悟学"就是领悟学问，省思读书治学的道理。浅见以为，程颂藩借这两句诗来表达的，也许正是为人为学静水流深、不落痕迹的那种境界。

很显然，这副对联是书房联，也是一副格言联。数十年后，此联传到了千帆师手里，被挂在他的书房中。这个书房实际上兼具客厅的功能。1983年9月，我有幸得入程门问学，坐在老师家书房上课时，曾经见过这副对联。在千帆师随后出版的论文集《闲堂文薮》扉页中，也附有他手书钱起这两句诗的手迹。实际上，千帆师不止一次书写钱起此联赠人。当他挥毫落笔之时，虽然没有交代此联与其家世的联系，但祖辈"检身悟学"的叮嘱之声，一定会回响于他的耳际吧。鉴于此件翰墨与湖湘前辈学人的关系，千帆师晚年将这幅作品捐赠给了岳麓书院。

千帆师书房里所张挂的对联，时常更换。大约在1983年到 1984 年间，千帆师住在南京汉口路，那个书房里曾挂有这副对联（彩图 7）：

> 鸦背夕阳移远塔，
>
> 马头黄叶坠疏钟。

我记得这副对联，是因为联中"鸦""塔"两字的写法，都是不太常见的别体写法，印象比较深刻。"鸦"字左半边写作"亚"，是别体，"塔"右半边写作"畬"，"畬"是"答（荅）"的一种异体写法。这副对联的书写者，是千帆师的叔祖、早年毕业于岳麓书院、后来曾任书院学监的程颂万。由于此联与湖湘学术的特殊关系，千帆师后来也将此联捐赠给了岳麓书院。

大约在千帆师搬到南秀村宿舍之后，他的书房里还挂过一副对联，四川师大刘君惠教授集句，西南师大徐无闻教授手书：

> 生面果能开一代，
>
> 古人何必占千秋。

这两句原出袁枚《随园诗话补遗》卷五，是袁枚赠赵翼诗句，下句原作"古人原不占千秋"，联中有所调整。从这副对联中，可以看出千帆师与刘君惠、徐无闻两位先生的关系，也可以看出刘君惠对千帆师的高度评价。

千帆师早年任教于武汉大学，他在武汉珞珈山的书房里，还悬挂过其他对联。老师曾撰文回忆武汉大学的前辈学人刘

徐无闻书刘君惠集赵翼七言联

永济先生，提到刘先生曾经给他写过一副对联，内容是：

> 读常见书，做本分事；
>
> 吃有菜饭，着可补衣。

这是很好的格言对联，既体现了刘先生为人治学的根本态度，也体现了他对千帆师的勉励。千帆师十分喜欢，将其挂在书房里，可惜在"文革"中被毁掉了。我生也晚，没有见过此联，只听千帆师提到过。从这一类书房联中，可以看出书房主人有哪些社会交往，甚至可以看出文脉的传承。

老一辈的文人学士，大都喜欢在书房悬挂对联，按时更换。钱钟书先生也是如此。2021 年 12 月 3 日 B03 版的《江南晚报》上，有安健的一篇文章，题为《钱钟书客厅里的两副对联》。钱先生客厅里挂过这么一副对联：

> 万里风云开伟观，
>
> 千家山郭静朝晖。

这是一副集句联，上联是金代元好问的诗句，下联是唐代杜甫的诗句。文章附有照片。照片上，有钱先生、杨绛先生和他们的女儿钱瑗，从服装来看，是在夏天拍的。座位旁边摆有书架，可见，这个客厅是兼作书房的。对联的书写者是张之洞，年代较早，应该是钱家上代传下来的。

另一张照片上，钱先生客厅里挂的是另一副对联，由晚清吴大澂书写：

> 二分流水三分竹，
>
> 九日春阴一日晴。

这也是一副集句联，上联是清人李星沅的诗句，下联是宋代陆游的诗句。查《剑南诗稿》，有三首诗都用了这一句，足见陆游对这句诗情有独钟，忍不住重复使用。钱先生在《谈艺录》中曾批评陆游诗词意复出，这也算是一个例子。从照片上的服装来看，像是秋冬天所摄，客厅的布置也与前一张照片有所不同。

从钱先生的客厅（书房）来看，在客厅（书房）对联中，集句联占有相当大比重。一方面，这类对联摘自前人诗词，内容比较文雅，贴合文人学士的趣味；另一方面，通过集句这种摘录借用的方式，后人（集联者、书联者以及挂联者）与前人（集句诗的原作者）建立了文脉联系。从这个角度也可以看出书房（客厅）联与文脉传承的关系。

再往前追溯，要说一说清代书法家何绍基。何绍基喜欢写对联，他写的很多是格言联，适合挂在书房或客厅里。有天晚上，月色特别好，很多人都开窗赏月。我正坐在书房看书，一抬头，就望见了那一轮圆月。此情此景，让我想起何绍基写过的这副对联：

> 独坐堂阶，天高月满；
>
> 忽披书本，古到今来。

此联特别适合这个情景。上联说的是，人与天地宇宙之间，自有一种圆融和美的关系；下联说的是，读书就是古与今、人与他人之间的对话。我不知道此联是否何绍基自撰，但它的翰墨之美、词意之佳，是无可否认的，如果书房里挂有这样一副对联，该有多好。其后，李瑞清、吴湖帆等名家都书写过此联，可见喜欢它的大有人在。诸如此类的对联，何绍基写过很多，经由他的书迹中介，这些对联更广为传播，进一步扩大了影响。

何绍基还书写过一副八言对联，风格与上一联近似：

> 情极趣殊，得未曾有；
>
> 时至气化，初不自知。

他书写的七言对联更多，大多散发出浓郁的书卷气息，透露的是文人雅士的闲情逸致。比如：

> 明月同行如故友，
>
> 异书难得比高官。

与明月同行，自是天人合一。"异书难得比高官"，不仅表达了对"异书"的痴迷与珍重，也展示了爱书人的傲岸情怀。又如：

> 书到右军难品次，
>
> 文如开府得纵横。

此联于书法推崇王右军（羲之），于文章推荐庾开府（庾信），可见作者对六朝文艺和美学的推重。又如：

> 兴发旧醅何害醉，
>
> 诗成破笔亦堪书。

上联特别强调"兴发"，就是《世说新语》中所谓"乘兴而来"，也是一种六朝情怀。何绍基还书写过一批对联，大有放浪不羁的名士派头。比如：

> 曾因酒醉鞭名马，
>
> 生怕情多累美人。

又如：

> 从来名士皆耽酒，
>
> 未有佳人不读书。

很显然，这两副对联的六朝名士气很重，其中所隐含的"人设"也具有简傲、任诞的特点。相对而言，下面这副对联就显得谦虚、坦荡，一副从容优雅的君子风度，更适合悬于厅堂之上：

> 书有未曾经我读，
>
> 事无不可对人言。

除了程颂藩所书钱起诗联之外，不少人喜欢直接截取前人诗中名联，自己书写或者请人书写之后，挂在书房里面。这也是另外一种物质形态的摘句欣赏或者摘句批评。比如杜甫诗《吾宗》中"在家常早起，忧国愿年丰"一联，既倡导健康的生活方式，也提倡正确的"三观"，很适合作为书房、客厅或办公室的对联。

二、 集句联

集句为联源自集句为诗。集句为诗，始于西晋，而兴于宋代，宋代以后绵延不绝。西晋傅咸的《毛诗诗》，就是集《诗经》句子而成。北宋诗家王安石酷爱集句为诗，尤爱集对偶句，对后来的集句联有直接影响。

集句联有很多类型，其作者和欣赏者也很多。从其所采集的句子出处来看，集句联可以分为集经联、集史联、集子联、集诗词联诸类。总体来说，集经、集史、集子的对联，数量上不及集诗词联。科举时代，读书人成天读的是'四书五经'，读得烦了，就难免拿其中的句子，集句为联，以消遣无聊，甚至开些无厘头的玩笑，明人黄瑜《双槐岁钞》卷四有"经书对句"一条，就是专门辑录来自经书的对偶，称为"天生自然对"。相传纪晓岚从"四书"中集过这样一副对联，"惟女子与小人为难养也，有寡妇见鳏夫而欲嫁之"，就是一个戏谑的例子。上联出自《论语》，下联出自《诗集传》，两相凑泊，就产生了幽默的效果。集诗词联最为常见，因为诗词尤其是诗歌句式与对联句式最为接近，借用起来最为方便。

下面重点讲三位大家的集句联作品。

第一位是晚清诗人、书法家顾印愚。顾印愚，字印伯，成都人。他善书法，也善作诗，还善撰联，尤其擅长集宋人诗句为联。他对宋诗情有独钟，与当时诗坛流行宋诗大有关系。前人诗文成句经过他的采择，配对成联，往往触处生春，化腐朽为神奇，旧句被赋予新的意义。1912年，顾印愚将其平生所集宋诗联近200副，用花笺书写，汇编为集，题为《宋锦赙题》。此书由其好友程颂万题写书名，于1914年出版。顾印愚诗集也由门人程康编定出版。2020年，巴蜀书社印行《顾印愚集》，诗集及其《宋锦赙题》皆收入其中。程颂万是千帆师的叔祖，程康是千帆师的父亲，由于这一层世交关系，千帆师特别推重顾印伯的集宋诗联，经常书写顾氏集宋诗联以赠送友生。

顾印愚所集宋诗，绝大多数是七言诗句，偶尔也集宋人五言诗句，但总量极少，几乎可以忽略不计。比如，他曾集苏轼五言诗句为联以赠友人：

愿存金石契，（苏轼《留别叔通元弼坦夫》）

气含芝兰薰。（苏轼《和赵景贶栽桧》）

这些对联配上顾印愚一手飘逸的书法，词翰俱佳，充满美感。原来了不相干的两句宋诗，经过重新组合，意蕴出新，令人拍案称奇。很多文人学士喜爱此道，千帆师晚年也喜欢书写顾印愚的集宋诗联。1999年，千帆师得悉我将要乔迁秦淮河西的龙江小区，即将有一间独立的书房，读书写作条件大为改善，十分高兴，特地为我书写了一副对联（彩图8）：

> 为君刻意五七字，
>
> 握手一笑三千年。

这一联也是顾先生的集句联，见于《宋锦赗题》。上联出自张镃《燕坐》，下联则出自苏轼《寄吴德仁兼简陈季常》。千帆师知我素来喜欢五七言诗，才选中此联。相隔数十年，经过顾、程两位先生的联手，两位宋贤的诗句穿越千年，联袂入住我的书房。集句联具有特别强的穿越时空的能力，在这副书房联上得到了印证。

有时候，我感觉，对千帆师而言，《宋锦赗题》就像是一个百宝箱，他总能从中找到合适的对联，点铁成金。王元化先生八十大寿之时，千帆师手书顾先生集宋诗联为贺：

> 名高北斗星辰上，
>
> 独立东皇太一前。

这两句诗都有出处，上句出自王庭珪《送胡邦衡之新州贬所》，下句出自陆游《射的山观梅》。以这两句为王元化先生祝寿，是非常切题的。实际上，如果找出陆游这首诗，将其作为解读这副对联的互文背景，联语之妙就更加令人赞叹了。陆游诗云：

> 凌厉冰霜节愈坚，人间乃有此癯仙。
>
> 坐收国士无双价，独立东皇太一前。
>
> 此去幽寻应尽日，向来别恨动经年。
>
> 花中竟是谁流辈，欲许芳兰恐未然。

握手一笑三千年

为君刷完四已空

章燦老书雅属

己卯十月閒若八十又

程千帆先生书集宋诗联

如果说，顾印愚撰成这副集句联，是王、陆二人诗句的一次新生；那么，千帆师以此联祝贺王元化先生八十大寿，是王、陆二人诗句的又一次新生。《礼记·大学》记有商汤盘的铭文："苟日新，日日新，又日新。"在新的语境里，以新的赋能方式，使宋人旧句焕然一新，对联也有了新的境界。

2022年，扬州广陵书社为庆祝建社二十周年，向我征集祝贺诗文。我步趋千帆师，从《宋锦赙题》中选出一联，敬书为贺：

> 卓荦想超文字外，
>
> 典型独守老成馀。

上联出自王安石《寄无为军张居士》，下联出自苏轼《次韵子由送蒋夔赴代州学官》。广陵书社所从事的古籍整理与出版事业，赋予诗句以新的语境，也赋予这副对联以新的意义。

顾印愚集宋诗句为联，主要靠平常阅读积累，对于诗句出处，难免偶有误记，或者偶有误书，比如陆游"独立东皇太一前"一句，就被他误标为黄庭坚诗句，当是一时误记。王家葵整理《宋锦赙题》时，检核了诗句出处。今天要参考《宋锦赙题》，应以伍晓蔓、王家葵整理的《顾印愚集》为准。

第二位是近代学术大师梁启超。顾印愚以集宋诗联著称，梁启超则以集宋词联著名，顾、梁两家相映成趣。1924年年底，梁启超在北京《晨报》纪念增刊上发表《苦痛中的小玩意儿》一文，解释他为什么投入精力集宋词为联。文章标题所谓"苦痛中的小玩意儿"，就是指集宋词为联。原来，这一年梁启超连遭不幸，先是夫人卧病不起，才过大半年，就宣告不治。"半年以来，耳所触的只有病人的呻吟，目所接的只有儿女的涕泪。丧事粗了，爱子远行。中间还夹著群盗相噬，变乱如麻，风雪蔽天，生人道尽。块然独坐，几不知人间何世。""我在病榻旁边，这几个月拿什么事消遣呢？我桌子上和枕边，摆着一部汲古阁的《宋六十家词》，一部王幼霞刻的《四印斋词》，一部朱古微刻的《彊村丛书》。除却我的爱女之外，这些'词人'便是我惟一的伴侣。我在无聊的时候，把他们的好句子集句做对联闹着玩。久而久之，竟集成二三百副之多。"他从中抄出几十副比较好的，后登在《晨报》上。

梁启超并不是第一个集宋词为联的人，但可以说是第一个大规模集宋词为联的大学者。以往做集句联的，一般只集诗句，人们见得多了，也就没有了新鲜感。梁启超不集宋诗，专集宋词，当然是有意避熟趋生，这种选择本身就有创意。他认真挑选，巧妙组合，并把自己比较满意的集句联抄录出来，请朋友们挑选，凡被人选中的，他就书写了送给他们。丁文江、胡适、陈寅恪、徐志摩等都曾获赠。（彩图9）

胡适挑选的是：

　　蝴蝶儿，晚春时，又是一般闲暇；

　　梧桐树，三更雨，不知多少秋声。

此联颇有白话意味，符合胡适的审美旨趣。丁文江挑选的是：

春欲暮，思无穷，应笑我早生华发；

语已多，情未了，问何人会解连环。

此联也在一定程度上体现了丁文江的个人趣味。以上两联所用领字都使句子别饶风姿。梁启超本人最为得意的是赠徐志摩的那一联，"此联极能表出志摩的性格，还带着记他的故事：他曾陪泰戈尔游西湖，别有会心，又尝在海棠花下做诗做个通宵"：

临流可奈清癯，第四桥边，呼棹过环碧；

此意平生飞动，海棠影下，吹笛到天明。

这些词句的出处，只要查一下《全宋词》，基本上都能找到，这里就不一一标注了。顾印愚集宋诗为联，几乎都是整齐划一的七言联。梁启超集宋词，则是长短句的组合，句式参差错落，节奏变化多样，风格偏向婉约柔美。两人都为集句联做出了历史贡献。

第三位是著名学者周策纵，他曾在美国威斯康星大学教书，是海外汉学名家。周策纵旧学功底深厚，对集句、对联以及其他各种游戏文体，都有特别浓厚的兴趣。在梁启超那篇文章发表四十年之后，1964 年，周策纵在香港出版了《续梁启超"苦痛中的小玩意儿"——兼论对联与集句》。与梁启超一样，他也在文章里附了他所作的集宋词联。周策纵对集句的兴趣特别广泛，不仅集词句，而且集诗句，不仅集文言文，而且集白话诗歌。他喜欢在圣诞节或新年贺卡中，以集句抒怀，与友好通问。在他看来，集句很能体现汉语言文学的特色。他乐于集宋词为联，也与他久居海外并讲授中国文学的经历有关。

闲话少说，我们且来看周策纵集的宋词联：

> 此情没个人知：起舞非狂，行吟非怨，高眠非傲；
>
> 好梦不知何处：少日书淫，中年酒病，晚岁诗愁。

上联四句，分别出自毛滂《清平乐》和刘克庄《水龙吟》，下联四句，分别出自晏殊《喜迁莺》和黄昇《木兰花慢》。上下联的后三句，原本出自同一首词，浑然一体，自成排比，从对联的整体修辞来看，还是很巧妙的。当然，如果以严格的对联格律来吹毛求疵，也会发现一些问题，比如上下联首句重复"知"字，又比如上下联后三句平仄对偶不严。但是，这毕竟是集词联，词句的变化复杂多样，远远超出五七言诗句。集多句词为联，难度比集单句诗大多了。所以，对于集词联，尤其是集多句宋词联，格律尺度上可以稍微放宽一点。这个例子中的"知"字重复，以及后三句中的平仄对偶不严，都可以视为灵活变通而不必苛责。

其实，前人集诗为联，也是允许作些变通的。比如顾印愚集宋诗联中有这样一副：

> 蛛丝灯花助我喜，
>
> 蜡屐筇枝伴此行。

上联出自黄庭坚《走笞明略适尧民来相约奉谒故篇末及

之》，下联出自苏舜钦《关都官孤山四照阁》。黄诗是一篇七古，此句不是七言律句，显然不能与出自苏舜钦七律诗的律句平仄相对。鉴于这是集句联，是"戴了镣铐的舞蹈"，而且这两句在句法结构上还是对得比较工整的，对它的平仄要求不妨放宽一些。无以名之，我们姑且称之为集句联的"特权"吧。

再看一副周策纵的集宋词联：

转朱阁，低绮户，照无眠，明月不谙离恨苦；

呼斗酒，同君酌，更小隐，醉颜重带少年来。

上联集自苏轼《水调歌头》和晏殊《蝶恋花》，下联集自辛弃疾的《满江红》和《瑞鹧鸪》。从平仄上说，这副对联有些勉强。上联前两句都以仄声收尾，下联前两句也是如此，那就不成其为对偶了。像这一类的对联，只能看取其浑成之妙，着眼其整体效果，至于其他一些细节，那就只好从宽了。

集诗为联并不太难。当今这个时代，有大量诗作数据库可供检索，集五七言诗句为联，尤其不难。有一点提请各位注意：五七言诗中，有一些原属五古或七古诗体，其中的诗句不一定合律，集联之时，要尽可能使用律句，避免使用古体诗中的句子，除非正好合律。相对来说，集词联要难一些，尤其是想集成多句联，难度更大。此外，专集一家诗词，风格容易统一，广集各家诗词，虽然取材更广，但风格多样，有可能出奇制胜，也有可能难以协调。有一年，我参加辛弃疾词学研讨会，曾集辛弃疾词句为联，聊以自遣，亦是为大会助兴。我集的有七言联，如：

> 醉里谤花花莫恨，（《江城子》）
>
> 今犹未足足何时。（《瑞鹧鸪》）

又如：

> 青山欲共高人语，（《菩萨蛮》）
>
> 野水闲将日影来。（《鹧鸪天》）

也有九言联，如：

> 一壑一丘，宦游吾倦矣；（《感皇恩》《霜天晓角》）
>
> 听风听雨，山水有清音。（《行香子》《水调歌头》）

还有十一言联，如：

> 烈日秋霜，自笑好山如好色；（《永遇乐》《浣溪沙》）
>
> 小窗风雨，君侯陪酒又陪歌。（《鹊桥仙》《满江红》）

这些对联究竟要表达什么意思，有的我也说不清，却兀自喜欢。在集句的过程中，感觉居然能够"请动"辛稼轩，为自己代言（网络所谓"嘴替"），也不无一点成就感。总之，集句为联，无论是集诗词，还是集经史子书，都蛮有趣的，既可以解闷遣兴，也可以培养并提升对联的语感。

三、 习作点评

本次课的作业，是集李杜诗为联，或者集苏辛词为联，二者选一。依年代顺序，集诗的话，上联须是李白，下联须是杜甫；集词的话，上联须是苏轼，下联须是辛弃疾。如果各位集宋词，建议可以试试集多句联，体会一下句式的参差长短之美。很多同学超额完成了任务，而且完成得漂亮。

一般认为，李白诗风与杜甫诗风的区分度很大，通过这次集李杜诗为联的练习，相信各位都会意识到，原来，李杜诗句也可以在一联之内融合无间，并没有那么大的风格反差。集李杜诗联的习作，有五言联，也有七言联，还有少量两句联。五言短联以短小精悍见长，集五言诗联也保留了这种风格特点。例如这篇习作：

秉烛唯须饮；

幽居不用名。

上联出自李白《赠钱徵君少阳》，下联出自杜甫《遣意二首》其一，两句平仄工整，句法简洁明快，颇能体现高人逸士的气度。另一篇习作可谓异曲同工：

水从天汉落，

月过北庭寒。

上联出自李白《赠崔秋浦》之三，下联出自杜甫《秦州杂诗》之十九，写景格局开阔，有一种辽阔苍茫之美。还有一联：

> 暗水流花径，（杜甫）
>
> 天书降紫泥。（李白）

相对前面两联，此联上下句之间的张力颇大。如果上下联之间没有张力，就难以成为集联佳作。比如下面这篇集李杜诗联，虽然平仄较为工稳，意味上却稍逊一等：

> 月皎昭阳殿，
>
> 云通白帝城。

究其原因，就是上下联之间的意义空间不够开阔，缺少张力。还有一篇习作也有类似的疵病：

> 读书破万卷，
>
> 落笔超群英。

此联表扬多读书之益处，立意不错，但上联句尾三仄，下联句尾三平，平仄上不够讲究。

集李杜诗句为联，七言联占多数。常见名句被集为对联，易地而生，焕发了新的生机。比如这一副：

> 地转锦江成渭水，
>
> 东来紫气满函关。

上联出自李白《上皇西巡南京歌》，下联出自杜甫《秋兴》。又如：

> 万国烟花随玉辇，

千家山郭静朝晖。

此联上下句同样出自李白《上皇西巡南京歌》和杜甫《秋兴》。以上两联所集四句，都是传诵很广的名句，居然正好凑成对联，真是出人意料。下面这一联也不错：

　　但使主人能醉客，

　　焉知李广未封侯。

上联出自李白《客中行》，下联出自杜甫《将赴荆南寄别李剑州》，开合有致。又如下一联，平仄也比较工整：

　　香炉瀑布遥相望，

　　云雨荒台岂梦思。

上联出自李白《庐山谣寄卢侍御虚舟》，下联出自杜甫《咏怀古迹》之二。当然，也有平仄不够工整的，比如：

　　暂就东山赊月色，

　　更有澄江销客愁。

上联出自李白《送韩侍御之广德》，下联出自杜甫《卜居》，句法和立意都别有意味，可惜平仄上未能一一相对。

　　亦有少量集李杜诗为两句联的，比如：

　　浮云蔽颓阳，两岸猿声啼不住；

　　满目悲生事，五陵衣马自轻肥。

上联两句出自李白诗，前句是古风，后句是七绝，下联两句出自杜甫诗，前句是五律，后句是七律，涉及四种诗体。将出自四种诗体的四句诗拼合于一联之内，既彼此对偶，又和谐统一，达到这种程度已是不易。所以，有时候，做集句联的人会对原诗句作一些修剪，以保证对偶的成立。如下面这一篇习作：

> 饭颗山头，思君若汶水；
>
> 凉风天末，落月满屋梁。

上联出自李白《戏赠杜甫》《沙丘城下寄杜甫》，下联出自杜甫《天末怀李白》《梦李白》，四篇都属于两人怀念对方的诗作，选择相当讲究。但上联首句是"饭颗山头逢杜甫"的精简，下联首句是"凉风起天末"的精简，都改变了诗句的原貌，总有点"削足适履"的感觉。

集苏辛词为联，有五言和七言的单句联，也有双句联和多句联。五七言单句联，很像集诗联，大多集自苏辛小令词。五七言句子在令词中比较常见，在长调中也时或可见。集苏辛令词为联的，有专集五言句子的：

> 小舟从此逝，
>
> 黄菊为谁开。

上联出自苏轼《临江仙·夜饮东坡醒复醉》，下联出自辛弃疾《水调歌头·九日游云洞和韩南涧尚书韵》，很有朦胧之美。有专集七言句子的：

> 须将幕席为天地，
>
> 莫放离歌入管弦。

上联是苏轼词句，下联是辛弃疾词句。词学史上，通常将苏、辛二人界定为豪放派词人。从这篇对联中，还可以体会到苏辛二公豪放开张的气魄，旧酒装入新瓶，依然醇香袭人。下面这篇对得比较工整：

　　无可奈何新白发，

　　百无是处老形骸。

上联出自苏轼《浣溪沙·感旧》，下联出自辛弃疾《浣溪沙·漫兴作》，但"新白发"对"老形骸"都与身体相关，"无可奈何"对"百无是处"重复"无"字，也都是白璧微疵吧。

　　有人集苏辛词为双句联，例如：

　　千钟美酒，会挽雕弓如满月；

　　玉堂金马，自有佳处著诗翁。

上联出自苏轼《满庭芳·蜗角虚名》《江城子·密州出猎》两词，而下联出自辛弃疾《水调歌头·和信守郑舜举蔗庵韵》一词，上下联不平衡。为了平衡，不妨删去前句，只留后句，上下联恰好一武一文，对偶可更工稳。

　　集苏辛词为多句联，有两种集法。一种集法是：上联各句出自同一家的同一篇词作，下联各句出自另一家的同一篇词作。如：

　　古今如梦，何曾梦觉，但有旧欢新怨；

　　十分好月，不照人圆，夜深儿女灯前。

上联三句皆出自苏轼《永遇乐·明月如霜》，而下联三句皆出自辛弃疾《木兰花慢·滁州送范倅》），在原词中，这三句原本就是联在一起的。这种集法貌似简单，其实也不容易。要找到两首词中有相互连续的三句，在语意、句法、平仄各方面铢两悉称者，的确很难。

另一种集法是：上联各句出自同一家的多篇词作，而下联各句出自另一家的多篇词作。如：

空追想，公子佳人，惊破绿窗幽梦；

且归来，诗书勋业，谁知个里迷藏。

上联三句，分别出自苏轼的三篇词作：《沁园春·情若连环》《醉落魄·离京口作》《昭君怨·金山送柳子玉》；下联三句，分别出自辛弃疾的三篇词作：《满江红·建康史帅致道席上赋》《满江红·送汤朝美自便归金坛》和《朝中措》（其一）。这种集法显然不容易，要在两位作者的六篇词作中，各找到三句在语意、句法、平仄各方面两两相对的词句，确实要煞费苦心。

这篇五句长联是这次习作中最长的多句联：

远山长，云山乱，晓山青，归去来兮，千古华亭鹤自飞；

不如闲，不如醉，不如痴，聊复尔耳，一川松竹任横斜。

上联"远山长，云山乱，晓山青"自成排比，出自苏轼的一首《行香子》，下联"不如闲，不如醉，不如痴"亦自成排比，出自辛弃疾的另一首《行香子》。这种排比句格式，是《行香子》词牌自身格律规定的。找一家《行香子》中的词句，与另一家《行香子》中的相应词句相对，并不难。此联的瑕疵是，上联末句（"千古华亭鹤自飞"）以平声收结，明显不合对联格律，应该修改。

如果不是命题集句，而是自由集句，那么，李杜、苏辛孰在前孰在后，其实是无所谓的。下面这两篇对联就颠倒了苏、辛的次序，改为辛在前，苏在后，大概都有平仄格律的考虑。第一篇是：

> 楚天千里清秋，云飞风起，联翩万马来无数；
>
> 世事一场大梦，举杯邀月，相逢一醉是前缘。

上联集辛词《水龙吟》《贺新郎》《菩萨蛮》，下联集苏词《西江月》《念奴娇》《鹊桥仙》。如果将中间一句删省，虽然少了些贯串连接但对偶会更精细。第二篇是：

> 苍髯如戟，问君有酒，簸弄千明月；
>
> 杨花似雪，风力无端，吹散一春愁。

上联出自辛弃疾《满江红》《归朝欢》《生查子》，下联出自苏轼《少年游》《减字木兰花》《江城子》，虽然颠倒了苏辛的顺序，但总体来看，还是蛮有韵味的。尤其是下联中句，善于过渡，发挥了很好的承先启后的作用，特别是"风力无端"句下，续以"吹散一春愁"，如顺水推舟，自在而行。美中不足的是，上下联首句都以仄声收结（"如戟""似雪"），未形成应有的平仄相对，不妨删省。

另一篇集苏辛词联，也是出于平仄格律的需要，不得已颠倒顺序，将辛词置于上联，将苏词置于下联：

世上无人供笑傲，

人间有味是清欢。

上联出自辛弃疾《满江红·游清风峡和赵晋臣敷文韵》，下联出自苏轼《浣溪沙·元丰七年十二月二十四日，从泗州刘倩叔游南山》。很有可能，作者一眼就爱上了苏词"人情有味是清欢"，然后以此为出发点，努力找出一句辛词与之成对。

在背诵古代诗词的过程中，很多人都有过这样的经验，就是有些诗句太容易背串了。比如背李白《渡荆门送别》，其第二联"山随平野尽，江入大荒流"，很容易错背成："山随平野尽，月涌大江流。"而实际上，"月涌大江流"是杜甫《旅夜书怀》第二联的下句，其上句为"星垂平野阔"。为什么会出现这样的错误呢？其背后是有心理机制的：李、杜这两联诗的句法构成太相似了。

这次习作，有一位同学根据她自己的背诗经验，将李杜这两句诗集为一联：

山随平野尽，

月涌大江流。

这副由李、杜两位大师"合作"的对联，气象阔大，用网络新词来说，可谓配对"丝滑"。我受此启发，又请李、杜两位大师辛苦了一次，帮我们再集一联：

星垂平野阔，

江入大荒流。

同样没有任何违和感。原来，人们在诵读诗篇时，对诗句构造是有一种内在敏感的，这就是潜藏在集句联创作与欣赏背后的文学心理机制。

这种文学心理机制又给我们一个提示。做集句联时，可以先锁定一句比较脍炙人口或者耳熟能详的句子，再根据平仄，将其作为上联或者下联，然后再为其"量体裁衣"，"度身定制"，找一句相配对的。"八百里分麾下炙"，是辛弃疾名篇《破阵子·为陈同甫赋壮词以寄之》中的名句，意气洒脱，豪情满怀，其句式节奏构成（3＋1＋3）也比较特别，令人喜爱。有一位同学特别喜欢它，便以此句为上句，找出苏轼"一蓑烟雨任平生"与之配对，对得不算太工整。我觉得，如果广事搜寻，从苏轼其他词作中，甚至从其他宋人的词作中，或许能发现更好的配对方案。

第十讲

———

对联别格

一、 对联别格的特点

前面讲庆贺联、哀挽联、名胜联、书房联等，基本上都是基于对联的内容及功用层面来讲的。从形式层面来看，对联也有很多种格式，从单句联到多句联，从三言联、四言联、五言联直到九言联等等，都是比较常见的，属于常规格式。除此之外，对联还有很多特别的格式，简称对联别格。所谓别格，就是比较另类的格式。从某种程度上说，诗钟也是对联的一种别格，所以，我把诗钟放在对联别格后面来讲。各种对联别格包括诗钟在内，都体现了对联的游戏性。

对联的游戏性，与其风格的诙谐性、修辞的奇巧性是密切相联的，三者不可分离。既然是文字游戏，就难免追求奇巧，取意用辞，因难见工，也就难免形成诙谐滑稽的风格效果。

中国文学传统中，早就有游戏一类的文学。在魏晋南北朝文学史上，这类文学创作尤其受人欢迎，南朝文学理论批评经典《文心雕龙》中，专设有《谐隐》一篇，用来评析这类文学作品。对联别格就是对联中的"谐隐"一体，它追求各种奇巧修辞，创造诙谐风格，吸引了很多文人学士的关注。很多联话著作特地辟出篇幅，收录这类对联作品。这里举几个例子：首先是梁章钜《楹联丛话》和《楹联续话》，二书于《杂缀》之下，皆附有《谐语》一项，专收诙谐风格的对联作品；其次是张伯驹《素月楼联语》卷四，专收巧对、谐联；再次是近代董坚志《滑稽联话》，其内容可以顾名而思义，此书收入龚联寿主编的《联话丛编》，不难找到；最后是民国范笵《古今滑稽联话》，此书也收入《联话丛编》。这些书中所记既陈陈相因，又有所增饰更新，读来饶有趣味，为研究对联别格奠定了文献基础。

对联历史悠久。可以说，对联有多长的历史，对联别格就有多长的历史。它已经形成自身的传统，有其特别的格式、特殊的要求，不可与常规对联同日而语。简言之，其特点可以从如下三个方面来看：

第一，从声调来看，别格对联往往不拘平仄，未必严守音律，有的句子全平或全仄。明代李东阳贵为内阁大学士，执掌朝政，其子李兆先性好声伎，出入花街柳巷，不好好读书。相传李东阳曾以对联斥责其子，李兆先居然反唇相讥。父子二人一个上联、一个下联，以对联的方式吵架：

今日柳巷，明日花街，诵诗读书，秀才秀才；

前月骤雨，此月狂风，燮理阴阳，相公相公。

就平仄格式来说，上下联几乎没有一个地方是相对的。上联以平声（"才"）收尾，也不合格律。这么多处明显的"硬伤"，恐怕是后人编排李东阳父子的戏谑之联。

经常可以看到，有某些所谓"绝对"在民间流传。这些"绝对"标榜难、巧、绝，以此吸引人们的关注。更常见的是，在征集对联时，往往以下联为题，征集上联。有人愿意费尽心思，解答"绝对"难题，对出来之后扬扬得意，像破解了哥德巴赫猜想一样高兴。直到今天，很多媒介还喜欢报道这一类所谓"绝对"的消息。其实，这些"绝对"很多不讲平仄规范，纯粹是出于游戏笑乐，类同博弈。如果有人出这类对联题目考你，你有兴趣陪他们玩玩也行，你若没有时间，就婉言谢绝好了。消闲解闷，偶一为之可以，不值得为此花太多时间。

我曾写过一篇小文章，登在《南方周末》（2022 年 4 月 28 日"阅读版"）上，题目是《杂技诗人周策纵》。在我看来，周策纵先生是一位偏爱文字杂技的诗坛高手。文字杂技各种各样，周策纵都喜欢玩，是全能高手。他写过一首五言诗，全诗总共 20 个字，却包含有 60 个"口"字。开个玩笑，这首诗最适合拿来当酒令用。喝酒的时候，大家一起来念这首诗，你念一个字，他念一个字，谁念的字所含的"口"多，谁就多喝几杯，这是利用字形来做文字游戏，适合周策纵这样的杂技诗人。对联别格也属于文字杂技的一种，我们大多数人不是杂技演员，没受过专业训练，只须在场边欣赏，不必上台表演。

第二，从流传来看，这类对联往往有故事，而故事往往有不同的版本。故事涉及的时间、空间及其人物等，往往有不同的说法，涉及的对联文本，也往往有异文。这些故事关乎对联的本源、来历，也可以称为对联的"本事"，流传过程中常常出现歧异。胡适说过，中国历史上有许多有福之人，比如黄帝、周公、包公等。上古有许多重要的发明，后人不知道是谁发明的，就都归到黄帝身上；中古有许多制作，后人也不知道究竟是谁创始的，就都归到周公的身上；古来有许多精巧的折狱故事，一般人不知道它们的来历，就都归到包公的身上。这种有福的人物，胡适替他们取了个名字，叫"箭垛式的人物"，如同小说里说的诸葛亮草船借箭，本来只是一扎干草，扎成草人，身上刺猬似的插着许多箭，不但不伤皮肉，反而可以立大功、得大名。在对联流传史上，解缙、纪晓岚、郑板桥等人都是箭垛式的人物。历来有很多奇巧的对联，人们不知道是谁撰作的，就常常归到他们的身上。为什么没有归到诸葛亮身上呢？因为诸葛亮生活的时代太早了，那时还没有对联呢。解缙、纪晓岚、郑板桥等人生活在明清时代，是众所周知的大才子，把那些对联故事编排到他们身上，比较合情合理。同一副对联，有的故事说是郑板桥做的，有的说是解缙做的，有的说是纪晓岚做的，考证不清楚，也没有太大必要去较真，弄清究竟孰是孰非。

在流传过程中，这类对联还喜欢依托名人，大多是不可信的。明代著名文学家李东阳、李梦阳等，吴中文士祝枝山、唐伯虎等，都时常是被依托的对象。清人王士禛《池北偶谈》卷十一"对句"条，就讲到一段李梦阳的故事，说他有一次到江西督学，碰巧遇到一位与他同姓名的学生。李梦阳就出对子考学生："蔺相如，司马相如，名相如，实不相如。"这同名的学生应声答道："费无忌，长孙无忌，公无忌，我亦无忌。"李梦阳大喜。讲完这段故事，王士禛特别指出，这个对联早在宋代就已经出现了，见于南宋人周密的笔记《齐东野语》卷十七，原来的版本是这样的：

> 司马相如，蔺相如，果相如否？
>
> 长孙无忌，费无忌，能无忌乎？

李梦阳的故事后出，显然是在南宋人的基础上踵事增华而成的。而在范范《古今滑稽联话》中，下联又有了另外一种版本："魏无忌，长孙无忌，彼无忌，此亦无忌。"费无忌是春秋末年楚国佞臣，搬弄是非，祸国殃民，是历史上有名的小人。长孙无忌则是唐太宗李世民皇后之兄，位居唐代凌烟阁二十四功臣之首。费无忌，长孙无忌，可谓一邪一正，把这两个"无忌"比肩并列，确实如宋人说的，"能无忌乎?"也确实如明代考生回答李梦阳时说的，"公无忌，我亦无忌"。后人察觉到费无忌的人品问题，就用信陵君魏无忌把他替换了下来。信陵君是战国时有名的四公子之一，以信陵君与长孙无忌相提并论，结果当然是"彼无忌，此亦无忌"。

第三，从内容上看，这类对联往往不免浅俗，讥笑残疾，笑贫笑娼，乃至有一些低级趣味的东西。《文心雕龙·谐隐》说："谐之言皆也。辞浅会俗，皆悦笑也。"刘勰把"谐"字巧妙地拆成"言""皆"两字，只有"辞浅"，才能"会俗"，只有"辞浅会俗"，才能"皆悦笑"。这相当于我们今天说的"通俗"，只有"俗"，才能"通"，"通"既包括文辞道理通畅，也包括流传通行。相传吴中文士祝枝山和沈周两人出行，看到一尼姑在田中收稻，祝枝山和沈周就一人一句，以对联嘲笑之：

师姑田里挑禾上，

美女堂前抱绣裁。

"禾上"谐音"和尚"，"绣裁"谐音"秀才"，这副对联虽然不能确定出自祝、沈二人之手，但可以确定其趣味是比较低俗的。

二、 对联别格的分类

我把对联别格分成八类，以下各举一些例子，做个简要介绍。

第一类是离合联。汉字是象形文字，也是由若干构件拼合起来的文字。基于汉字的这一特点，很多中国人喜欢玩拆字，乐此不疲。在日常语言中，常听姓陈的人自称"耳东陈"，姓吴的人自称"口天吴"，姓张的人自称"弓长张"，等等，思路都是拆字表达。把一个字拆成两部分，并且赋予其组成部分以意义，拆字就成为诗文中的修辞手段。例如，"武"字拆成"止戈"，"止戈"又成为"武"字的一个义项。西晋左思作《魏都赋》，就有"千乘为之轼庐，诸侯为之止戈"的说法。从汉末建安时代开始，利用拆字作为诗歌修辞手法，就相当流行了。当时有一种诗体，名叫"离合体"，就是以先拆字（离）再拼接（合）的方法写成的。对联中，也有这种离合体，我简称之为离合联：

钽麑触槐，甘作木边之鬼；

豫让吞炭，终为山下之灰。

这副对联讲到两个古人：一个是春秋时晋国的力士钽麑，他不忍听从无道国君晋灵公之命去刺杀晋室忠臣赵盾，最后选择撞槐树自杀而死；另一个是战国时晋国义士豫让，他为了报答知己，吞炭易声，前去刺杀赵襄子，未遂而伏剑自杀。上联前句的"槐"字，拆出后句的"木""鬼"二字；下联前句的"炭"字，拆出后句的"山""灰"二字，这就是离合体的对联。

离合联的例子甚多。清代陈本钦曾任湖南巡抚，为人吝啬，不肯出钱修建长沙城南书院楼房，引起士人不满。有人撰离合联讥刺他：

> 一木焉能支大厦，
>
> 欠金何必起高楼。

"一木"合起来就是"本"字，"欠金"合起来就是"钦"字，这是字的拼合，反过来，说成拆字也可以。上下联句首利用字的离合，暗嵌陈本钦的名字，接下来展开冷嘲热讽，让人大呼痛快。

《滑稽联话》中有"谢吕二生"一条，讲的也是离合联的故事。谢、吕两位是多年好友。有一天，他们两人一起在外面喝酒，旁边有人唱歌助兴，吕先生吹洞箫和之，气氛很欢乐。谢先生就开玩笑说："吕先生品箫，须添一口。"吕先生回答说："谢教员射策，何吝片言。"两人都是以离合体的修辞方式，互相开玩笑。"吕"字添上一"口"，当然是"品"字，"谢"字减去"言"，明显是"射"字，这两句话不仅拆字很巧妙，围绕拆字这一中心来造句也很成功。

在离合体对联中，拆字巧妙而造句成功的例子不胜枚举，说到拆字巧妙而又造句富有诗意的，那就凤毛麟角了。富有诗意的离合联，我最看重下面这一篇：

> 鸿是江边鸟，
>
> 蚕为天下虫。

上联将"鸿"字拆成"江""鸟"，堪称出人意想，又在"江""鸟"之间着一"边"字，更是令人称奇。下联拆得也很好，"蚕"字先拆成"天""虫"，又在二字间添一"下"字，"天下虫"足见蚕对天下民生的重要意义。此外，上下联不仅字义对偶工整，平仄上也很讲究，没有一点瑕疵。

再举一例，也是带有诗意而又极见机巧的。有人贺潘、何二姓联姻，拆二姓之字为联：

> 有水有米亦有田，
>
> 添人添口又添丁。

"潘"字的一种俗体写法是" 氵畨"，正好是由" 氵（水）""米""田"三字组成，而"何"字拆开，恰好就是"人（亻）""口""丁"三字。这两句合在一起，不是正好祝两家生活富足、早生贵子吗？此联虽然是游戏联的做法，却非常适合做潘、何两家联姻的婚联。

说到离合联的诗意，可再举一例。据《素月楼联语》卷三载，沪上有妓，名青青，有人赠以联云：

清斯濯缨，鉴于止水；

倩兮巧笑，旁若无人。

"清"字没有了"水（氵）"，"倩"字旁边无"人（亻）"，答案都是"青"，上下联合起来，便凑成"青青"两字，真有巧思。其词句糅合先秦诗歌的成句，堪称典雅。在另外一个版本中，"鉴于止水"作"奚取乎水"，又说此联乃一湖南蔡姓名士所作。其实，历史上是不是真有一个湖南蔡姓名士，是不是真有一个青青姑娘，这都不重要。重要的是，这副对联既然做出来了，包装它的故事也随之流传开来，扩大了对联的传播力和影响力。而在流传过程中，对联文本和故事人物及情节随之发生歧异，也是屡见不鲜的。

从前的对联传播，常常借助某一时间、某一场合，由某一机构或媒介向公众征集对联或者组织对联比赛这样一种方式，有时候甚至辅以重金奖赏。在这种场合，也可以看到一些有趣的别格对联，包括离合联。就我看到的，举两个例子，一老一新。老的例子是有人出上联曰："八刀分米粉"，征求下联。此一上联的奇巧之处是，前两字"八刀"合为第三字"分"，而第三四字"分米"合为第五字"粉"，这可以称为双重离合体，也可以称为连环离合体，再加上句中还要讲究平仄，下联的难度就更高了。新的例子是我前些年看到的。某一年，中国工商银行出一下联曰："储蓄诸人储，储者信工商银行"，重奖征求上联。这一联与"八刀分米粉"类似，也是双重（连环）离合体。具体说来，其奇巧之处在于，"储"字有两种拆字方案，一种是拆为"诸""人"两字，另一种是拆为"者""信"两字，而"诸人储""储者信"又将拆字与被拆字并置一处，却自然成文，再加上联句中平仄的讲究，更具挑战性。好多年过去了，我还记得这件事，不知道中国工商银行最后有没有征集到理想的上联。

第二类是谐音联。当今之世，在相声、脱口秀以及小品等喜剧表演中，谐音梗仍然被大量而普遍使用，说明谐音梗有着长久的生命力。对联中使用谐音梗，由来已久，例子很多。有位私塾先生带一群学生读《礼记·曲礼》，把"临财毋苟得"一句误读为"临财母狗得"，招来他人"曲礼一篇无母狗"的讥笑，他赶紧以"春秋三传有公羊"来回怼，可见机智。这段故事也许可以从这样一个角度来理解：从前人读四书五经，也有真正厌烦的时候，于是编出这样的谐音联，通过解构经典、戏谑经典，让自己放松一下。

相传明代有一位户部尚书，据信是夏原吉，某次奉使江南的时候，碰到一位给事急急忙忙地赶着去上厕所，夏尚书拿他打趣，说："解衣脱冕而行，给事给事。"这句话里两次出现"给事"，前一个"给事"仍指这位官员，后一个"给事"则谐音"急事"。给事也回怼道："弃甲曳兵而走，尚书尚书。"这句话里两次出现"尚书"，都应该读如"常书"。前一个"尚书"是官名，照旧读，此官名应读如"常书"，与作为经典名著的《尚书》读音不同；后一个"尚书"则谐音"常输"，意为经常打败战。这是一个比较典型的谐音联。在这个例子中，同音同形的两个词，之所以有了两个反差很大的含义，就靠使用谐音梗。二十多年前，曾在《南方周末》上看过一篇文章，以"粥润发（周润发）"对"姜植牙（姜子牙）"，也是玩的谐音梗。

第三类是歇后联。某才子代肥料公司作一联云：

> 曾说佛头原可着，
>
> 只愁名士不能担。

上下联两句，每句中暗藏一个成语，上联是"佛头着粪"，下联是"名士担粪"，说来说去，离不开一个"粪"字，这家公司卖的大概是人工肥料，所以才这么写吧。

再举一例，有名士痴迷京剧名家梅兰芳，为作如下一联：

> 几生修得到，
>
> 一日不可无。

此联歇后格最为明显，如果将上下联都写齐了，那就是："几生修得到梅花，一日不可无此君"。歇后格使此联含蓄有致，还回避了平仄的雷同。

第四类是双关联。一位姓叶的私塾老师，在乡间设馆授徒。有一天他走过僧舍，看到荷花已结莲子，有感而发，便对僧人说："莲子已成荷长老"。这里的"长老"，也是对僧人的尊称，语义双关。僧人也用双关语回答他："梨花未放叶先生。"我少年时代生活在福州乡间,爱听评书,记得听到过这段故事,说书先生眉飞色舞的神情,至今依然如在眼前。没想到,后来读《滑稽联话》,居然与暌违多年的这段故事重逢,近五十年前的那段记忆遂被唤醒。那是我最早接触的双关联,也是我所接受的最早的对联教育之一。

有一则笑话说,杭州有人自书其门联曰:

　　一门三学士,

　　四代五尚书。

气魄很大,毫不谦虚。从这家门前经过的人,都不免肃然起敬,以为里面住的是世代高官的人家。实际上不是这么回事。所谓"一门三学士",是说此家庭中有三人,曾在杭州、仁和、钱塘三个学校读过书;从曾祖开始,他们家四代人皆习《尚书》,也不是官至六部尚书的意思。利用双关制造诙谐效果,敢于自我解嘲,也是自信的一种表现。

下面这一联利用特殊的字形、字义双关,而且造句颇有诗意:

　　冰冷酒,一点两点三点;

　　丁香花,百头千头万头。

"冰"是"冰"字的别体写法,"冰"上只加一点,与左边两点的"冷"、左边三点的"酒"字,恰好排列成序,相映成趣。"丁香花"三字的字头,分别与"百千万(萬)"的字头相同,真是"无巧不成联"。"百头千头万头",常让我联想起辛弃疾那首《水调歌头·舟次扬州》中的名句"手种橘千头",对联中的"头",也许也应该当量词来理解吧。上下联的"点""头"二字,语义双关,最为巧妙。

萧公权是著名的政治学学者,晚年在美国西雅图华盛顿大学教书,写了一本回忆录《问学谏往录》。书中讲了一段双关对联的故事。多年抗战,岁月艰难,为了保护教育和培养人才,华北东南很多大学纷纷迁往西南后方。金陵大学和金陵女子文理学院两校,都从南京迁到成都,前者为男校,又称"金男大",后者为女校,又称"金女大",齐鲁大学也从山东远道迁来成都,称为"齐大"。当时成都市第一小学为男校,第二小学为女校,隔一条街,南北对望。有人就用这些素材,编成一副对联,给艰难岁月增添一点轻松的谈资:

> 金男大,金女大,男大当婚,女大当嫁,齐大非偶;
> 市一小,市二小,一小在北,二小在南,两小无猜。

上联嵌入三个成语:"男大当婚""女大当嫁""齐大非偶",加上前面"金男大"和"金女大"的铺垫,三个成语都有了双关含义。"齐大非偶"这个成语出自《左传》,本来是说像齐国这样的大国,不是郑国那样的小国高攀得起的,这里摇身一变,变成了齐鲁大学,真是绝妙。下联虽然只嵌入"两小无猜"一个成语,但有了"市一小,市二小"的铺垫,遂为天成妙对。难怪萧公权先生津津乐道,印象深刻,并将其记入晚年的回忆录中。

第五类是叠字联。文学创作中使用叠字修辞，早已有之，李清照《声声慢》开篇就连用十四个叠字："寻寻觅觅，冷冷清清，凄凄惨惨戚戚"，前人称赞为"真似大珠小珠落玉盘"。对联中也有叠字联。杭州西湖花神庙联"翠翠红红处处莺莺燕燕，风风雨雨年年暮暮朝朝"，就很有名。上海豫园、苏州网师园也都有类似的叠字联。有一篇讽刺"中华民国"的对联，也是叠字联：

> 南南北北，文文武武，争争斗斗，时时杀杀砍砍，搜搜刮刮，看看干干净净；
>
> 户户家家，女女男男，孤孤寡寡，处处惊惊慌慌，哭哭啼啼，真真惨惨凄凄。

叠字用得更多，对联也更长，但有点拖沓，也不够自然。总之，叠字联容易显得做作，可以偶一为之，不可连篇累牍。

第六类是嵌字联。前面说过，名胜联中嵌入名胜之名，几乎成为一种套路，司空见惯。在其他对联中，嵌入人名或其他专名，也颇有其例。对联中嵌入人名，有的是为了致敬，有的是出于戏谑，要看整篇对联的语境。《滑稽联话》中有"曾左"一条，记曾国藩、左宗棠两人曾互以对联嘲谑对方：

> 季子敢言高，与余意见常相左；
>
> 藩臣徒误国，问君经济有何曾。

上联嵌入左宗棠的字（左季高），下联嵌入曾国藩的名。为什么上联不也嵌左宗棠之名呢？因为"宗棠"二字不太好造句发挥。联话中虽然有这样一段故事，其实未必实有此事，我怀疑是当时好事者编排出来的，故意搬弄是非，说曾、左二人彼此不相能，有矛盾。

陈寅恪喜欢说对联，也善于做对联，包括做嵌字联。陈寅恪戏赠罗家伦一联：

> 不通家法，科学玄学；
>
> 语无伦次，中文西文。

上联嵌"家"字，下联嵌"伦"字，都在首句第三个字的位置，十分精确。罗家伦官至校长，地位高，但在陈寅恪面前，他毕竟是晚辈，陈寅恪敢拿他开玩笑，说明那个时代大学校长没有官架子。当然，罗家伦也不会把陈寅恪对联当真。开得起玩笑，倒能说明彼此关系没有问题。总之，嵌字之联究竟是致敬还是嘲谑，一要看对联语境，二要看涉及人物彼此的关系。

第七类是回文联。回文联的特别之处在于，上下联只用同样一句话，上联正过来读，下联反过来读，意思不同。至于平仄及句法结构，就未必那么讲究了。周策纵也非常喜欢回文，并试着做过一些回文诗和回文联。有一句比较好玩的回文句子是"客上天然居，居然天上客"。天然居是陕西省城西安的著名饭庄，这两句外形清奇，应该可以吸引眼球，帮助饭庄招徕客人，但两句各用五个字，而且是完全相同的五个字，只是颠倒了顺序，平仄也不同于常规。有人进而以此十个字为上联，以回文句对出下联："人过大佛寺，寺佛大过人"。另外，也有人对的是："图成地中海，海中地成图。"花样翻新，但是，平仄和语意总是有点牵强。总之，回文联容易做作，天然凑泊的终究少见。

例外也不是没有。浦江清是现代著名学者，曾任清华大学教授。清江浦是明清京杭大运河沿线的重要商业城市，即今江苏淮安市。人名与地名之间，正好形成回文关系。1920年代，浦江清在南京东南大学外文系就学时，有中文系同学以其名出题征对："浦江清到清江浦。"据说当时没有人能对得上。这一联不仅形式上回文，而且意义周整，声韵上平仄谐调，确实不易匹配成对。

此外，还有两副讽世联，也是回文格式。一副是："多钱得好官，官好得钱多。"两句都是平声收尾。另一联是："轻生死乱世，世乱死生轻。"上联是三仄尾，平仄上不甚严格，下联较好。等而下之的，就不再举例了。

第八类是同音同边联。同音联，就是上联或下联每个字几乎都是同音的。例如《素月楼联语》卷四载：

> 黄照临官陕西某县。……一日赴郊验尸伤，所乘马逸而躏其旁麻畦，麻主老妪信口毒詈。黄闻之，掩口笑不止。群怪之。曰："吾少年教读某氏，信步后园，见小儿以锄锄蹲蛙，锄下蛙跳，土裂出瓦当，得'娃挖蛙出瓦'五字，二十年难其对。今凑合成矣，盖'妈骂马吃

麻'也。此为叶音所生之巧联。"

"娃挖蛙出瓦"对"妈骂马吃麻",五字中有四字音同或音近,文字游戏色彩更为浓厚。又如有人出一上联"今世进士尽是近视",是由四个读音相近的词语组成的,也是文字游戏。

同边联,就是用同一偏旁的字组成对联。例如:

涓滴汇洪流,浩渺波涛,汹涌澎湃泻江海;

森林集株树,楼桁檐柱,樟楠柏梓构梁椽。

上联所有字皆带"水",下联所有字皆有"木",水木清华,对偶工整。

此外还有其他各种诙谐联和奇巧联,比如以五行组成对联,以东西南北四方组成对联,等等。从本质上说,这些都属于文字游戏,大多数境界不高。不过,从好的方面来看,也可以说犹贤博弈,不妨玩一玩,权当游戏。玩得好,也不必过于自得,以此炫耀。限于时间,这里就不一一细述了。

三、 习作点评

本周给各位布置的习作题目,有两道。一道是以"储蓄诸人储,储者信工商银行"为下联,请对出上联。另一道以"浦江清到清江浦"为上联,请对出下联。请各位注意一下平仄,"浦江清到清江浦",第二字平声,第四字仄声,第六字平声，第七字仄声，都是严守格律的。下联既要有回文，又要语义通畅，还要平仄相对，难度挺大。对联别格的习作，主要是游戏，有闲空就来玩玩，没心情就拉倒。从交来的作品中，我选一些习作来略作点评。

最近读书，刚好读到北宋刘攽《中山诗话》，里面记了一副回文对：

马子山骑山子马，

钱衡水盗水衡钱。

马子山是一个人的名字，山子马则是周穆王八骏中的一匹骏马，"马子山骑山子马"，比较好理解。衡水是县名，在今河北省，有一位姓钱的人适好出任衡水令，人称钱衡水。水衡都尉是汉代主掌皇室财政的官吏，他掌管的钱款称为水衡钱。"钱衡水盗水衡钱"说的是钱县令盗取公款。我读完这一段文字想到的是，"钱衡水盗水衡钱"不是可以对"浦江清到清江浦"吗？至少从回文句法看是对得上的，但是从平仄看还是没有完全对上。

所以，要给"浦江清到清江浦"对下联，难点是，既要找到一个可以回文的三字人名，这三个字的读音又要满足相应的平仄变化。不能同时满足这两个条件的，就不能组成工对。有一篇习作对的是：

浦江清到清江浦，

文中子传子中文。

文中子就是隋代大学者王通，严格地说，文中子不是王通的名字，而是他的号。不过，这一点不重要，重要的是，句意和平仄仍有瑕疵。如果将这副对联按七言常规节奏（2+2+3）来读，那么，"浦江"平仄与"文中"不对。如果将这副对联按七言变体节奏（3+1+3）来读，那么，"清江浦"三字是个专有名词，"子中文"则不成词，也对不上，总之是捉襟见肘。

我见到过的最好的对联方案，大概是这个：

　　浦江清到清江浦，

　　关海山来山海关。

关海山是香港演员，他的名字倒过来就是山海关，完全讲得通。他也有相当的知名度，真的是很不错。这样上下联都是由人名与地名构成，也是佳偶天成。

这次习作中，还有一副对联很应景：

　　浦江清到清江浦，

　　钟南山敲山南钟。

这几年，钟南山的大名几乎无人不知、无人不晓。这副对句不仅文意通顺，而且应景。美中不足的地方，对句七字全是平声，如果"南"字位置上是一个仄声字，就没有问题了，但这是不可能的。总体上，此句不及"关海山来山海关"。

另外一道习作题"储蓄诸人储，储者信工商银行"，其核心要素是"储"字，因为涉及两次拆字，对于字形的要求太高了，很难天然凑泊。有人以"滩急难渡滩，滩边汉徘徊江岸"作对，构思颇巧。此句的核心是"滩"字，这个字勉强可以两次拆字，先拆成"水（氵）""难"，再拆成"汉""隹"，但是，"汉""隹"两字较难造句，难以发挥，也就是说，拆离之后，没办法拼合成句。另外，也有习作以"清江青水清，清溪流中原大地"和"饮宴良人饮，饮食欠浊酒一盏"相对。"清"字拆成"青""水"，"饮"字拆成"食""欠"，都只拆了一次，没有办法二次拆字，组句就更难了。总之，这种双重离合体的对联，拆字难，造句更难，很难不强拆硬造。这种"野蛮拆迁"，幸好只是字面游戏上的。

第十一讲

——

无情对与诗钟

一、 无情对

讲诗钟之前，要先讲无情对。虽然诗钟的名头更大，流传更广，但是，无情对出现得更早，所以要先讲无情对。

常规对联的上下联之间，无论在逻辑上是齐头并进、背道而驰、顺流而下还是相向而行的关系，总是构成和谐的意义空间，呈现出某种同一性。无情对则反之。无情对的上下两句之间，没有什么意义上的实在联系，上下句各说各的，彼此只有形式上的对偶关系，意义上则风马牛不相及。在无情对中，上下联两句之间的关系，就好比一对名分上的夫妻，名存而实亡，实际上同床异梦，并不齐心。换句话说，常规的对联是有情对，是真正的夫妻，而无情对则不然。清末民国学人雷瑨《文苑滑稽联话》卷下说："以绝不相干之事，凑集成联，或谓之羊角对"，说的就是无情对。举个具体的例子：

一尺天青缎，

六味地黄丸。

上句说布料，下句说中药，意义上没有什么联系，但字面形式上，则"一"对"六"，"天"对"地"、"青"对"黄"，细节都能对得上，显得很般配。再举一例：

三星白兰地，

五月黄梅天。

上句是酒名，下句则是描述天气状况，细节上平仄很配对，意义上却不成其为整体。

再举两组对偶为例，来做个比较分析。先请看 A 组：

西门豹—南宫牛

柳三变—杨再思

胡三省—张九思

唐伯虎—李公麟

这组共有四个对偶，涉及八个人名，全是古人，有的是好人，有的是坏人，有的是学者、艺术家，有的则是奸佞、乱臣，总之不是一类人。他们组成四个人名对，不是因为他们的时代相同或者身份相关，只是因为他们的姓名字面相对。就人名对来说，它们是比较精致的，也仍然属于常规的对偶。儿童初学声律，常常从这一类对偶入手。从一个字开始，然后扩展到两个字，慢慢地增加到三个字。比如上联出的是"西门豹"，如果童子能对"南宫牛"，那就很好了。西门豹、南宫牛都是春秋时代的人，西门豹是贤人，南宫牛是乱臣，正好相对。更关键的是，"西"对"南"是方位对，"门"对"宫"是宫室对，"牛"对"豹"是动物对，每个字都对得很工整。人们做成这些对偶，主要是借以训练其精细对仗的能力，并不是要借此表达什么意思。从这一方面来说，A组虽然不是无情对，但已具有无情对的一些特点，比如炫耀技术、玩赏细节。

再来看B组：

> 张之洞—陶然亭；
>
> 周大福—《夏小正》。

张之洞是晚清名臣，陶然亭是北京地名，二者原不相干，却被"捆绑"起来，配成一对，颇有一点"拉郎配"的意思。细究起来，"张""陶"都是百家姓，是姓氏相对；"之""然"都是语助，是虚词相对；而"洞""亭"俱是名胜，可谓名胜相对。上联三字与下联三字逐一相对，整体来看，却各说各的，彼此毫不相干，这就是无情对的特点。《夏小正》（"正"此处读平声）是中国现存最早的一部记录农事的历书，周大福是香港的一个黄金珠宝品牌，虽然两个词逐字相对，但整体上风马牛不相及，相差不可以道里计，也是典型的无情对。

除了羊角对之外，我发现，无情对还有一个别名，叫作"拖拉机配牛"。这个别名是当代作家鲍尔吉·原野起的，说来蛮有意思。2000年4月7日，《南方周末》上发表了鲍尔吉·原野的一篇散文，题目为《拖拉机配牛》。拖拉机是工业化以后发明的现代机器，牛则是中国传统的农耕工具，"拖拉机配牛"，就是一个现代的机械与一个古代的农具配对，相当于在对联中将一句古诗与一句现代大白话配成对偶。他举了一个例子：

> 试玉要烧三日满，
>
> 婚礼喜庆一条龙。

从字面上看，这两句字字相对，后五字"要烧三日满"与"喜庆一条龙"对得尤其工整，但实际上，这只是表面的对偶而已，并未构成一个意义整体，只是一副无情对而已。上句原是白居易七律《放言》中的诗句，是文言文，"试玉要烧三日满，辨材须待七年期"，相当于说路遥知马力，日久见人心。下句则是当今广告牌上写的广告词，是大白话，不用解释。这两句一古一今、一文一白、一雅一俗，语体风格反差很大，而正是这种反差，造成了句子之间的张力。无情对的独特吸引力就在这里。

　　总之，无情对的突出特点，就是善于利用反差很大的两组字词，组成局部/细节的精细对偶，而不去追求意义的整体和谐。文白相对，雅俗相对，是很常见的无情对的套路。再举一例：

> 好马不吃回头草，
>
> 宫莺衔出上阳花。

上句是大白话，而下句则出自唐代诗人雍陶《天津桥春望》："津桥春水浸红霞，烟柳风丝拂岸斜。翠辇不来金殿闭，宫莺衔出上阳花。"这样一首描写春景的唐诗，与"好马不吃回头草"没有任何意义的关联，只有字面的对偶关系，但是，凑在一起，就产生了形式上的对立统一，制造了奇巧风趣的美感。又如：

> 天下乌鸦一般黑，
>
> 王母桃花千遍红。

前半句，"天下"对"王母"，"乌鸦"对"桃花"，只是两个名词相对，还没有讲究平仄；后半句，"一般"对"千遍"，"黑"对"红"，无论是词义还是平仄，细节对偶堪称精细。上句是大白话，下句则出自唐代诗人李贺的《浩歌》："南风吹山作平地，帝遣天吴移海水。王母桃花千遍红，彭祖巫咸几回死。"通过唐诗与大白话的并列，文与白、雅与俗的"摩擦""冲撞"，此联就有了特殊的韵味。

上面讲的文白混对、雅俗匹配，还未超出纯粹汉语的范围。除此之外，无情对还喜欢把汉语与汉语外来语混用，组成对偶。这些汉语外来语，有的来自少数民族语，例如以下三组对偶：

> 乌拉布（满语）—蚕吐丝（汉语）
>
> 额勒和布（满语）—腰围战裙（汉语）
>
> 又求其宝玉（汉语）—阿穆尔灵圭（蒙语）

乌拉布、额勒和布，都是满族人名的音译，这两个名字从字面来看，就能分别与"蚕吐丝""腰围战裙"对仗了。这种"创造性的误读"，以及在此基础上形成的精细的"逐字对偶"，虽然是一种文字游戏，却足以让人会心一笑，消遣无聊。阿穆尔灵圭是蒙古语名字，这里也只看其汉语字面，并将这个名字解散开来，逐字来理解，这可以说是一种词语的"解构"。以这种"解构"为基础，我们就能理解其与"又求其宝玉"的无情对关系了。

还有一些外来语，是来自外国语言的，把这种外来语与汉语成语或文言词语配对，就能制造一种特殊的喜感。比如以下两组：

牛得草—马拉松

白虹贯日—金鸡纳霜

普天下有情人终成眷属—全世界无产者联合起来

牛得草是一位著名豫剧演员，马拉松则是体育运动 marathon 的译名，相差十万八千里，但是，"牛"对"马"，"得"对"拉"，"草"对"松"，字字对偶，天衣无缝，很有趣味。"白虹贯日"是来自古代汉语的成语，"金鸡纳霜"即奎宁（Quinine），又名金鸡纳碱，是一种现代西药，两者也是字字相对，精细得无以复加。至于"普天下有情人终成眷属"与"全世界无产者联合起来"两句，一句出自戏曲名著《西厢记》，一句则是原出自《共产党宣言》的德语政治口号，相距极远，字面上却恰成对偶，出人意料。很多人喜欢这类有趣的"瞎七八搭"，其实是喜欢其一中一西、一文一白的配搭造成的另类反差。这些对偶以无情的组合，给人们带来了有情的审美的快乐。

二、 从无情对到诗钟

综上所述，无情对的特点就是将古今、文白、雅俗、汉语与非汉语的语词打并一处，通过不同寻常的串联组织，来制造出其不意、诙谐幽默的效果。

古人对无情对这种对偶形式，早就有所探索、有所认识，只是还没有确定"无情对"这个名目而已。宋人笔记中有很多讨论对偶的内容，反映出宋人自觉而敏锐的对偶意识。比如周遵道的《豹隐纪谈》，就谈到对偶中的一个特殊现象。他注意到，不管是雅是俗，"天生好句未尝无对"，只是"俚俗之语得之为难"。他举了两个例子，一个是七言的："死人身边有活鬼，强将手下无弱兵"；另一个是五言的："老手旧胳膊，穷嘴饥舌头"。这说明，宋人已经意识到，俚俗语词中也有很多五七言对偶材料，不能浪费，要尽量开发这些资源，"变废为宝"，以雅对俗，或者以俗对雅，从另外一个角度来锻炼偶对技巧。这实际上就是后来的无情对的先声。

无情对有多种句式，从两言到十言都有，但大多数在七言之内，超过七言的较为罕见。1932年，陈寅恪为清华大学所出国文考题中，特地选择以对对子为题，有很强的游戏色彩。他出的题目是"孙行者"，他心目中的理想答案是"胡适之"。因为"胡""孙"（"胡孙"通"猢狲"）可粘合为词，"行""适"都有行走之义，"者""之"都是助词，而且孙行者是古代小说中的虚构人物，胡适之则是当今名流，可谓每个细节都严格对偶了。他希望借此考验学生的对联技巧，包括词汇量、阅读量以及逻辑思辨的能力。从游戏性角度来看，陈寅恪出的实际上是一道无情对的考题。

做无情对，需要词语积累丰富，思维反应敏捷，还需要有想象力。周策纵自幼喜欢无情对和诗钟，耳濡目染，功力深厚。1958年6月某日，在美国哈佛大学杨联陞教授席上，刘子健教授以"太空时代摆摇舞"为题，命周策纵作无情对，周策纵即以"月色分明别散关"对之。《周策纵旧诗存》第85页收录了这篇作品，并附有他对这篇无情对的解释："首字乃以'太（阳）'对'月（亮）'，次字以'色'对'空'，乃佛家语。'时'（hour）对'分'（minute）。'明'、'代'以连词为对。陆放翁诗句有'铁马秋风大散关'，'散关'乃地名，但'别''散''关'三字皆可用为动词，故可与'摆''摇''舞'为对也。"由此可见周策纵反应的敏捷，以及想象力的丰富，这种能力不仅是作无情对时所需要的，也是作诗钟以及作诗时所需要的。

周策纵逐字觅对的做法，与神仙对类同。神仙对是无情对的一种，它也是从前人常玩的一种文字游戏。神仙对的做法有三个步骤：第一步，将一句现成的七言诗句拆散，再打乱顺序；第二步，将打乱顺序的字，一个字一个字拈出作对，作对时当然要注意平仄。接下来，我就用这句已拆散并打乱的七言诗来出题，你们试着来作对：

问：地对什么？答：对天。

问：鳞对什么？答：对甲。

问：花对什么？答：对草。

问：点（此处"点"为动词）对什么？答：对提。

问：鱼对什么？答：鱼肯定对鸟了。

问：梅对什么？答：对竹。

问：薄对什么？答：对厚。

原来的七言诗句是"梅花点地鱼鳞薄"，是描写风吹梅花的样子，我出题时，已经打乱了语序。现在进入第三步，按照原句语序，用你们对的七个字，组成对句，就是："竹草提天鸟甲厚。"这个句子明显不通，没法解释。不过，如果我事先把原来那句七言诗告诉你们，你们逐字作对的时候，就可以瞻前顾后、审慎考虑，对出的语句就可能是通顺的、可解的。

从形式上说，诗钟和无情对最大的不同点在于，一般来说诗钟只有七言对句的形式，而无情对则不限字数，可以是七言对句，也可以是非七言对句。无情对和诗钟都重视七言，原因很简单：一方面，七言句提供了足够大的腾挪空间；另一方面，七言对句有利于训练七言诗写作。七言的无情对，与诗钟几无区别。比如下面这篇很有名的无情对，就像一篇嵌字格诗钟：

> 树已半寻休纵斧，
>
> 果然一点不相干。

读过杜甫诗"酒债寻常行处有，人生七十古来稀"的人，都会知道，"寻""常"两字都有长度单位的意思，一寻约等于八尺，半寻就是四尺，树长到四尺高，不能再拿斧头来砍伐了。上联讲的是爱护树木，讲究环保，文意很明白。但是，下联却不知所云，与上联"果然一点不相干"。依我看，这两句也像是用类似"神仙对"的方式，逐字作对，然后拼合成句的。以文配白，以雅配俗，虚字对虚字，实字对实字，字字工稳。这里的"干"，字面上可以借用为"刑天舞干戚"的"干"，借指盾牌，就正可以对"斧"，尤其巧妙。当然，这是无情对的巧妙。

此类例子甚多，比如下面这一联：

> 三径渐荒鸿印雪，
>
> 两江总督鹿传霖。

这两句也是一雅一俗、一文一白。上联化用两个典故，一是陶渊明《归去来兮辞》中的"三径就荒，松菊犹存"，二是苏轼《和子由渑池怀旧》中的"人生到处知何似，应似飞鸿踏雪泥"，文辞古雅。下联相当于递上一张名片，并把上面的头衔和人名念了一遍，无比俗白。鹿传霖署理两江总督在光绪二十五年（1899）十月，不及一年就改任，推测此联应作于1899年前后。这很像一篇无情对风格的诗钟。

还有如下一联，也是经常被举例的无情对：

公门桃李争荣日，

法国荷兰比利时。

初唐狄仁杰接连推荐几位人才，都跻升高位，名闻一时，有人恭维狄仁杰说："天下桃李，悉在公门矣。"此联上句用的就是这个典故，而下联则拼合了法国、荷兰、比利时三个国名，语义双关。"荷兰"既指国名，又指"荷""兰"两种植物，恰与"桃""李"相对；"比利时"也是既指国名，又含"比利"之时的意思，方便与"争荣"之日相对。上述这三个例子都讲究局部的精细对偶，体现了对偶的敏感性、自觉性与游戏性，诗钟与此殊途同归。

无情对和诗钟都是具有汉语特色的文体。为什么汉语中会产生无情对和诗钟呢？首先是自六朝以降，中国文学传统极为重视对偶。无情对和诗钟的本质是对偶，对参加科举考试的文人学子来说，对偶是至关重要的基本功，无论是写八股文还是做试帖诗，都离不开这个基本功。考场上风檐寸晷，

寒山社詩鐘選乙集　增祥題

《寒山社诗钟选乙集》书影

固然要求反应敏捷、措辞准确，社交场合的应酬往来，也要求有丰富的腹笥准备，否则，就无法跻身士大夫这个圈子。做对偶，要从儿童抓起，从小训练到大，想尽各种办法训练，才能有过硬的童子功。诗钟并非专门针对儿童，而是适用于各年龄段的学子文士，既是科举应试的基础模拟训练，也是茶余饭后的文艺游戏消遣。对偶本属蒙学功课，又是日常文字游戏，当人们发现以此为基础，可以将文字游戏转化为文字技巧训练，并将其生活化、常态化，诗钟就出现了，大量的诗钟社、诗钟会以及诗钟作品集，也就如雨后春笋般应运而生了。

那么，为什么叫诗钟呢？这跟它的玩法分不开。说白了，诗钟是一种作对联的训练和比赛，首先要掐时间，也就是计时。从前没有计时设备，只好借助一根香线，在香线根部系一根绳子，下面吊一个铜钱，底下放一个铜盘。计时开始，香线尾部被点燃，时间到了，那香正好烧到系线之处，铜钱就掉到盘子里，发出当啷一声，声如钟鸣，表示时间到了，各人上交诗钟卷子，开始分头评判。有了计时设备之后，也要设专人看钟摇铃。当然也可以采用其他计时方式。这是仿照古人刻烛击钵、限时作诗的故事。诗钟之名由此而来。晚清诗人文士常常集会，一起来做诗钟，既有练习比赛诗文之意，也是同学友人之间的游戏消遣。这种活动一般称为诗钟社，也称为诗钟会。直到民国初年，这种风气依然盛行。曾经担任燕京大学历史系教授、系主任、燕京大学教务长的洪业先生，小时候在福州家中，曾参加过由他父亲组织的诗钟会。《洪业传》第31—32页对诗钟会有详细描述，抄录如下：

> 洪业本身五英尺八英寸高，他父亲（洪曦）却有六英尺高，相貌很好，喜欢抽水烟，应酬时偶尔喝点酒。他唯一的嗜好是和朋友玩"诗钟"。洪曦的朋友喜欢到洪家来举行诗钟……他们也钟爱洪家的长子洪业，诗钟看时间摇铃是洪业管的。客人还没有到以前，洪业就在桌子上搁好了砚台、笔、纸、几本有关典故的参考书，然后在相对的墙上贴了纸。一边是七个平声的字，另一边是七个仄声的字，平仄得对起来，而且避免用怪字。写好一条一条，从下面把它卷上来，沾上点糨糊贴起来便看不见了。差不多下午三四点钟客人来了，各带了一小布袋的铜板，一般有十来个人，下雨天就少几个。

> 诗钟开始时，洪业请客人在一边墙上贴的纸中随便挑一张，再请另一客人在对面墙上贴的纸张中也挑一张，洪业把被挑的两张纸揭开，大家便见到两个平仄相对的字。譬如平声字是"天"，仄声字是"马"，那大家就开始吟诗作对，头一个字不是"天"就得是"马"，要是用"天"，那第二句的头一个字就得用"马"。大概二十分钟以后，洪业当啷当啷摇铃了，大家便得放下笔来。有些做得快的这时已做出几对联子来了。

洪业把联子都收到小篮子里，分派给各人看，各人很快地把认为好的搁在一边，抄下来。有的给一个铜板、两个铜板，真好的就给五个铜板，最多给七个。都不知道是谁写的，看完了就递给下面一个人，这样轮流评判，可是看到自己的联子便悄悄递下去。过了十分钟左右，洪业又摇铃了，那时人人面前都有小单子，表明哪首诗给多少铜板，头一个人就高声朗诵，那个联子的作者就站起来了，鞠个小躬，跑过去收铜板，有时候刚有人读了上联，别人便和声读下联，因为他们也取了那首诗。那作者就得意了，站起来围着桌子跑一圈，一边跑一边收铜板，大家拍手恭喜他。

接着做第二个对子。这次得用在联子两句的第二个字上，七个对子都做完了，已是吃晚饭的时分，便请大家上桌吃晚饭。大家兴奋地讨论哪一个联子特别好，哪一个联子做得离谱，相约下次哪一天再聚。

有一次，揭出的对子平声是"妍"，仄声是"减"，大家正在那边做，洪业异想天开也偷偷做了一联：

花未开完香不减，

春虽老去色犹妍。

读的时候，差不多每个客人都选了这首，洪业就跑去收铜板，大家都很惊讶，洪业的父亲生气了，说这孩子怎么那么胡闹，可是别的人说这联子做得好，还有恭维老前辈的意思，大家都很赏识。

洪业描述了一次诗钟社活动的完整过程：从聚会、出题、撰写到评判、发奖、散会，十分具体。他所描述的诗钟，显然属于嵌字格，以半天做七题为度。优胜者除了得到名次、众人的褒奖，还会赢得一些铜板，"小赌怡情"，对优胜者不无激励的作用。

洪业所参加的这次诗钟会，评选程序是比较公开的。在其他时间、其他地点，由其他人举办的诗钟会，自然各有不同。有的推选或指定两人或四人负责评阅，有的则仍由众人打分排序，但评选前先誊录诗钟卷，相当于科举考试中的糊名，加强了程序的公正性和严格性。易顺鼎《诗钟说梦》说：

> 闽人作诗钟以唱为重。其作诗钟、阅诗钟之法，每发题后，人例作四联，投卷于筒，汇交誊录。誊录以小纸分誊，每笺例四联，如每会十人，每人四联，则小笺十纸即可誊毕。每誊毕一纸，即送末座先阅。阅毕递传上座者，以次输阅，拟取者各另纸录出。所取不过十联以内而止。自定甲乙，如每会十人，则十人各定所取甲乙也。各阅定后，以次宣唱之。唱卷之法，从最后先唱，至元卷而毕。诗钟以唱为乐，但颇费时耳。

誊录、唱卷、评定元卷（第一名）等，都是模拟科举考试的做法，这使诗钟会现场有如考场，充满了一较高低的紧张气氛，难怪有人称诗钟为"诗战""战诗"。

自清中叶以来，诗钟大盛于福建，福建被称为"诗钟国"。其时名家辈出，王又点、陈宝琛等人尤善此道，有人甚至称陈宝琛为"诗钟王"。当时的另一位诗钟高手易顺鼎，也称陈宝琛是"诗钟国"的"执牛耳"者。从以上两段描述中，可以想见晚清民初福建诗钟盛行的大概情况。

　　诗钟又叫作"百衲琴"，也叫"折枝诗"。百衲，指的是使用零碎材料拼合成一件完整的东西，最早有僧人穿的百衲衣，意思是僧衣来自百家衣料拼合，后来有文献版本学中的百衲本，也是说某书某版是由多个版本拼合起来的。一篇诗钟，无论是上下联所嵌的字，还是上下联所分咏的题目，再或上下联所集的句，都是各有来历，最后依据平仄声韵的原则拼合而成，所以有了"百衲琴"的别称。至于"折枝诗"，是强调诗钟犹如律诗的一部分。如果说一首律诗是一棵大树，那么，诗钟就是从这棵树上折下的一枝。这一枝相当于律诗中的一联，对一首律诗来说，中间对偶的两联是很重要的，往往是艺术上最见功力的地方。诗钟专做七言对联，不做七律全篇，就是要集中精力，锻炼敏捷对偶、画龙点睛的笔力。所以，也有人称诗钟为"两句诗"，或者"十四字诗"。

　　诗钟是蒙学对课的变形，也是律诗写作的凝缩，从这一角度来说，它是介于诗联之间的。有人说，诗钟的单位名称不应该称为一首、一篇，而应该称一联、一比，就是基于这个角度。我想不必那么拘泥。把诗钟称为一首、一篇，就是承认它的独立性和整体性，没有什么不好。所有对联，都是一篇完整的、独立的作品，不是吗？

三、 嵌字格诗钟

诗钟主要有两种类型，一种叫"嵌字格"，一种叫"分咏格"。所谓"嵌字格"，就是任取二字，通常一个是平声字，一个是仄声字，嵌于上下联的相应位置。嵌字格是有诗史渊源的，其源头可以追溯到六朝文学中的杂体诗。杂体诗细分下来，有建除诗、八音诗等，都是嵌字诗。建除诗是在诗中嵌入古代术数家用来指代天文十二辰的"建、除、满、平"等十二个字，八音诗则是在诗中嵌入"金、石、丝、竹、匏、土、革、木"八音之称。诗钟里所嵌的字，比建除诗、八音诗更灵活，几乎可以任选，一般情况下是两个字，一平一仄，有时候也可以嵌更多的字。所以，也有人将嵌字格诗钟称为建除体。嵌字越多，难度越大。所嵌的字，如果不限定具体位置，那就比较灵活，如果限定了位置，就不那么自由了。

嵌字格诗钟的另一源头，可能是作诗练习中的"作碎"。所谓"作碎"，就是将一联诗拆碎，然后从上下联各取一字，再围绕这两个字，重新撰成对联。比如苏轼《初到黄州》诗有这样一联：

　　　　　第十一讲｜无情对与诗钟

长江绕郭知鱼美，

好竹连山觉笋香。

诸如此类的七言对句，可以先将其拆碎，然后嵌于新的位置，再做成七副对联，具体程序是这样的：首先，取上下联第一字，作"长、好一唱"，"一唱"就是将"长""好"二字嵌在上下联第一个字的位置上，来做一副对联；其次，取上下联第二字，作"江、竹二唱"，"二唱"就是将"江""竹"二字分别嵌于上下联第二个字的位置上，来做一副对联；再次，取上下联第三字，做"绕、连三唱"，余下的依次类推，直至做到"美、香七唱"为止。易顺鼎就曾以此为题，作过七联诗钟，颇有可诵者，比如"美、香七唱"："千首古风吟子美，一身新月种丁香。"

当然，还有其他的拆碎做法。譬如，不仅可以做"长、好一唱"，还可以作"长、好二唱"，将"长""好"二字的位置从第一字移到第二字，虽然嵌的还是同样的两个字，但与苏轼诗原句位置已大不相同了。依此类推，可以将"长""好"从"一唱""二唱"一直做到"七唱"，也就是嵌字位置依次从第一字到第七字，这样就能做出七副对联。再加上誊录、评选等环节，一次诗钟会，从午后到吃晚饭，一般也就是从"一唱"做到"七唱"为止，正好一轮。

上述各例，所嵌两字都在同一个字位上，如果步子迈大一些，两个嵌字也可以不在同一字位上，那又可以玩出诸多新的花样。总而言之，应付不同位置及其不同嵌字，意味着进行不同句式的训练，见多不怪，熟能生巧。

这些花样，晚清民国人都玩过，并且都给起了各种雅号。用比较直白的称法，嵌字在上下联第一字的叫作一唱（又称七一，谓七字中居第一字），第二个字位置的叫作二唱（又称七二，谓七字中居第二字），其他依次类推，这是"数目字名称管理法"，朴实无华，有些人看不上眼，于是创用了一套文雅的称法，依次抄录如下：

> 一唱：凤顶（又称鹤顶）
>
> 二唱：燕颌（又称凫颈）
>
> 三唱：鸢肩（又称鸳肩）
>
> 四唱：蜂腰
>
> 五唱：鹤膝
>
> 六唱：凫胫
>
> 七唱：雁足（又称鱼尾）

一前一后，两种名目，一望可知后者略胜文采。这些名目都是就上下联嵌字在同一位置而言的，算是比较规整的嵌字。还有一些诗钟嵌字，上下联不在同一个位置，情况就越加复杂了。比如：

> 出句嵌首一字、对句嵌末一字：魁首
>
> 出句嵌末一字，对句嵌首一字：蝉联
>
> 散嵌各处：鸿爪、碎锦

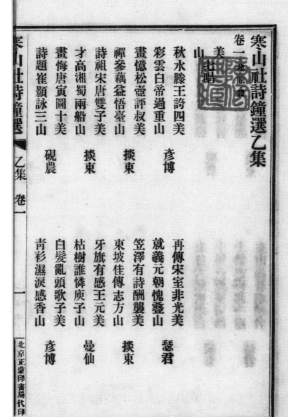

北京正蒙印書局代印

《寒山社詩钟乙集》卷一

这一类嵌字的名目繁杂，恕不一一列举。花样越多，规矩越繁，要求就越高，连诗钟圈内人都称之为"苛政变体"，原先想要"折磨"文字，现在转变为被文字"折磨"了。七言一句的对联，嵌入一个字，就是一个很大的束缚，假设一句中嵌入三四个字，两句中嵌入七八个字，那简直是被捆扎得严严实实的，无法动弹，哪里还有自由发挥的空间？

下面举些嵌字格诗钟的佳作，略作赏析。

玩嵌字格诗钟，有些人艺高胆大，居然玩集字格的嵌字。比如出一道题，叫"女、花二唱"，"女""花"二字限定出现在上下联第二字，不得改动，而且限定不得自撰，须从前人诗作中集。有一联诗钟如下：

> 青女素娥俱耐冷，
>
> 名花倾国两相欢。

上联来自李商隐《霜月》，下联来自李白《清平调词》，相当好。又有一联：

> 商女不知亡国恨，
>
> 落花犹似坠楼人。

上联出自杜牧《泊秦淮》，下联出自杜牧《金谷园》，两句皆由杜牧包办，真是工巧，应当向杜牧敬献心香一瓣。再如：

> 神女生涯原是梦，
>
> 落花时节又逢君。

上联出自李商隐《无题》（"重帷深下莫愁堂"），下联出自杜甫《江南逢李龟年》。两句一开一合，风流蕴藉，耐人寻味。

　　以上三联"女、花二唱"的诗钟佳作，在没有数字化检索的时代，主要靠大量阅读记诵的积累，挑战性很大。今天有各种诗歌数据库可供检索，难度显然降低了许多。比如，利用搜韵网的"诗词"检索，即可以在较短时间内，搜寻到几副较好的"女、花二唱"。姑举三例。例一：

　　　织女机丝虚夜月，

　　　浣花春水腻鱼笺。

上联出自杜甫《秋兴》，下联出自羊士谔《都城从事萧员外寄海梨花诗尽绮丽至惠然远及》，较为工整。例二：

　　　神女暂来云易散，

　　　踏花归去马蹄香。

上联出自许浑《秋晚云阳驿西亭莲池》，下联出自唐佚名诗作，也能成立。例三：

　　　秦女红妆空觅伴，

　　　桃花流水荫通津。

上联出自李频《长安寓居寄柏侍郎》，下联出自牟融《题道院壁》，也基本成立。以上三例皆采集唐人诗句而成，如果将范围扩大到其他朝代的诗句，那么，可以利用的资源就更多了。可见，电子数据库可以助力对联写作，尤其是集句联和集句诗钟创作，可以视为新时代的文字消闲工具之一。

　　再举"楼、敬五唱"为例。楼敬，即娄敬，亦作刘敬，是汉初著名的谋略之士，很受刘邦器重。本来，"楼""敬"二字词性不同，将二字嵌于同一位置，很难处理。有人作诗钟如下：

> 燕子不来楼有主，
>
> 梅花相对敬如宾。

上联的关键是先确定"楼"字的位置，下联的关键则是先确定"敬"字的位置，以这两个字为中心，展开发挥。这两个字嵌在第五字，前面四个字都必须为其铺垫造势，后面两个字也必须成为其延伸的余波，这才能显出所嵌字的中心地位。"梅花相对""燕子不来"，整体对偶感比较好，而"楼"（名词）、"敬"（非名词）二字显然不可能铢两悉称，只能通过其他部分较严格的对偶来补救，形成和谐的整体。

下面这一联"天、我五唱"，是非常有名的：

> 海到无边天作岸，
>
> 山登绝顶我为峰。

近年来，此联被一些商家用来作广告词，推广其产品，流行甚广，影响更大。不知道此联出自谁手，有人说是林则徐所作，有人说是陈宝琛所作，这两位都是福州名贤，诗作得好，诗钟也作得很好。陈宝琛曾任末代皇帝宣统的帝师，林则徐就不用介绍了。不管是谁作的，此联心胸开阔，气魄雄大，具有很强的文化赋能的力量。

诗律学上有句老生常谈，"一三五不论，二四六分明"，对每句第一字的诗律要求，可能是最宽松的。与此同理，诗钟嵌字在句首，比嵌字在其他位置要容易些，也就是说，一唱是相对比较容易的。有一联"重、易一唱"：

> 重山复水非无路，
>
> 易俗移风要有人。

据说此联曾被"文化赋能"，用来鼓励人们勇于再婚。山重水复，前方并非无路，道路虽然曲折，但前途是光明的，关键看思想能否解放。能够改变思路，就有可能柳暗花明又一"春"。前面讲到"楼、敬五唱"，写作要点是能够上探下看，前后互动，虚实配合，动态调整。"重、易一唱"的写作要点，是从整体着眼，由"重"字生发出"重山复水"，由"易"字生发出"易俗移风"，原来看似不匹配的两个字，瞬间就转换成两个很匹配的成语，句子一下子就盘活了。在这个转换过程中，还有一个中间环节，那就是先由"山重水复"转换到"重山复水"，由"移风易俗"转换到"易俗移风"，不仅将关键字调整到句首位置，而且使两个成语平仄正好相对。所以，写作诗钟既要有整体观，又要有灵活调整的机动性。

四、分咏格诗钟

诗钟还有一种格式，就是分咏格。所谓分咏格，就是上下联两句各咏一物，先在主题上分开咏物，再在平仄上合为一联。

分咏格出题，通常选彼此不相干的两物，越不相干，越好。分咏两物，可以按照无情对的思路，一古一今，一雅一俗，一中一外，比如，分咏"特朗普"（美国第45任、第47任总统）和"明征君碑"（南京栖霞寺前所立唐碑），就蛮合适的。没错，就是要"拉郎配"，把不相干的两物配对到一起，让"异梦者同床"，其审美趣味就是这样产生的。

庚子事变（1900）前夕，诗钟在北京风行一时。琉璃厂各家纸铺都在门首贴出诗钟题，征收试卷，并标明奖品，其他地方也有出题征对的。当时流传下来的警句很多，比如分咏"韩信、墨盒"联：

> 国士自真王自假，
>
> 兼金其外絮其中。

上句咏韩信，用了《史记·淮阴侯列传》中的两个典故：韩信号称"国士无双"，他率部平定齐国之后，请求刘邦封他为"假齐王"（代理齐王）。下句咏墨盒，则以白描为主。两句分吟两物，都很恰切。征求诗钟答卷，可谓后来报纸征联的先声。当时还有利用先进通信工具来开展诗钟比赛的，据易顺鼎《诗钟说梦》说，民国初年，他曾与梁鼎芬、陈衍等人"以电话传题，飞骑送卷，互相阅卷"，在那个时代，可谓高、大、上矣。现在借助互联网络，建个群，组织个诗钟会，咄嗟便办。

分咏格诗钟，两个题目之间，距离拉得越开，反差越是鲜明，挑战性和趣味性也就越大。分咏格也叫作"笼纱格"。笼纱格就是做谜语，题目就是谜底，比如"古书、老妓"这个题目，就是两个谜底。作诗钟，就是制作谜面，也可以说，是一句式的、最短小精悍的题咏。这种题咏的源头，可以追溯到《世说新语》中随处可见的六朝人物"题目"。顾恺之评江陵城"遥望层城，丹楼如霞"，又评绍兴山川之美是"千岩竞秀，万壑争流，草木蒙笼其上，若云兴霞蔚"，都是这种一句式的题目/题咏。前次的课程习作中，有一位同学集李杜诗，做成这样一副对联：

莫惜连船沽美酒，

独留青冢向黄昏。

上联出自李白《自汉阳病酒归寄王明府》，下联出自杜甫《咏怀古迹五首》其三。这当然是集句联，但我读后的感觉，它更像是一联分咏格诗钟，它分咏的题目或许是："赤壁之战、王昭君。"

下面再举几篇分咏格诗钟，略作赏析。

从前人做诗钟，曾以"王羲之、牡丹花"为题。按照题目要求，上句必须咏王羲之，下句必须咏牡丹花，一为东晋人，一为唐朝国花，两物本不相干，但字面上必须对偶。有一篇作得不错：

家声宜作登龙选，

国色正宜走马看。

上下联对得很工整。"国色天香"是牡丹的别称，下联只要读一遍，就能肯定是写牡丹花的，无可置疑。下联可以打 100 分，上联只能打 75 分，因为符合"家声宜作登龙选"的大有人在，不止王羲之一人。《世说新语》中有一段"东床选婿"的故事，说东晋太傅郗鉴派人上丞相王导家，想要挑个女婿，王家青年人听说这事，都不免端着架子，只有王羲之大大咧咧的，在东床上坦腹躺着，郗鉴就选中了他。如果把上联改为"家声宜作东床选"，那就无人有资格跟王羲之竞争了，可惜，"东床选"与"走马看"对不上。所以说，这联诗钟还有改进的空间。

有人以"滕王阁、烧饼"为分咏题，作诗钟：

文章齐称王勃赋，

谶图可验伯温歌。

这两句都是工切的。初唐王勃写的《滕王阁序》，其实就是一篇《滕王阁赋》，脍炙人口，传诵至今。上联直接说"王勃序"也可以，作者改成"王勃赋"，是为了与下联的"歌"字对得更工稳吧。明代刘伯温作过《烧饼歌》，通过此歌来预言吉凶，制造舆论，进行政治宣传。从这两句谜语中，完全可以猜出谜底。

也有以"悼亡、寒食"为题，作分咏格诗钟的：

合是安仁来作诔，

只应介子与招魂。

安仁就是西晋诗人潘岳，字安仁，他最有名的诗，就是"悼亡诗"，他也擅长作诔，有好几篇诔文被选入《文选》。介子，就是春秋时期晋国大臣介之推，传说寒食节是为了纪念他而设立的。这两句谜语作得很好，很切题。

有人以"月份牌、古战场"为分咏题，作诗钟：

昨日古人今日我，

秦时明月汉时关。

这联诗钟一半是集句，一半是自撰。下联出自唐代诗人王昌龄的《出塞》，是集现成的句子。这联诗钟有可能先确定下联，再为此凑成上联，上联之所以不如下联那样工稳，也许是这个原因。

有人以"《史记》、白糖"为题，作分咏格诗钟如下：

传世文章无碍腐，

媚人口舌只须甜。

此篇对偶工切：上句咏《史记》，司马迁虽惨遭腐刑，仍以超强的毅力，完成了不朽的名著《史记》；下句咏白糖，从"媚人口舌"这个角度切入，既发人之所未发，又与上句形成了鲜明的对照，极富张力，耐人回味。

还有人以"夜壶、美男子"为题，作集句式的分咏。光看这个题目，就知道出题者不喜欢正襟危坐，而是要搞无厘头，故意戏谑：

> 好向中宵盛沆瀣，
>
> 安能辨我是雄雌。

上联出自陆龟蒙《秘色越器》，下联出自乐府《木兰辞》，两句都被赋予了新的意义。比如，"安能辨我是雄雌"本来并不是直接写美男子，但是，中国传统上形容美男子有一个套路，就是说他"状貌如妇人好女"，简直难分男女，《史记·留侯世家》写张良就是这个套路。此联利用古人现成的两句诗，旧酒贴上新标签，堪称巧妙。

我也试着作过一些诗钟，纯粹是出于好玩。克林顿"拉链门"事件曝光，在媒体上闹得沸沸扬扬，我用"厕所、克林顿"为题，作了一联诗钟：

> 枣香旧说将军木，
>
> 桃色新闻总统花。

上联题咏厕所。有一天，东晋大将王敦到大富豪石崇家作客，上了一次厕所，没想到丢了人，现了眼。原来，石崇家的厕所极为讲究，侍女准备了香枣，用来塞住鼻子，就闻不到臭味。王敦没见过这一出，以为人家送他零食，就把枣子吃了。李商隐《药转》诗说："长筹未必输孙皓，香枣何劳问石崇"，两句都是说厕所的事。思考下联时，我想干脆采用无情对那种细节对偶的方式，一雅一俗，一文一白，追求一种嘲谑的效果。

还有一联也是分咏格，以"铜钱、苏小小"为题：

前世孔方开大国，

后来才子认乡亲。

铜钱因其形状，而被人称为"孔方兄"。清代诗人、大才子袁枚喜欢说"钱塘苏小是乡亲"，他要攀的这位乡亲，就是苏小小。这一联做得一般，也不够好玩。

五、 习作点评

本周习作题目有两个，一个是嵌字格诗钟，另一个是分咏格诗钟。嵌字题要求嵌"南""大"两个字，一个平声字，一个仄声字，上联嵌"南"，下联嵌"大"，组成一副七言对联。具体一点说，题目就是"南、大五唱"，要求把"南""大"两个字嵌在上下联第五个字的位置上。为什么是"五唱"呢？因为南大校庆是五二〇嘛。分咏题，分咏"核酸检测""古镜"两事，一个是当下的事件，一个是古典的文物。按照题目要求，上联应该咏"核酸检测"，下联咏"古镜"，次序不要颠倒。

先看嵌字格的诗钟习作。第一篇"南、大五唱"：

经世文章南国胜，

风流人物大江来。

此联做得不错，尤其下联写风流人物，随滚滚大江而来，气势颇为恢宏。

第二篇"南、大五唱"是：

> 相逢始觉南风暖，
>
> 此别还将大雨寒。

此联平仄无误，但对偶比较平，上联说"南风暖"，下联说"大雨寒"，几乎是同类相对，思路没有打开，影响整篇的格局。

第三篇"南、大五唱"：

> 白雁起惊南浦棹，
>
> 碧空疏映大江云。

本联平仄无误，两句写景，很有画意。上联说到"白雁"，下联说到"碧空"，颜色字相对，较为工整。如果再做一些修辞加工，也许可以把"白雁起惊"改为"白雁寒惊"，这样与"碧空疏映"对得更工整。

做"南、大五唱"时，有三篇习作在上句写到"南北"，下句写到"大小"，这反映了对偶时的某种思维定式，而没有意识到，"北""小"两字同为仄声，又同在句中第六字，无法形成平仄相对，有违格律。举一个例子：

> 入朝踏遍南北路，
>
> 问道寻穷大小山。

下句平仄无误，上句平仄有问题，第四字"遍"、第六字

"北"都是仄声，有悖声律。两句在表意方面也不够顺畅。

有一篇"南、大五唱"是这样写的：

> 千里羽落南溟处，
>
> 百态形融大象中。

句法方面，这一联是比较顺畅的，但是，"千里"不能对"百态"，第二字都是仄声，平仄错了，建议把"里"字改为平声字。当然也可以换一个思路，以"南溟"为起点进行构思，容易想到鲲鹏展翅几千米，扶摇飞到南溟，上句可以改成"垂天有翼南溟外"，接着从"有翼"展开对偶联想，以"大象无形"为中介，下联或许可以改成"出世无形大象中"。

不止一篇"南、大五唱"写到"南溟"，比如这篇：

> 鲲鹏更向南溟去，
>
> 匹马重来大漠行。

"南""大"两字嵌置稳当，对偶工整，句律严密。一句天上，一句地下，境界都很开阔，都有一种独来独往的英雄豪情，值得点赞。

另一篇"南、大五唱"是这样的：

> 江花照月南天阔，
>
> 寒蝶抱丛大梦凉。

上联让人联想到《春江花月夜》，句法比较顺畅。下联"寒蝶抱丛大梦凉"，就有点不自然。蝶、梦让人联想到庄生梦蝶，但庄生梦蝶典故中没有"抱丛",也没有"凉"。用典要尽量贴近原典。

另一篇"南、大五唱"是这样的：

闲听夜雨南风紧，

卧看朝暾大雅希。

诗里都说"北风紧"，说"南风紧"的较少。以"朝暾"对"夜雨"，平仄很稳，没有问题，只是"朝暾"与后面的"大雅希"有点搭不上，不够晓畅。

再看一联：

嘉木生叶南山里，

鲤鱼寄情大海中。

上下联各有主题，上联的主题是茶叶，下联的主题是鲤鱼传书，围绕这两个主题来构思造句。嵌字联的首要之务，是保证所嵌字的稳当。就这副对联来说，就是要确保"南""大"二字用得稳当。《茶经》说，"茶者，南方之嘉木也"，可以解释为什么上联要说"南山"。严格地说，"南山"与"南方之嘉木"还是有所不同的。"鲤鱼"这个典故出自乐府诗《饮马长城窟》："客从远方来，遗我双鲤鱼。呼儿烹鲤鱼，中有尺素书。"下联说到鲤鱼入海，有点勉强。另外，诗钟联毕竟是七言对句，要遵守七言诗律，"木""叶"二字均为仄声，"鱼""情"二字均为平声，都需要调整。

接下来，看这一篇"南、大五唱"：

> 武偃文修南雍起，
>
> 天高风疾大江流。

上联讲到南雍，这里喻指南京大学。明初国子监在南京成贤街一带，南京大学的前身中央大学校址就在这一带。明成祖朱棣迁都北京之后，国子监也迁到北京，但仍在南京保留了一套中央机构，包括南国子监。现在以"南雍"称南京大学，就与这一历史渊源有关。上联还用到"雍"字。"雍"字比较特别，传统上它有两个读音："南雍""辟雍"，这两个"雍"都与学校有关，应该读平声；"雍州""雍塞"，这两个雍应该读仄声。雍州是历史上所谓"禹贡九州"之一，雍塞就是堵塞的意思。从词义上说，"武偃文修南雍起"的"雍"应该读平声，而从格律来说，这个位置应该用仄声字。这是白璧微瑕。

民间谚语说："之乎也者矣焉哉，用得成章好秀才。"所谓"之乎也者矣焉哉"，就是文言文中的助词，也称虚字，用得好不好，大有讲究。在对联尤其是多句对联写作中，助词用得好，句子就有弹性和活力，用得不好，句子就显得松散。诗钟是七言律诗的一枝，在各类对联中最近于律诗，对句法凝练度要求最高。一般来说，律诗要慎用虚字助词，诗钟也要慎用，助词中的感叹词尤其要慎用。有一联"南、大五唱"：

> 鹏起北冥图南也，
>
> 苗生微壤愿大哉。

这一联诗钟的好处在立意，不足之处是平仄还要调整，"冥""南"二字都是平声，"壤""大"二字皆为仄声，不合律。虚字结尾的句子，容易流于散文化，古风尚可偶或一用，作为律诗一枝的诗钟，最好不用。

这篇"南、大五唱"对仗工稳：

　　赐茅封土南为赤，

　　资始统天大者乾。

中国传统五行学说中，以南方为赤色，上联出典在此。下联出典则是《周易》乾卦中的一句话："大哉乾元，万物资始，乃统天。"这篇诗钟写得好，关键在于善用典，剪裁得法。

下面这篇"南、大五唱"也写得好：

　　妙慧摩诃南拘利，

　　慈悲孔雀大明王。

其特点是善用佛教典故。上联写摩诃南尊者，其性虔诚，谦恭有礼，长于思考，富于智慧，故赞其妙慧；下联写孔雀大明王，全名佛母大金曜孔雀明王，赞其慈悲。上下联都严守七言律句格式，对偶工整。

这次习作中，如果让我推选最好的一篇"南、大五唱"，我愿意推荐这篇：

　　心潮涌动南波万，

　　铜鼎高标大柱三。

我出"南、大五唱"之个题目，并不要求主题一定关涉南大。

这篇诗钟恰好关联南大，即事即景，音谐对工，句意畅达。上联的"南波万"来自网络流行词，原来是英文单词"number one"的音译，表示"第一""厉害""出色"的意思。这里却也借用其字面，以"南波"上接"心潮"，甚好，以"万"对"三"，更有奇巧诙谐之趣。《南京大学校歌》开篇就是："大哉一诚天下动，如鼎三足兮，曰智、曰仁、曰勇。"这就是"三足"的出处，今日南京大学仙林校区二源广场上，赫然立着三足大鼎，非常引人注目。我建议下联微调一下，改为"铜鼎高标大足三"。也许有人觉得"大柱"配"高标"更有气势，我却认为，无论"大足""三足"，字义都富有"正能量"，"足"够撑起铜鼎的高标。

分咏格写到核酸检测，这是新事物，较难着墨。下面选几篇分咏诗钟，略作点评。第一篇：

　　　　喉门一探定清浊，

　　　　相府重逢话合离。

这篇写得不错。上联一看就是核酸检测，更妙的是，"喉门"可以看作"侯门"的借对，这样，"侯门"对"相府"，"一探"对"重逢"，岂不妙哉！下联"相府重逢话合离"，讲的是南朝陈太子舍人徐德言与其妻乐昌公主破镜重圆的故事，这是很有名的一段古镜故事，用来咏古镜，是切题的。有一联习作是这么写的：

谁念幽寒坐呜呃，

自将磨洗认前朝。

上下联对偶工整。以"呜呃"来描述核酸检测的情形，也比较生动。下联借用杜牧《赤壁》中的现成诗句，杜牧虽然没说是古镜，却胜似说古镜，"磨洗"二字切"镜"，"前朝"二字切"古"，化用之妙，值得肯定。还有一联是这么写的：

一时学得阴阳术，

万世养成内外功。

上联强调核酸检测很容易学，分分钟就能掌握，这当然只是指其取样过程。我想，"一时"也可以说"一签"，或许还更为形象。下联咏古镜，似乎更像神镜、魔镜，稍嫌不够切近主题。

下面这一联主要从视觉印象入手，比较写实：

洁白棉签红试管，

暗黄铜映绿搔头。

上句从核酸检测所用工具入手，角度与众不同，下句更像是写"对镜"。"白""黄""红""绿"四个颜色字相对，堪称工整。只是"铜映"似乎对不上"棉签"，这是细节问题，可再斟酌。

下面这一联有虚有实：

一枝好探大张口，

半面还寻有情人。

"一枝好探大张口"是白描,"一枝"当然是棉签,"大张口",除了理解为开得大大的一张口之外,也可能另有别解。下句写徐德言夫妻二人,各自凭着半面铜镜,在茫茫人海中寻找有情人,以此突出古镜,比较切题。按格律,下句"情"字应作仄声,不如把"有情人"改为"旧爱人"算了。

再来看一联:

> 搅动阴阳分口齿,
>
> 窥知表里正衣冠。

一般写核酸检测,其实都只写到检测取样环节,这一联也是如此。这个环节一般人最熟悉,也最有代表性。上句基本上把这个环节写清楚了。下句写照镜子,对镜可以正衣冠,知表里,但与"古镜"稍嫌不切。上下联对偶工稳,平仄也没有问题。

最后看这一联:

> 今朝清浊辨此处,
>
> 古往日月追其中。

上句写核酸检测,并不针对检测取样环节,而是针对检测的最终结果,仍然是比较实的写法。下联咏古镜,则有点虚。镜子照不出时间的流逝,但从镜背斑驳的铜绿中,也许可以看出漫长的时光流逝。这一联表意对偶都没有问题,但没有兼顾到平仄调谐。上句"浊辨此处",下句"古往日月",都是连续四字仄声,明显不谐声律。

总之，分咏格诗钟，要求用七个字咏一物，每个字都不能落空。句子既要前后照应，还要上下联对应，句法上还不能出格，一般不要使用"3＋2＋2"（如"一见知封城封校，再得证缘灭缘生"）或者"3＋1＋3"（如"以絮白而验清洁，凭明澄可观古今"）的句式。

第十二讲

对联书写与展示

一、 对联的书写与展示

一副对联，要完成其文学与文化的使命，离不开书写与展示。书写既是对联公开展示与广泛传播的手段，其本身也属于展示与传播的内容。面对一副对联，人们在阅读并欣赏其文词的同时，也在阅读并欣赏其书法。从这个角度来说，文词只是对联的内容，而书写则是对联的形式。内容与形式是相辅相成的。一方面，精湛的书写艺术可以促进对联的传播，天下园林名胜，处处可见名家书写的对联，就是为了借重其书法的艺术吸引力；另一方面，优美的对联文词也可以扩大书写的影响，最为直接的证据就是，楹联书法早已成为中国书法中富有特色、引人瞩目的一类。近年来出版的楹联书法集，络绎不绝，各式各样，通代的、断代的、专家的、分地的、分体的，应有尽有，很受读者欢迎，而各地组织的楹联书法比赛与展览，也如雨后春笋一般，争奇斗妍。对联以文学性润色书法，书法以艺术性增饰对联，二者相互为用，借用费孝通先生的名言而改其末句，正好可以形容："各美其美，美人之美，美美与共，文艺大同。"

传统上，对联都是以繁体字书写。对联书写是传统书法的一部分，今天的对联书写，也应该继续使用繁体字，这不仅有利于书法的文脉传承，也符合社会大众对书法艺术的普遍认知与期待。不过，近年来，也有一些类型、一些场合的对联，是用简体字书写的。最常见的，就是过春节时所用的春联。无论是市场上批量销售的，还是各家各户自书的，无论是公共场合张挂的，还是家家户户门上张贴的，以简体字书写的春联越来越多。对联需要面向大众传播，对联书写为了应时、适俗，以简体字书写，是完全可以理解的。与繁体字相比，简体字在书法艺术的历史积累上要单薄一些，但较易为大众识读，在传播上具有一定优势。

书法作品一般不用标点。书写张挂的对联，一般也不用标点，但遇上多句长联，偶尔也有人加上标点符号，以方便读者断句阅读。此外，对联的展示与传播，除了书写与影印形式外，还有排版印刷的形式。对联文字被抄录、发表，无论是在报刊之上登载，还是编入书籍出版，多半都带有标点符号。如果是单句联，通常是上联末尾加一逗号，下联末尾加一句号，其格式略同抄写律诗中的一联，如：

春临大地百花艳，

节至人间万象新。

如果是多句联，则上下联各分句之间一律施以逗号，上联末用分号表示区隔，下联末用句号表示完结，如：

冷照西斜，正极目空寒，故国渺天北；

大江东去，问苍波无语，流恨入秦淮。

本书凡引用对联，一般都将上下联分行书写，既使版面眉目清楚，也突出了对联的形式特征。

对联书写采用何种书体，这个问题也关乎对联的展示与传播。书法中常见的书体，有篆书（小篆）、隶书、楷书（包括魏碑体）、行书、草书五种，除此之外，还有甲骨文（也称契文）、大篆、鸟虫篆等若干种以古文字为主的书体。对社会大众来说，隶书、楷书、行书等书体的字形较易辨识，而篆书、草书、甲骨文、大篆、鸟虫篆等，则较难辨识。在对联的日常书写中，采用较多的书体是隶书、楷书、行书，这几种书体比较方便阅读与传播。另外几种书体也各有其艺术特色，适用于书法比赛或者其他一些专业性比较强的场合。为了帮助读者辨识这些书体，有些书写者会在上下联边款的位置，使用另一种较易辨识的书体，附注对联正文的内容，两种书体相互对照，相辅相成。从文体结构的角度来看，边款类似对联的序跋，有一定的独立性。从书写布局来看，边款字体一般较小，与对联正文有显著区别。对联正文与其边款采用不同书体，相当常见，这实际上是对联书写兼顾内容与形式的一种做法。

对联书写讲究行款格式，这也是有关对联展示与传播效果的重要环节。对联的行款格式，主要有如下三种：

第一种格式是常规格式，最为常见。这种格式，或有上下款，或者有下款而无上款，或者上下款均无。上款一般交代何人撰联、题赠对象（或为谁撰联），或者标注题写的时间、背景及内容，下款一般包括落款，具体交代书写者的名字、时间与地点等。上款通常题于上联右侧，下款通常题于下联左侧。如果题款的文字比较简短，那么，上款题字一般居于上联右侧上半部或中偏上，而下款题字一般居于下联左侧，其首字位置要略低于上款首字。也就是说，上下款位置安排讲究彼此呼应，上款首字位置应高于下款首字。此类题款布局疏朗，给后人再题跋预留了空间。比如，清道人（李瑞清）所书"风标秀举，清晖映世；天情开朗，逸思雕华"联，李瑞清的上下款分别在上联右侧和下联左侧，都只有寥寥数字，上联左侧和下联右侧留有空白，就方便曾熙和胡小石两位名家留题，至为珍贵（彩图10）。

书写是人际往来的媒介，故须讲究礼仪。书写中的行款格式，就是书写礼仪的落实与表现，一般称之为"书仪"。与对联书写相关的"书仪"，主要是"平阙"格式。所谓"平"，指的是"平出"，就是在书写中遇到特殊重要的人、事、物、称谓等，另起一行抬头书写。所谓"阙"，指的是"阙字"，就是在书写中遇到与平出类似的情况，因内容重要性等差或

静日忘□法家□□

風欝秀華清暉暎世

道人取三代金文入六朝故骨韻蒿出六朝人也宗□昧揩實之□

天情開朗逸思彫華

臨川夫子書聯五言多八言者至難得此聯華墨尤醉唨也此華

庚申夏清道人

李瑞清楷书八言联

书写空间要求，不作移行抬头处理，而只在原行相关字词上方空一二字或更多字，再直行书写。与其他书写一样，对联书写中的平阙格式，也是为了表达书写者的恭敬之意，展现彬彬有礼的社交姿态。对联书写者刻意将其题赠对象另起一行，抬头书写，在前人留下来的对联书迹中，此类作品屡见不鲜。这样处理，上款就被截为两行，分列上联的左右两侧。比如王褆（福厂）书朱孝臧集句联，上款右侧题："书上彊邨词人集句，奉"，左侧题"睦斋六世兄大雅鉴正"，"睦斋"以下另起一行，就是恭敬姿态的表现（彩图11）。

如果题款的文字比较多，那么，上款从上联右侧开始，从上到下书写，未尽之文字则顺延到上联左侧，下款从下联右侧开始，亦是从上到下书写，未尽之文字则顺延到下联左侧。这种书写格式，大字对联居中，小字长款夹辅两边，错落有致、密丽坚实，别有韵致，因而也相当常见。春联是最通用的对联，因为太通用了，即使邀请他人代撰、代书，一般也不落上下款。其他场合用的对联，尤其涉及社会交际的，题款反而不可缺少。

第二种格式称为琴对，也比较常见。一般来说，这种格式适用于字数比较少的对联。纸较长而联较短者，最适宜采用这种格式。其特点是将对联正文写于上方，下方留出一两字的位置来安顿上下款，也就是说，上下款不是题于对联正文的两侧，而是在对联正文的下方。一般来说，这类题款文

楓子留為式

桐孫待作琴

桂馥隸書五言聯（琴對樣本）

字不宜太多，所占篇幅不宜太大，否则有"尾大不掉"之虞。附于联尾的题款，既延伸了对联的长度，也使题跋与对联更密切地联为一体。这种书写格式，因其形状与琴相似，故名琴对。

第三种格式称为龙门对，或简称门字对。一般来说，这种格式适用于字数比较多的对联。对联字数多，所占的篇幅自然就大，一行写不下，需要写成两行甚至三四行，就适宜采用这种格式。从上联写起，一行排不下，只能顺延到第二行，第二行还写不下，只能再顺延到第三行，依此类推。比如上下联各有 73 字，而每行只能写 21 字，那就需要排成 4 行。前三行满行排 21 字，最后的 10 字排在第四行。第 4 行还剩下 11 个字的空间，留下来写上下款。上下联同此处理。写龙门对，有两点特别需要注意：第一点，龙门对上联各行排布，是从右向左，即第一行在最右边，第二行在第一行左边，第三行在第二行左边，第四行在第三行左边，依此类推。下联各行排布则与上联相反，是从左向右，即第一行在最左边，第二行在第一行右边，第三行在第二行右边，第四行在第三行右边，依此类推。第二点，行款布局要从审美角度考虑，留给上下联题款的空间，不宜太短，也不宜太长。超过三行的对联，末行留空不宜短于满行的一半，也不宜长于满行的三分之二。比如满行可写 21 字，那么，四舍五入，留给题款的空间最好不短于 11 字，也不要长于 15 字。题款不宜太长，如果超过一行，可仿照龙门对格式来排列。这样的对联挂起来看，其特殊的行款格式，看上去特别像一个繁体的"門"字，故称龙门对，也可以简称为门字对（彩图12）。

对联书写及其传播，都要依靠某种媒介。媒介主要分为三种：一种是软质媒介，一种是硬质媒介，还有一种是虚拟媒介。软质媒介以纸为主，兼及绢帛之类的材料。绢帛贵重，不及纸张常用。就纸而言，对联书写多用宣纸。宣纸除了有生宣、熟宣之差别，还有白、红、蓝、黄各种颜色之不同。比较讲究的对联书写用纸，还有洒金笺、白蜡笺、描金蜡笺、梅花蜡笺等各种花样。书写者会根据不同的使用场合，选择相应颜色与花色的笺纸。比如，在祝寿一类的场合，就比较适合选用红色洒金笺，或者选用配有"延年益寿""长生无极"之类瓦当字样的笺纸。在祝贺新婚的场合，就比较适合选用红色龙凤笺。瓦当联纸很常见，一方面是瓦当本为古建筑所用，以瓦当为装饰，显得古色古香；另一方面是因为圆形的瓦当，正好可以为每个字划好框格，书写之时便于循规蹈矩，按部就班。瓦当联笺纸的花色很多，五言联、七言联的最为常见，八言联、九言联的也不难找到。至于瓦当的具体式样、底纹及其颜色，那就更多了，不能一一列举。经过名工装裱，笺纸的花色、对联的墨色与印章的颜色，相映生辉，制造出一种厚重的历史文化美感。（彩图13、彩图14）

硬质媒介，主要是石材及竹木材料。对联在模勒上石或者刻上竹木材料之前，通常先有纸本为依据。园林名胜之地，亭台楼阁之上，常见各种楹联，有的是直接刻在石柱之上，有的是刻于木柱之上，还有的是先刻于竹板或木板，然后再固定于楹柱正面。无论是石材，还是竹木，这些硬质媒介可镂、可雕、可刻，较之纯粹以笔墨书写于纸面的对联，带给人们的视觉审美感受，又是有所不同的。

虚拟媒介是近些年才出现的新生事物。很多地方，比如单位大门口、舞台、会场两边，这几年都添置了电子显示屏，可以作为对联展示的媒介。它所展示的对联，既有可能是纸本书写的电子本，也有可能就是以电脑字体书写，总之属于电子本。这种无纸化展示，也可以说是虚拟化展示，好处在于节省材料，更加绿色环保。它对对联书写乃至撰作都产生了一定的影响。比如，现今的追悼会或告别仪式，通常在殡仪馆举行。以前的挽联通常是手书，悬挂在素壁之上，现今的挽联则是通过电子屏幕显示，上面的字体往往不是笔墨所书，而是电脑上现成的美术字体。另一方面，电子屏幕的长度和宽度都是有限的，这就限制了对联的篇幅，不能写得太长，否则就无法显示出来了。媒介技术及其进步，反过来要求对联作者因地制宜，与时俱进。

张贴与悬挂，是对联展示的主要方式。对联一般是张贴于门框、楹柱或墙壁之上。上下联的位置安排原则是以右为上，也就是上联居右，下联居左。这里所谓左右，是指一个人面对门框、楹柱以及墙壁之时身体的左右而言的。一般来说，上联收尾是仄声字，下联收尾是平声字，可以依据这个原则来分辨上下联。春联往往还附有横批，贴于上下联的上方，与上下联构成右、左、中上的位置关系。横批上的文字，应该尊重传统，从右往左书写。带有名胜联的亭台楼阁，其名称题额类同于横批，也应该从右往左书写。

二、集字联的书写与展示

集字联不是集句联，两者一字之差，却迥然有别。第一，集句联和集字联都是有限定条件的对联写作方式，但是所限不同：对集句联的限定是只能从前人的诗文作品中撷取句子，对集字联的限定是只能从前人的书法作品中选取文字。第二，集句联的"句"，指的是前人诗文中的现成句子；集字联中的"字"，指的是前人书法作品中的字。第三，一般来说，集句联不拆散原句，基本上是整句移植；集字联则可以将原句完全拆散，然后以字为单位，重新拼合成句，组成对联。尽管集字联与集句联有如上三方面的不同，但是，它们也有两个突出的共同点：同样使用了"集"这种文献再生产方式，同样是向前贤经典作品致敬的方式。集句重视的是对联内容的再生产与再利用，集字则既重视对联内容的再生产与再利用，也重视对联书写形式的再生产与再利用。集句联主要是文学史要关注的现象，集字联则是文学史和书法史都要关注的现象。

贞观十九年（645），远赴印度求法的玄奘法师，在历经16年的艰辛之后，终于携梵本佛典回到长安。唐太宗大喜，命玄奘居长安弘福寺从事译经。贞观二十二年（648），唐太宗亲自为玄奘撰写《大唐三藏圣教序》（简称《圣教序》），由初唐著名书法家褚遂良书写，并刻石立碑。其后，弘福寺沙门怀仁深知唐太宗酷爱王羲之书法，不惜耗费二十余年精力，从唐内府所藏王羲之书迹及民间王书遗墨中集字，集成王羲之书《圣教序》，并于咸亨三年（672）刻石立碑。此碑早已成为中国书法的经典，现存西安碑林博物馆。怀仁集王羲之书《圣教序》，既表达了唐人对"书圣"王羲之的崇高敬意，也创造了书法经典再生性保护与传承的新方式。怀仁的这一创举，相当于使已经去世300年的书圣王羲之"复活"，让他担任唐太宗的侍书，替唐太宗书写这篇《圣教序》，实现了神奇的"历史穿越"。这就是集字书法的神奇魅力之所在。此后，集字书法被日益推广，其影响遍及匾额、题签以及对联书写等领域。

在对联书写中，集字联的影响越来越大。集字联所利用的古代书法资源，涵盖很广，既有早于王羲之的秦刻汉碑，又有晚于王羲之的唐宋元明清的名家法书。有清一代，集字联的风气盛极一时，很多书家、楹联专家、学者文士，都参与了集字联的实践。晚清学者俞樾是其中最为积极活跃的一位。（彩图15）

俞樾是狂热的楹联爱好者，也是一位楹联专家。他一生撰写的各类楹联作品，达1000多副。像他的老师曾国藩一样，他十分重视自己的楹联作品，生前已将这些作品编辑整理，题为《楹联录存》，收入自己的文集。凤凰出版社新版的《俞樾全集》中，也已收入《楹联录存》一书。据统计，"《楹联录存》收录正文五卷，附录一卷。正文五卷共录楹联六百零三副，其中挽联三百五十六副，寿联一百三十七联，景物联九十一副，其他贺赠联十九副。附录一卷收录的是集字联，总共集联六百八十九副……全书总共收联一千二百九十二副"。这1292副楹联分为正文、附录两大部分。正文五卷，是俞樾与亲朋好友日常社交应酬时所作，包括挽联、寿联、景物联、贺赠联等，共603副，题材类型多样，社交圈子甚广。更值得注意的是附录一卷，专收集字联，共689副，篇数比正文所收楹联还要多。俞樾集字联包括如下七个部分：

《集秦篆·绎山碑》：97副；

《集汉隶一·校官碑》：100副；

《集汉隶二·曹全碑》：97副；

《集汉隶三·鲁峻碑》：100副；

《集汉隶四·樊敏碑》：108副；

《集唐隶一·纪太山铭》：81 副；

《集唐隶·集经石峪金刚经字》：104 副。

他所集的书法经典，涉及秦篆、汉隶、唐隶三种书法风格，包括《绎山碑》《校官碑》《纪太山铭》等七种秦汉唐代石刻经典。这七种石刻经典，都是单篇文章，篇幅不长。尤其是《绎山碑》，正文总共 36 句，每句 4 言，才 144 字，去除重出之字，一百余字而已，十分有限。在这样十分有限的语词空间里腾挪转换，居然能作出 97 副对联，是需要相当深厚的对偶功力的。总体来看，俞樾的集字联古雅隽永，令人佩服。

例如，集《绎山碑》联有：

德成言乃立，

义在利斯长。

集《校官碑》联有：

自是高人长不老，

即今修竹复生孙。

集《纪太山铭》联有：

儒者有文，斯称风雅；

山人无事，是谓神仙。

集经石峪《金刚经》联有：

读书能见道，

入世不求名。

或为五言联，或为七言联，或为八言联，都体现了俞樾高超的楹联技巧与深湛的古典文化修养。

喜爱王羲之书法的人不计其数，后代集字为联，也最爱利用王羲之的书迹。怀仁集王书《圣教序》之时，搜集的是王羲之全部存世书迹，范围广大，自然不是单集某一碑帖的俞樾所能比拟的。再说怀仁那个时候，离王羲之才 300 年，他能看到的王羲之书迹，要比明清人多出很多。明清两代，专取王羲之的集字联，也不少见，还有不少人专门集王羲之《兰亭集序》为联。因为《兰亭集序》写到永和九年三月三日的那次修禊雅集，所以，《兰亭集序》集字联也称为"集禊帖联"。要知道，《兰亭集序》通篇只有 324 字，其中还有不少字多次重复出现，比如"之"字就出现了 20 次，"不""一""所"三字各出现 7 次，"于""以"二字各出现 6 次，"也""人"二字各出现了 4 次，"有""事"二字各出现 3 次，去除重复的，全篇就不到 270 字了。在 270 个汉字的范围内集联，真有点"螺蛳壳里做道场"的感觉，但是，前人还是从中集出了一些对联佳品。比如，清代浙江钱塘学者、金石家何溱（号瓦琴），就曾从《兰亭集序》中集出一联：

　　人生得一知己足矣，

　　斯世当以同怀视之。

1933 年，鲁迅先生就曾亲笔书写这副对联，赠送给瞿秋白。很显然，他要借这副集字联来表达他视瞿秋白为人生知己、亲如兄弟的感情。这副对联是鲁迅手书，并没有使用集王羲之的书迹，但是，对联每个字都出自《兰亭集序》，它身上的楔帖元素，使它自带古雅色彩。实际上，像鲁迅这样只使用集字联的内容而不使用其集字书体的，大有人在，司空见惯。这也说明，集字联不仅在书法形式上有特殊光彩，在对联内容上也能增添魅力（彩图16）。

发现于1899年的甲骨文，是迄今为止中国发现的年代最早的成熟文字系统，因为是在河南安阳殷墟发现的，故称"殷虚（墟）文字"，又因为契刻于龟甲和兽骨之上，故称"契文"。在甲骨文早期研究者中，"甲骨四堂"（罗振玉号雪堂、王国维号观堂、郭沫若字鼎堂、董作宾字彦堂）各擅胜场，最负盛名。其中，罗振玉堪称甲骨文书法艺术的开创者。1921年，他在研究甲骨之余，"取殷契文字可识者，集为偶语，三日夕得百联，存之巾笥，用佐临池"。1925年，这些对联以《集殷虚文字楹帖》为书名付印，这是历史上第一部甲骨文书法集，也是历史上第一部甲骨文对联集。1927年，罗振玉又将己作与章钰、高德馨、王季烈三家所集甲骨文字楹联汇为一编，以《集殷墟文字楹帖汇编》为名，由东方学会出版为线装石印本，共收四言、五言、六言、七言、八言、十言等420联。1985年，四家集联汇编又经吉林大学古籍研究所整理，以《集殷虚文字楹帖》为书名，由吉林大学出版社放大重印。在罗振玉手里，集字联的创作方式与甲骨文的书写方式相互融合，老树生花，格外鲜艳。

今人编写的集字联丛书，林林总总，有的着眼于对联欣赏，有的服务于书法教学，整体而言，是以辅助书法研习为主，以提供对联欣赏为辅。很多家出版社，尤其美术出版社，争相出版这类丛书，可见此类丛书很受市场欢迎。比如，广西美术出版社出版了黄志安主编的"历代名家碑帖集字大观"丛书，包括《王羲之行书集字对联：治学篇》《王羲之行书集字对联：励志修身篇》《欧阳询楷书集字对联：禅意篇》《颜真卿楷书集字对联：书斋雅室篇》《柳公权楷书集字对联：励志修身篇》《米芾行书集字对联：励志修身篇》，等等。中国书店出版社出版过田德学编《兰亭序集字联》《王羲之圣教序集字联》《多宝塔集字联》等，后来这几种书目转归安徽美术出版社出版，列入这家出版社的"历代碑帖经典集字联"丛书。河南美术出版社也出版有"中国历代经典碑帖集联系列"，包括《散氏盘集联》《会稽刻石集联》《新编开通褒斜道刻石集联》《新编颜真卿勤礼碑集联》《颜真卿争座位帖集联》等。此外，河南美术出版社还出版过"过年写春联"系列，收录多种春联必选名家名碑集字。上海辞书出版社出版的"集字字帖系列"中，也有数十种是集字对联，意在帮助读者"从临摹到创作，以创作带基础"，诸如此类，不胜枚举。

这些集字联丛书，涉及篆、隶、楷、行、草各种书体，选用的都是历代书法名家书迹和历来推崇的碑帖。从书法方面来说，这些书大多借助电脑图像处理技术，调整所集单字的大小、轻重、倾侧，配成一幅整体气息贯通、风格和谐的对联书法作品。对初学书法的人来说，对联字数少，章法布局也相对简单，容易上手。如果集中精力临摹某帖，专习某一副对联，就可以立竿见影，事半功倍。有的出版社按照主题内容，将这类对联分为若干分册，书写者可以根据主题寻找创作内容，按图索骥，方便使用。这几点对初学者来说不无吸引力，也有鼓励作用，这是此类集字联丛书在市场上受人欢迎的主要原因。从对联方面来说，这些书中选用的作品是从前人积累的大量对联中精选出来的，以五七言联为主，有的还附有对联相关典故的注释，方便初学入门，也有助于对联艺术的欣赏与传播。由于受集字条件的限制，有一些对联平仄不够协调，修辞亦有瑕疵。

总之，这些集字联丛书既突显了名家书法的视觉艺术美，又展现了对联的文学艺术美，两种艺术形式深度交融，相辅相成，在展示与传播上发挥了多媒体艺术杂交的文化优势。

图书在版编目(CIP)数据

对联课 / 程章灿著. --南京：南京大学出版社，
2025. 6. -- ISBN 978 - 7 - 305 - 28878 - 4

Ⅰ. I207.6

中国国家版本馆 CIP 数据核字第 2025EA0832 号

出版发行　南京大学出版社
社　　址　南京市汉口路 22 号　　　邮　编 210093

DUILIAN KE
书　　名　**对联课**
著　　者　程章灿
责任编辑　沈卫娟

照　　排　南京紫藤制版印务中心
印　　刷　南京爱德印刷有限公司
开　　本　880 mm×1230 mm　1/32 开
印　　张　11.375　　　字　数 206 千
插　　页　16
版　　次　2025 年 6 月第 1 版
印　　次　2025 年 6 月第 1 次印刷
ISBN 978 - 7 - 305 - 28878 - 4
定　　价　76.00 元

网　　址　http://www.njupco.com
官方微博　http://weibo.com/njupco
官方微信　njupress
销售咨询　025 - 83594756